湖畔诗文丛刊

旷野里的露珠

萧飞 著

中国书籍出版社
China Book Press

图书在版编目（CIP）数据

旷野里的露珠/萧飞著. —北京：中国书籍出版社，2020.1

ISBN 978-7-5068-7596-7

Ⅰ.①旷… Ⅱ.①萧… Ⅲ.①散文集—中国—当代 Ⅳ.①I267

中国版本图书馆 CIP 数据核字（2019）第 278609 号

旷野里的露珠

萧 飞 著

责任编辑	刘舒婷　李雯璐
责任印制	孙马飞　马 芝
封面设计	中联华文
出版发行	中国书籍出版社
地　　址	北京市丰台区三路居路 97 号（邮编：100073）
电　　话	（010）52257143（总编室）　（010）52257140（发行部）
电子邮箱	eo@chinabp.com.cn
经　　销	全国新华书店
印　　刷	三河市华东印刷有限公司
开　　本	710 毫米×1000 毫米　1/16
字　　数	213 千字
印　　张	16.5
版　　次	2020 年 1 月第 1 版　2020 年 1 月第 1 次印刷
书　　号	ISBN 978-7-5068-7596-7
定　　价	95.00 元

版权所有　翻印必究

序

  我的第一本散文集《春雨知时节》出版发行之后，各方面反应还好，有作家、学者朋友建议我搞一些诸如什么作品研讨会之类的活动，甚至我不方便出面，他们帮我组织策划。有领导邀请我带上自己的作品参加某某协会举办的名家作品研讨会，所有的这些都被我婉言谢绝了。我之所以不搞或者是不参加这些活动，是因为我认为自己的作品还比较"幼稚"，没有达到那样的高度。不过，鉴于我的第一本散文集《春雨知时节》能获得社会各界文友和读者的赏脸，特别是我的这本拙作能被中国国家图书馆收藏，这使我有信心接下来继续写作，出版第二本、第三本甚至更多的各种文集。

  《旷野里的露珠》是我的第二本散文集，书中收录了我六十篇散文。这些文字记录了我与大自然、与花鸟鱼虫、与人文往事、与祖国大好河山的一些情怀。吾辈从小就生活在农村，日常目睹的是乡村田野，山林树木，花鸟鱼虫，晨雾露珠等大自然的景象。在老家乡村的那些日子里，帮助父母做家务、干农活，上小学、读中学，度过了一个艰辛而又十分有意义的少儿时代。成年之后，参加工作，大部分时光的工作单位也是在乡镇。乡村里的自然风光十分美丽。大自然把一年分成了四个季节，每个季节都有各有各的特色。有百花开放的春天，有炎热无比的夏天，有凉凉爽爽的秋天，还有寒冷的冬天。春天，万物复苏，阳光和煦，燕子飞回来了，小草从土里面探出了小脑袋，仿佛给大地披上了一件绿衣，树木也长出了绿色的叶子，绿意盎然，一切都充满了生机。小河唱着欢快的歌谣，一路流淌一路欢歌。田野里，辛勤的农夫们弯着腰，播撒着未来的种子。夏天，太阳像一个大火球似的挂在天上，烤得大地滚烫滚烫的。蜂蝶展翅昆虫舞，蝉鸣高唱蛙捧场，植物茂盛，郁郁葱葱。秋天是丰收的季节。北雁南飞，大地逐渐有了金色的妆容。一望无际的田野里，金灿灿的稻子成熟了，就像一块块金子。这一片片一湾湾金黄的稻穗，让农夫们脸上露出了笑容。果园里硕果累累，还有那些在寒冷的霜日依然傲立东篱下微笑着的秋菊。冬天，寒风刺骨，雪霜光临，银白色的一片孕育着来年的又一轮回。人生漫漫，情意长长，爱意悠悠，春夏秋冬的轮回，不变的是真情真意。我喜欢大自然，喜欢每一个季节，因为每一个季节都有醉人的风景。春夏秋冬，无论季节怎样变换，无论风景怎样变换，我心依旧，对大自然的热爱永远不变。

这些年来，我常常利用休假或探亲的机会，独自或与家人和亲朋好友，去饱览祖国的大好河山，深深地感悟到大自然的鬼斧神工和华夏文明的博大精深。大自然以其最独特的手法，让我无时无刻不在感受着美丽的存在与它奇妙的声音。特别是在一些名山大川中，造物主能够将大自然与数千年的华夏文明融合在一起，美妙绝伦，让人惊叹。当清晨第一缕金光洒向大地，不经意地，一片花瓣从枝头脱落，伴随着黄叶，落在地上，微风轻轻地吹拂，将它们带到遥远的天边。当我驻足树林，耳边总会响起那婉转而动听的声声鸟语、阵阵歌声。蓝天上飞翔的鸟儿，翱翔的雄鹰，它们都用自己最亲热的语言表达了对大自然的喜爱，用柔美的声音表达了对大自然的感谢。当我走到浩瀚无边的大海旁，听着海的呼吸，感受海的气息，会理解大海的与世无争的力量以及它磅礴的气势。当我登上一座名山之顶时，那种一览众山小的感觉会油然而生。当我行走在某条大江大河或者是某个大湖边时，会感悟到水对生命的重要性。当我踏入某个历史名胜古迹时，仿佛看到了那些先贤们为中华文明辛勤耕耘的情形。为此，我滋生了一种大自然和乡土习俗的情怀。喜欢种养花鸟鱼虫，喜欢回忆往事，喜欢游山玩水。世界变化无穷，乐趣无穷。大自然千奇百怪，花鸟鱼虫千姿百态，故人往事千差万别。我在其中陶冶情操，回味人生。

几十年的生活阅历，我走南闯北，阅人无数，阅事也无数。我学会了生活，热爱生活，我的生活是丰富多彩的。经历过人生道路上无数道沟沟坎坎，使我的内心世界相对来说变得坚强一些，慢慢地变成了一个生活的强者。也就是说，不管生活是苦的辣的酸的甜的，我都必须承受，正是这种承受的过程让我感受到生命的意义。随着岁月流水的冲刷，生命路途中的许多经历都化成了泡沫。可有一些往事却是忘不了的，特别是那些与自己的亲朋好友有关联的，经过淘洗和积淀，仍然深深地烙在我的记忆里。

汪曾祺说，花鸟鱼虫都是人生。我还要补充一句，人与自然和谐相处也是人生。地球是圆的，它每天都在自转，并且围绕太阳运转，运转一圈就是一年。生生世世，我们也在"运转"，只不过是在原地绕了一个更大的圈，外围的我们，看着别人踏着我们曾走过的圆，继续前行。我们面对的是生活，为此，我写的是生活，思考的也是生活。一个爱好文学的人应该具有人文情怀，应该敬畏大自然，敬畏生命，让社会充满温情和善良，尊重思考并尊重身边的每一个人。我是一个文学爱好者，这些年的写作实践，使我明白了文学的力量源于人文情怀。我所写的文字就是我的生活，经过思考的文字，因为生活的阅历，因为骨子里的那种本真和爱美的天性难以改变。现代著名历史学家、思想家、国学大师钱穆先生在其《中国文化与中国文学》中所说，"作家之内心生活与其外围之现实人生，家国天下之息息相通，融凝一致；文字表达之技巧，与其内心感映人格锻炼之融凝一致。在理想上到达人我一致、内外一致之境界。"钱先生这段话的表述是作家创作的过程中，应具备家国情怀，有了这种最朴素的感情，才会促使你逐渐拥有一种高度的社会责任感。在我的人生中，大自然、花鸟鱼虫，以及凡人小事、对乡土习俗的深深眷恋，对旧日生活情景的缅怀，都带有一些乡土气息。将家国情怀融入到我的日常生活，融入到大自然当中去，是我的一种追求。我们生活在大自然里，与大自然和谐相处，看花鸟看虫鱼，看名胜古迹，其实看的都是人生。谈往事、谈食物、谈故人，谈的都是情怀。平平淡淡的文字里面，流淌着一种叫做生活的东西，简单也深刻。我们在现实生活中，找到静气与意趣，慢慢地对这个世界，爱得越来越深。

只要我们善待生活，拥有一颗善于观察的心，有一种将家国情怀融入到我们的日常生活，融入到热爱大自然当中去的理念，就会感悟到大自然的美丽，就能倾听到大自然独特而奇妙的声音。也就能够理解生命的意义。旷野里的露珠，是大自然的一景，露珠身体很小，而且显露在大自然的时间也很短暂，但它却把一生都奉献给植物。小小露珠有如此执着的奉献，体现了价值，赢得了尊严。不仅如此，小小的露珠还能够折射出太阳的光芒。

萧　飞

目 录
CONTENTS

第一辑 ··· 1
    水乡 ··· 1
    人勤春早 ··· 6
    在珠三角过冬至节 ··································· 11
    有关香蕉园的喜悦 ··································· 14
    池塘边的那几棵木棉树 ······························· 17
    花市赏梅 ·· 22
    垂钓之乐 ·· 27
    石缘 ·· 31
    庭院里的鸟巢 ·· 38
    大尖山的风 ·· 42
    雨后的清晨 ·· 46

第二辑 ··· 51
    拂去算盘上的尘埃 ··································· 51
    爷爷的扁担 ·· 56

那辆永久牌自行车	58
外公家旁边的榨油坊	64
故乡的小河	68
开往小镇的绿皮列车	72
书店里的灯光	77
二十里山路	81
泉水叮咚响	87
心动雪景	90
母亲的坛子菜	94
扫帚笔记	100
旷野里的露珠	103

第三辑 ······ 107

松树的品格	107
牡丹抒怀	112
爬满小屋的紫藤	117
杨梅酸　杨梅甜	122
大漠中的胡杨	126
庭院里的龙眼树	129
夹竹桃开盛夏来	132
左公柳情思	135
石榴花开别样红	139
稻花飘香的时节	144
桂花温馨桂花香	147

第四辑 ······ 152

眼镜先生	152

裁缝师傅 154
考牌记 157
铭记母亲 159
又到清明 164
雨中 168
乡愁 170
故乡 174
守岁 178
炊烟袅袅生梦情 182
享受夏季 185

第五辑 189
秋游雁荡山 189
绍兴城里话鲁迅 196
苏仙岭的月亮 199
夜宿乌镇 204
磁器口的风情 209
在坎儿井边行走 215
漓江春雨 220
厚重的平遥古城 224
贺兰山口观岩画 230
大雁塔边的唐风韵味 236
岳阳楼上赏风月 242
在会宁小住几天 247

第一辑

水乡

  我定居民众沙田水乡已经有二十多年了，久而久之，对这块工作和生活多年的土地，很自然地产生了一种发自内心的情怀，从而也领略到了沙田水乡特有泥土芳香的韵味。

  自清代以来，珠江三角洲便有"沙田区"。所谓"沙田"，是指在沿海地带由江河带来的泥沙冲积而成的土地，沙田水乡文化，就是珠江流域渔民、船民文化与珠三角民田区广府文化的一种融合。民众有"沙田水乡"之称，也有"岭南水乡"之称。原来只有沙田水乡之称。"岭南水乡"名字是当年岭南画派的掌门人关山月老先生，于新旧世纪交替的时候起的。民众水乡，紧靠珠江口，毗邻广州、珠海、港澳、深圳等地。水乡风情浓郁，一切纯真自然。生态原始，较为完整地保留了水乡原始风貌。小村落沿河涌自然分布，水网交织，河道纵横；两岸植被丰富，风景秀丽，瓜果飘香。这里，居民喜种植龙眼、黄皮、桂花、鸡蛋花、茶花、紫薇花、玉堂春等，四时花香不断。自然风光与农村民情达到和谐统一，可以和苏杭水乡媲美。

民众水乡有别于江南水乡,是典型的岭南风味水乡,是岭南一带保存最完整、最具水乡特色的自然生态与人文生态的景区。由于其地处珠江出海口,而珠江汇合了东、西、北江之后,到了此处地势平坦,江面变宽,流速转慢,加上沿江丘陵阻挡和海潮顶托,逐渐形成了三角洲的大沙田。它是典型的冲积型平原,成陆时间只有两百多年。新中国成立以后,农民们开始围垦沙田,从远处运来石块筑起堤围,将一块一块沙洲围住,逐年加固和加高。此外,还在基围内外,修建水闸涵洞,开渠挖涌,并从围外入泥改良围内土壤。这样日积月累,原来不能耕种的沙洲慢慢地被改造成为肥沃的良田。民众水乡几乎没有原居民,现有居民大多数是多年前,从顺德、番禺、广州等地移民过来的渔民或者耕农,没有江南水乡那样的文化底蕴。但一方水土养一方人,民众水乡河产丰富,依水而居的水乡人捕鱼种植,日出而作,日落而息。部分人家里有私人码头、私人船只,生活悠然自得。这里没有江南的小桥流水,只有草荡潮音,有大小不同的水闸调节水乡的水位和交通,以使其水乡河道穿梭的船只安全往来。船只是水乡人的水上主要交通工具,也是其与外界贸易往来的纽带,或捕鱼网虾,或送香蕉给蕉商,或货物买卖。水乡人满载着一个个希望,摇荡着对美好明天的憧憬,在大自然中勾勒出岭南水乡的一份恬静、一份朴实。近年来,随着当地经济的发展,政府也将改善群众交通出行纳入了民生工程的建设事项,在许多河道上修建了一些桥梁,并新建了许多通村公路。目前,当地居民的出行,大多是依靠汽车、摩托车、电动单车和自行车等陆上交通工具。

水乡就像一幅淡墨的水乡风情画,哪怕是不经意的一瞥,也会令人心动神往。且不说柳绿桃红、草长莺飞处处流动着妩媚与柔情,也不论水绕村流、人傍水居的平静和悠闲,单就那独具水乡特色的一桥一船、一树一草、高低错落的民居屋、临水而居的人家,或是头戴竹笠而独钓江上的老者,或是弯腰摆渡河上的渔人,水乡特有的水上绿道,咸水歌、疍家糕等所呈现出的浓郁疍家风情，无不在吸引着大众。甚至那些具有现代气息的农舍，不时闪现的几盆红花、檐下屋前高挑的酒帘和桥头河畔浣衣的少妇，就足以让一些文人墨客浮想联翩，心有所托了。在水乡，处处可见的是河湖港汊，以及那一座座像彩虹一样横卧在河上的桥。同样有小桥流水和枕水人家、鸡犬蛙鸣一片，不同的是，也许受了"南蛮"之气的感染，岭南民俗文化却迥于苏杭，风光自更带点阳刚之气。水乡有船，轻舟秀水，香蕉、荔枝、龙眼成行成片。小童在河里光着屁股游泳，大人在河里摸沙蚬，鸡鸣狗叫、瓜田李下，乡情扑面，似曾相识的感觉让人动心。另外，近水而建的吊脚杉皮房，像一个远古的童话，最是让人温馨。第一代的茅寮房已只能在个别农家看得到了，即使有也只是用于堆放杂物。第二代的杉皮房子和现代的水泥楼房参差成一种新旧对照，像建筑风情展廊一般地反映着水乡人的生活从穷变富的变化。水乡人房前屋后种了不少果子，四时均有各种鲜果成熟。每户人家还有自己的码头，也或多或少拥有几条小艇，上岸后的疍家人大多已车步当舟，专业运输户则换成了大船搞起运输，小艇便不常用了，泊在岸边成了装饰，或者留作怀旧。

水乡有如深闺少女，显示出一种典雅而含蓄的美丽。弯弯曲曲的河汊，恰似少女柔软而苗条的腰身；波光闪耀的河水，更如少女脉脉含情的秋波，荡漾出醉人的诱惑。水乡的雨和水乡这个名字一样诗意、柔和、浪漫，让人禁不住沉醉、迷惘、心生怜爱……

每当春回，水乡处处绿满枝头，树树垂柳倒映清波。纷纷细雨中，有飞燕衔泥，红杏争艳。待至秋高气爽的季节，水乡则又是另一番迷人的景象——舒缓的河面，有红叶飘落，竹篙点波。远天夕阳之下，人字儿排开的大雁正飞过炊烟绕岸的村庄……欣赏水乡风光，体味泽国风情，享受碧水青天、画船雨眠的快活，正当时也。我喜爱春天里的民众沙田水乡，暖风吹皱池塘的春水，涟漪轻荡，好似幼童的深眸。斜风细雨里，烟雾迷蒙，杨柳拂堤，燕子绕水，蕉林葱茏。而河堤浓荫处，杂花生树，溪流如吟。若是走近那宽广的江海汇集处，看锦帆点点，听渔舟唱晚，更是别有情趣。民众水乡春天的美丽，正是因了春水的动感、春水的宁静、春水的照影，因水而灵动、因水而飘逸、因水而神韵飞扬。

水乡宜观亦宜品，品之愈久，味愈浓郁。春夏秋冬，晨昏晴雨，不管从哪一个角度去欣赏和品味，水乡都有韵有味，如诗如画，令人品之不尽，也道之不完。可不是吗？泊舟树下，便有绿叶相亲；移步桥头，便送夕阳西下。渔舟唱晚，圆月初上，歌声隐约……此外，地道的沙田水乡风味菜，疍家糕、清水鸡、三味蒸时蔬、铜盘蒸鸡、水乡三宝、三墩鹅等。站在绿道码头举目望去，供游客乘坐出行的船只极具水乡特色，竹篷竹座、色彩斑斓，人未登船，就已能感受到浓浓的水乡味道。而水上绿道两岸，除了花开四季、鱼翔浅底，随着碧水，还能欣赏两岸沙田地区特有的民居、大树和屋前屋后瓜园、菜园、果园"小三园"的原生态景色。而水上绿道之中，三宝沥、黑沙涌等河涌皆受游客欢迎。在三宝沥埠头登艇，可听船娘穿着咸水歌，选择向东或向西两个方向驶去，两岸树木参天，偶尔遇见旧时疍家人居住的茅寮，船娘会给你介绍当年疍家人开发沙田的艰辛。如果你够细心，会发现两岸露出水面的小小滩涂布满了大大小小的洞，那是"蟛蜞"（河中小螃蟹）的巢穴，蟛蜞会站在洞口对着艇上人举起双钳"示威"，但一受惊吓就会飞快地缩回洞中，可爱至极。而据船娘介绍，如果拿小绳子绑着一小块肉，垂到洞前，蟛蜞就会钳着不放，任人摆布，这就是沙田小孩子最喜欢的活动——"钓蟛蜞"。

一个傍晚，晚霞当锦，我回家的路上，幽静旷野中静静的水乡，被红得像失火般的落日映着。我第一次见到这样的无边际的红云，还差点把车前一大排灰黑色的云，看成一群山峰。这不知是要怪罪于我的眼睛近视还是自然展现出极限魅力。城市的高楼已让我们忘却什么是落日余辉,什么是视野中只出现天空—彩霞—云雾的仙境。这水乡安静的柔柔的,像一位腼腆清秀的女子,撩拨人心。

水乡是一片流动着灵气的土地,她只能用心灵去触摸和感悟,而对于众多的涉足者来说,水乡不仅是他们梦想中的世外桃源,更是他们寻求超脱和释放自我的精神家园。水乡的和谐发自水乡人的内心。河道里的小船上,一双手用棍子"咯吱"一下撑起木窗。一位女人临窗缝补着衣服,细细密密的水流在她眼角下流过,她偶一抬头,望了望窗外,望见自己的男人在河中辛勤地撒网。细细密密的流水仍继续流着,把一些陈年旧事、家常琐碎扯出带走。村头村尾,一些老人们三五成群地聚在一棵棵高大的榕树底下,轻松愉快地或浊酒一杯,或修筑中国特色的"桌上长城"。年轻人穿着时尚的衣服,骑着摩托车或电动车,英姿飒爽又潇洒地穿梭在工厂与乡村的道路上。村街巷尾传来一片欢笑声。原来是儿童们放学归来,嬉戏的儿童一不小心碰撞了正在打麻将的老人,老人似要发怒,孩子们连忙道歉。于是大家都笑靥如初,一切的一切,都笼罩在如此和谐的气氛当中。

水乡人喜欢择水而居,以水为财。水乡,对自然,是春之景;对农夫,是丰之悦;对万千生灵,是生命之美。水乡,让凡人在清明闲淡中,涂上一抹属于生命的色彩;给智者一丝灵光,在平和简单里,索隐钓玄。水,是岭南沙田地区的文化之源,也是水乡的灵魂。水乡有情,水乡有韵。

人勤春早

　　正月初七,单位开始上班了,这也意味着2016年春节悄然过去,接下来的是,要把春节假期松散的心完完整整地收回来,步入工作的正轨。上班的第二天,我的第一件工作就是到基层去走一走,一方面是看看春节农村农民过年情况,另一方面是了解农民农业生产备耕情况。我将车停靠在所驻村的村委会办公楼的侧门边,与村委会的一个村干部一道,步行走访村民。

　　这次我所联系的这个行政村比较大,由十多个自然村组成,我们行走在乡间田野上,不时还能听到一些鞭炮声,村里的春节像还没有过完,年味仍没有散去。立春过后,珠江口的沙田地区,南雁北归,草长莺飞,春姑娘带着些许的寒意,脚步轻盈地来到了人们身旁。田野里绿油油的蔬菜,河堤上的荔枝、龙眼等果树枝丫渐绿,还有那渐绿的枝桠已经有了花香鸟语。春节期间放晴了几天,可年初六,那悄然而至的春雨呀,伴着春风在夜晚悄悄地、带着对这个世界的热爱和眷恋飘落下来,无声地滋润着万物。渐绿的田野充满了生机,幽幽的小径飘散着阵阵野花的香气。那早早到来的昆虫在晚风中舒展羽翼、在黄昏里若隐若现,好像在寻找来时的踪迹。数十条纵横交错的河道里,一叶叶扁舟慢慢地行驶着。有的满船装着刚采摘下来的香蕉,缓缓驶向香蕉交易点;有的船头的桅杆上一点渔火放射出一线光芒,就像大海里的航标灯,显得格外明亮,无私地照射着河面,远远望去,波光粼粼,让春天的黄昏多了一点点缀。灰色的冬季渐渐染上春的色彩,春天已经来临。

　　我们来到靠近鸡鸭水道边的一个小村庄,走访了曾经属困难户的村民老苏。老苏一见到我们,立即招呼我们到他家中,冲茶递水,招待我们。我们说明来意，告诉他想了解一些村民过年的情况。他说，2016年的春节，是他过得最开心的一个春节。感谢镇村干部的帮助，使他家利用两年多的时间，就彻底告别了贫困。他如数家珍。前年帮他在一个农贸市场租了一个摊位，去年一年的纯利润就达好几万元；资助其儿子读大学，去年上半年儿子毕业了，已经在广州找到了一份不错的工作……他还说，今年准备拆除旧房建新房，让孩子们住在农村也享受到城市里一样的生活。他还承包了五十亩香蕉地，下午就要给香蕉地翻土。老苏眉飞色舞，从他充满笑意的脸上，我们感受到了农户彻底摆脱贫困的喜悦之情。

我们告别了老苏，在经过一座小桥时，遇见了精神抖擞的冯婆婆。冯婆婆已七十多岁了，年轻时曾经当过大队妇女主任。她拉着我们的手说，一定要去她们村看看。她说，2015年年底，她们自然村在原来的文化广场上新建了一个大舞台，给村民们又多提供了一个文化娱乐场所，村文化生活变得丰富多采。有了这个大舞台，不但可以请戏班子来唱大戏，村民也可以上舞台表演节目。村里每天晚上不是放电影，就是唱大戏，或者村民自己表演举办文艺活动。冯婆婆还盛赞惠农政策好，给农民得到了实惠。她所在的自然村是我市文明示范村，多年来，一直注重精神文明建设。尊老爱幼、团结互助、乡风文明、村容整洁、生活富裕、社会和谐，村民们的精神面貌可圈可点，深受社会各界的好评。由于还要去走访另一位蔬菜种植大户，同冯婆婆寒暄了一阵子，我们便向她告别。临别时，冯婆婆反复叮嘱，要我们抽时间来看看她所在村文化广场的文艺节目。我告诉她，我们一定会来的。

一年之计在于春，春天是播种的最好时节，春雷萌动，蛰虫皆出，日渐复苏的大地透着无限生机。在这个充满生机的季节里，乡村道路上，时常会见到购买化肥、种子、农药的车辆来往穿梭。2016年，春天似乎来得比较早，在2015年的腊月就已经"立春"了。我们经过一个花木场之后，展现在我们面前的是连片的绿色。冬种的马铃薯枝繁叶茂，生长在一厢厢土上，仿佛是铺在田野里的一块块绿布；香葱和大蒜千株万株，茂密攒簇；团聚成球的椰菜生机勃勃，越结越大，阔叶环抱春风；撒落在涌边田野的，开着红的、黄的、蓝的，还有紫色等颜色的春花，被昨夜的潇潇春雨吹打，或从容地落在河涌的怀抱，逍遥地顺流而下，去寻找梦想，或温柔地飘落在田埂路边，享受着泥土的芳香。我心里不禁自问，难道这就是2016年春天的全部异彩吗？应该不是。久居岭南数十年，深感岭南的四季，特别是在珠三角并不存在明显的界限，桃李未谢，紫荆花即开；玉兰刚送走盛夏，桂花又吐出了芬芳，就连我家种的发财树一年也开几次花，结几次果。你说，人们怎么能从那种叶子的颜色上分辨出哪是冬天？哪是春天呢？

经过二十多分钟的路程，我们便来到了我所联系的蔬菜种植大户吴意华的家庭农场。彼时，吴意华夫妇正在大棚里给蔬菜施有机肥。他见到我们，便放下手中的活儿，笑眯眯地向我们走来。吴意华的家庭农场面积不是很大，六十多亩，其中大棚蔬菜四十五亩，露天蔬菜二十多亩。吴意华年龄不大，才四十多岁，可却有二十多年种植蔬菜的历史。多年来的磨练，使他成为一个蔬菜种植的高手。早些年他种植蔬菜虽然能够赚点钱，但赚的很少。2012年，政府加大了对农业生产的扶持力度，出台了鼓励农民发展设施农业的优惠政策，在资金方面给予设施农业一定的补贴。在市镇农业部门的支持下，吴意华搞起了大棚蔬菜生产，种植反季节蔬菜，经济效益比传统种植翻了几番。他尝到了甜头儿，接着几年，又将大棚蔬菜种植面积不断扩大，由最初的十来亩，扩大到现在的四十五亩。吴意华招呼我们进他的简易办公室，并从纸箱里拿出两条黄瓜，让我们品尝。我们尝了一下，觉得口感还不错！他十分高兴地对我们说，春节期间他大棚种植的蔬菜，卖了一个好价钱，可以说是他种了二十多年的蔬菜，赚钱最多的一次，利润超过了二十万元。

的确是这样，春节前，全国大部分地区，包括珠三角在内遭遇了罕见的寒流，蔬菜生产损失惨重，以至于春节期间蔬菜价格像金猴翻筋斗，翻了几番，珠三角的菜芯等蔬菜零售价格达每公斤五十多元。吴意华的大棚蔬菜成功地避开了这股寒流。春节期间他的蔬菜生产利润几乎等于去年的总和，他着实过了一个舒心欢乐的"肥年"。他说要感谢我们对他的帮助和支持，我说："你不要感谢我们，要谢就谢你们夫妻俩自己，谢国家的惠农政策，我们只是做了我们该做的工作，是你们自己依靠双手，辛勤劳动，用好了国家的惠农政策，走上了致富之路。"谈着谈着，很快就到了吃午饭时间，我们起身告别，吴意华要留我们吃午饭，我以我还有一些事情要办为由推脱了。临别时，我问吴意华，对我们农业局还有什么要求？他说："没有什么要求，你们已经做得很好了，要说有要求的话，就希望惠农政策不要变。"多么真诚朴实的语言！勤奋、勤劳是源自生命中的一种情怀，这得益于与生俱来的心性，也得益于自身的修养。吴意华是中国农民的一个缩影。

常言道："一年之计在于春，一天之计在于晨。"我喜欢晨起的短暂思考，喜欢清晨的生命复归。由此，我也就没有睡懒觉或者熬夜的习惯，我以为，这属于自然之心性，自然之情怀。古人曰："一阴一阳之谓道。"轻飘飘的一句话，便道出了人应归顺自然的法理。我理解的"道"，就是大自然的本原，是自然规律。人只有顺应自然，才会懂得无为、懂得无欲，才会明白静心、明白随心。虽说人的生命中，欢欣的力量使得人都会拥有喜悦，但我平生最爱自然中的随心之美。星云大师说："春天，不是季节，而是内心。""生命，不是躯体，而是心性。"我理解的春天，如同清晨的心境一般，令人向往。每日的晨起，每日的心境，与自然相融合，与天地相融合。进入静心的境界，令人觉得很幽静、很欢喜、很愉悦。

春天是坦荡的，是明亮的，也是充满活力和期待的。像一江春水往东流去，像一棵棵小草奋力向天空生长，像一只只雄鹰与春风到处飞翔。春雨无声润物，春风又绿神州，鸟语花香，桃红柳绿，万物竞自由，到处透着勃勃生机。难怪韩愈说，"最是一年春好处"。一年之计在于春，春天给人们带来了希望和美好。冬去春来，日暖蓝田。万物复苏，欣欣向荣。人们在春天播下了希望的种子，等待着秋的收获。春天是花的世界，是一切美的融合，是一切色彩的总绘。或许过去你灿烂无比抑或郁郁不振，或许展望未来还有点迷茫，但是我们可以把握现在，前方正因为未知，所以才有我们不断追逐的渴望。不管做何种工作，都要开好头儿，起好步。只要踏踏实实、实事求是地调整好心态，未雨绸缪地计划好新一年的发展，用辛勤的汗水与坚定的信念播下希望的种子，最终一定会有心怡的收获。

　　人勤春早。吾辈以"勤者进，惰者退"勉励自己鼓舞他人。愿勤奋者以象外之象来感受自然之美，以境外之境来享受自然之美，春天多播一粒种子，秋天就多一份收获。我们赞美春天，歌唱春天，把春天描绘成最美的绿色诗篇，把理想耕织在心灵的沃土上，永远滋生春天的向往。记住一份耕耘，一份收获！

在珠三角过冬至节

昨天晚上下班一回到家中，太太就同我说明天是冬至节，要早点起床，去农贸市场买点菜，庆贺一下。我说没问题。我们全家定居珠三角已经有了二十多年，生活习俗既保留家乡传统，又兼容珠三角风味。入乡俗随吧！在珠三角有句话叫"冬至大过年"，"肥冬瘦年"，可以说，冬至是一个十分重要的节日。有的人会在这天敬神明、拜祖先，以祈求来年能鸿运当头，大吉大利。在农村，对过冬至非常重视，除了祭神拜祖和备办丰盛筵席外，特别要给耕牛吃上一顿糯米糕（用菜叶包裹塞进牛嘴里）以及米汁、酒糟、萝卜、菜水等以感谢耕牛一年的辛劳与贡献。

今天是 2015 年 12 月 22 日，中午 12 时 48 分，"冬至"临至。"冬至不端饺子碗，冻掉耳朵没人管"，冬至到，家家户户吃水饺；"三九补一冬，来年无病痛"，也有吃羊肉等温补。今天，2015 年最后一个节气，一大早，天还刚刚亮，太太就骑着自行车到农贸市场买菜，还买了两斤米团，并到超市买了几斤饺子。她原本计划买面粉自己动手包的，因为自己做的饺子远比超市买的好吃，可惜没有时间，只能凑合一下。按例，我们老家的习俗这天要吃萝卜炖骨头，所以，太太买了几个大白萝卜和几斤猪骨头，准备晚餐炖汤。中午我下班回家，太太和家人按照珠三角冬至的习俗，正在祭神拜祖。我刚把车停好，太太就吩咐我放鞭炮，我不敢怠慢，立马跑到杂物间将鞭炮放在庭院外的地上，用一根香把鞭炮点燃，不一会儿，就听到"噼哩叭喇"的爆炸声。此时，左邻右舍也开始燃放鞭炮，天空中弥漫着一股淡淡的火药味，仿佛现在就开始过年了。

冬至，是我国一个非常重要的节气，也是一个传统节日。至今，仍有不少地方有过冬至节的习俗。北方地区有冬至宰羊，吃饺子、吃馄饨的习俗，南方地区则在这一天有吃冬至米团、冬至长线面的习惯。冬至俗称"冬节""长至节""亚岁"等。早在2500多年前的春秋时代，我国已经用土圭观测太阳测定出冬至来了。冬至是二十四节气中最早制订出的一个，时间在每年的阳历12月22日或者23日之间。冬至是北半球全年中白天最短、黑夜最长的一天，过了冬至，白天就会一天天变长。"阴极之至，阳气始生，日南至，日短之至，日影长之至，故曰：冬至。"冬至过后，各地气候都进入一个最寒冷的阶段，也就是人们常说的"进九"。我国民间有"冷在三九，热在三伏"的说法。现代天文科学测定，冬至日太阳直射南回归线，阳光对北半球最倾斜，北半球白天最短，黑夜最长，这天之后，太阳又逐渐北移。

我国古代对冬至很重视，冬至被当作一个较大节日，曾有"冬至大如年"的说法，且有庆贺冬至的习俗。《汉书》中说："冬至，阳气起，君道长，故贺。"人们认为，过了冬至，白昼一天比一天长。阳气回升，是一个节气循环的开始，也是一个吉日，应该庆贺。《晋书》上记载："魏晋冬至日受万国及百僚称贺……其仪亚于正旦。"这说明古代对冬至日的重视。早在周朝，"冬至日"便有"天子率三公九卿迎岁"之盛典，先民们把"冬至"视为一年之岁首，在《周礼》中定下了"以冬至日，致天神人鬼"的祭祀仪式——冬至为年。汉代，冬至被列为令节。《四民月令》云，冬至"进酒肴，及谒贺君师耆老，如正旦"——冬至大如年。唐宋时期，"冬至"与"岁首"并重。据孟元老《东京梦华录》载："十一月冬至，京师最重此节，虽至贫者，一年之间，积累假借，至此日更易新农、备办饮食，享祀先祖……一如年节。"特别是祠部还放假七天以庆，冬至大如年。明清时代，冬至皆袭古俗，有"肥冬瘦年"之说，冬至日祭祠堂之风大盛。刘侗、于奕正合撰的《帝京景物略》有"百官贺冬毕，吉服三日，具红笺互拜，朱衣交于衢，一如元旦"的记载，潘荣陛《帝京岁时纪胜》也有"长至……为国大典……预日为冬夜，祀祖羹饭之外，以细肉馅包角儿（馄饨）奉献，谚所谓'冬至馄饨夏至面'之遗意也"，也是冬至大如年。鉴于历史沿革和民众"冬至大如年"的心理影响，辛亥革命后为顺应民心，曾一度将冬至日定为"冬节"。

"冬至大如年"，人们还将冬至前夜称为"冬至夜"。珠三角农村地区家家例宴饮并祭祀祖先，湘南则有吃汤圆、食印糕等习惯。家宴菜肴必备"胡葱煮豆腐"，谚云："若要富，冬至隔夜吃胡葱煮豆腐。"随着时代的变革，冬至的传统习俗正在不断变异，有的地方甚至还有淡化的趋势。但是，人们至今仍常以是日的晴雨来预测年内气候。如"干净冬至邋遢年""晴到冬至落到年"等谚语，至今一直流传于民间。另外，世代相传的"冬至大如年"观念也还深深地留在比较年长的中国人脑海里。我及家人在珠三角已经生活了二十多年，但感觉在珠三角特别是珠三角农村，过冬至节的这一习俗一点儿也没有改变。

有关香蕉园的喜悦

　　日前,承包香蕉园的蕉农老冯打电话告诉我,今年他的香蕉园又丰收了,不仅产量高,而且销路好,利润也不错。早几天前,他同北方一个客户签订了一个销售合同,北方客户一单就签了三十万公斤,销售价格为每公斤六元,在农历春节前交货。我在接听老冯的电话时,在电话里就听到他"哈哈"笑声不断我知道,老冯今年的确是挣大钱了。

　　老冯是我下乡驻点的联系户,他是种蕉专业户,种植香蕉已经有二十多年的历史,其中有成功的年份,也有失败的记录。近几年来,由于老天爷关照,中山风调雨顺,如果没有什么大的病虫害,一般种植香蕉都会获得丰收。老冯承包了三百多亩香蕉地,主要品种有灰蕉、皇帝蕉和本地大粉蕉,夫妻两人是主要劳动力,另还雇工三人,但斩蕉时还会再请一些临时工。近几年来,他每年种香蕉的利润都有两百多万元,是真正依靠自己诚实及勤奋劳动走向富裕之路的典型。

　　由于老冯是我的联系户,我经常会去老冯的香蕉园看一看、走一走,可能是去的次数多了,对香蕉、香蕉园自然而然地产生了好感。几百亩连片的香蕉林好壮观哟!蕉乡绿海含情韵,金蕉绿野舞凤龙。在那诗情画意的蕉林绿海中,那赏心悦目的香蕉园的美丽景色确实令人心旷神怡。在那令人陶醉的绿色田野里,那蕉林布阵而如千万美人抒长袖翩翩起舞,那美丽动人的景色确实使人大饱眼福且流连忘返。特别是蕉园里,一年四季都像四幅栩栩如生的神奇美丽的立体彩照镶嵌在那绿色希望的田野上。远远看去,香蕉树仿佛是一位亭亭玉立的仙子,树的主干挺直、光滑,蕉叶向四周伸展。微风吹来,满园的香蕉树翩翩起舞,向人们热情地招手。每年到了春天,细雨如丝,香蕉树贪婪地吮吸着春天的甘露。香蕉树的茎圆溜溜的，像黄绿色的柱子，切口是一圈圈圆圆的环形。香蕉树很高，树上还长着大片大片的叶子，叶子的形状像扇子一样，香蕉就"藏"在这些叶子之间。香蕉的叶子是深绿色的，长大约两米宽，宽大概半米，叶柄长长的，从整体来看，像一把翠绿的扇子。每当四五月份，香蕉树探出一个个紫色大苞，那就是香蕉的花蕾。随着时间推移，花蕾展开，露出白色的小花芽。仔细观察，那花芽竟是一条条小香蕉。大苞也全展开了，一排排的香蕉像弯弯的月牙，整齐地排列着，美丽极了。未成熟的香蕉，味道有些苦涩。而成熟了的香蕉，颜色和味道却大不一样，颜色是黄色的，味道也变甜了。蕉农们总是在香蕉未成熟时，就把它摘下来，以免它成熟后从树上摔下来。香蕉总是几个几个整整齐齐、挨挨挤挤地长在一起，像一群兄弟姐妹一样。香蕉的形状弯弯的，像小船，像月牙儿，也像拱桥。香蕉一天天长大，一天天成熟，它的外皮也从青绿色渐渐变成黄色的。熟透了的香蕉高兴地笑了，笑得像弯弯的小船。香蕉娃娃急切地扒开绿色的叶子向外张望，向人们报告着成熟的喜讯。慢慢地，香蕉树挂满了一串串的大香蕉，每一串香蕉都有几斤重，大的一串有几十斤。

二十多年的种蕉生涯，使老冯成了名副其实的种蕉专家。他对香蕉的品种选择、香蕉的习性、种植技术及香蕉的食用价值等，都了如指掌。我是香蕉种植的门外汉，经常会向他咨询一些问题，他都会不厌其烦地帮我解答。老冯告诉我说，其实香蕉种植技术也不是什么高深的学问，大多数蕉农都会，现在比较关键是，对香蕉黄叶病的治理还找不到什么好的办法。对此，我也帮他联系过省城的有关农业专家，这些专家也认为当前还找不到根治香蕉黄叶病的办法。他还说，香蕉看上去不过是诸多水果中的一种，论汁多比不上石榴，论奇特比不上榴莲，论营养比不上火龙果。实在是没什么好稀罕。但是香蕉是人们喜爱的水果之一，欧洲人因它能解除忧郁而称它为"快乐水果"。香蕉能够帮助人脑产生6-羟色胺，使人心情变得愉快，活泼开朗。患忧郁症的患者，平时可以多吃香蕉来减少情绪低落，使悲观、厌世烦燥的情绪逐渐消散。香蕉还是女孩子们钟爱的减肥佳果。香蕉性寒味甘，古书早有关于其营养价值的记载，功效包括清热解毒、润肠通便、润肺止咳、降低血压，还有滋补作用等，属于优质水果，真正价廉物美。不过，香蕉性质偏寒，胃痛腹凉、脾胃虚寒的人应少吃。香蕉不仅可以预防和治疗肠胃病、便秘、高血压、肥胖、心血管等疾病，还可以防癌、抗癌，促进人的新陈代谢和血液循环，同时香蕉含有人体所需的多种微量元素，可以促进人的健康长寿。

  为了能在与老冯的日常交流中，避免出现我是一个"香蕉文盲"的难堪局面，我也会经常看看香蕉方面的书籍。通过查阅有关资料，我发现香蕉在我国也有着悠久的栽培历史。汉代栽培香蕉，那时还称为"甘蕉"。据说，汉武帝起扶荔宫，收集天下奇花异木时，其中就有香蕉。晋人稽含记述香蕉说："剥其子上皮，色黄白，味似葡萄，甜而脆，亦疗肌。"宋代陆佃所著《埤雅》云："蕉不落叶，一叶舒则一叶焦，故谓之蕉。"公元三世纪时，亚历山大远征印度发现香蕉，此后才传向世界各地。据埃及考古学家在出土文物中发现，远在四千年前的埃及陶器上就画有香蕉的图案，非洲栽培香蕉的历史比中国还早。据说希腊人在四千多年前就开始食用香蕉。古印度和波斯民间认为，金色的香蕉果实乃是"上苍赐予人类的保健佳果"。传说，佛教始祖释迦牟尼由于吃了香蕉而获得了智慧，因而被誉为"智慧之果"。

  椰风蕉雨，充满诗意，老冯的香蕉园虽然缺少了椰树的衬托，可香蕉树却也独领风骚，令人产生无限的遐思。老冯的香蕉园，给老冯带来了丰收的喜悦，也给人们带来了一个依靠勤劳致富的典范。我下乡驻点联系农户的期限很快就要到了，但我还会时常去光顾老冯的香蕉园，因为老冯的香蕉园不仅给老冯带来了丰收的喜悦，也给我的工作和生活带来了快乐！

池塘边的那几棵木棉树

两年前,根据组织上的安排,我要下基层联系一个村,说是走群众路线,了解群众心声,帮扶村里面解决一些实际问题。但我的工作性质本来就是为基层服务,帮助基层排忧解难。我被安排联系的这个村,很有岭南水乡特色,河网密布,岭南水果众多。但是最引我注意的是村头一口大池塘边的几棵木棉树。每次我去村里路过池塘边,都要深情地望望这几棵木棉树。

池塘边的木棉树共有五棵,听村干部介绍,这五棵木棉树的树龄都超过一百年,最大的那棵经市林业局的专家鉴定,达一百六十年。这些树都被列入市级名贵树木加以保护。每年的初春时节,乍暖还寒,桃未发蕊,柳未吐丝,但那五棵高大挺拔的木棉,却已是满树红花了。木棉花开时尚未展叶,硕大的红花分外耀眼。远远望去,犹如万盏华灯,照空尽赤。当你走近这五棵开花的木棉树时,真心会感受到一股震撼内心的力量。火红的花骨朵像一团团熊熊燃烧的火焰,盛气使周围的事物都要逊让几分,格外引人注意。我走近树下,拾起掉落的花朵儿,硕大如杯的她即使脱离枝丫依旧花红如血,不屈服于时光的流逝,即使面临落花入尘的尽头,也依旧笑对春风拂面。这正是,"烈焰烧空出化炉,一春花信最先孚,看花未假评牛李,且醉东风吹鹧鸪"。

木棉树是南方的特产,是广州市、高雄市以及攀枝花市的市花。五片拥有强劲曲线的花瓣,包围着一束绵密的黄色花蕊,收束于紧实的花托,一朵朵都如饭碗那么大,迎着阳春自树顶端向下蔓延。木棉花又称英雄花,它的坠落也分外地豪气。木棉花从树上落下的时候,在空中仍保持原状,一路旋转而下,最后"啪"一声落到地上。树下落英纷陈,花不褪色、不萎靡。木棉花为什么会被叫"英雄花"？因为它开得红艳但却不媚俗。它躯干壮硕，顶天立地的姿态，英雄般壮观；花苞的颜色红艳，犹如壮士的风骨，像英雄的鲜血染红了树梢。落叶大乔木，高可达 25 米，树干直立有明显瘤刺；掌状复叶互生，叶柄很长。早春先叶开花，花簇生于枝端，花冠红色或橙红色，直径约 12 厘米，花瓣有 5 瓣，肉质椭圆状倒卵形，长约 9 厘米，外弯，边缘内卷，两面均被星状柔毛；雄蕊多数，合生成管，排成 3 轮，最外轮集生为 5 束；蒴果甚大，木质，呈长圆形，可达 15 厘米，成熟后会自动裂开，里头充满了棉絮，棉毛可做枕头、棉被、十字绣棉花等填充材料。种子多数，倒卵形，黑色，光滑，藏于白色毛内。木棉外观多变化，春天一树橙红，夏天绿叶成荫，秋天枝叶萧瑟，冬天秃枝寒树，四季展现不同的风情，令人赞叹。花桔红色，每年二三月树叶落光后进入花期，然后长叶。

  木棉花有食用价值和医用价值，清热利湿，解郁除烦。木棉花有清热利湿之功能，如果将木棉花与豆腐、竹笋、虾仁、火腿、鸡汤共煨，不但气香味美，而且更增加清热利湿和凉血之功效。木棉的根、茎抽取物可用作收敛剂、镇痛剂等，汁液可用以治疗痢疾，根皮、茎皮和刺可磨成粉制成药膏可用来治疗粉刺。据说，每逢木棉花开，村里有不少老人、小孩，见有花坠落便拾起，然后晒干，用来泡茶、煲汤、入药。

  木棉树，在田间地头、在丛林之中倔强生长，超群拔萃，扶摇直上，冲向苍天。它从不苛求生长条件，自然繁殖力极强，狂风暴雨都不能把它阻挡。热带、亚热带、石灰岩、砂岩、页岩都能生长，木棉有慷慨的献身精神。有人说木棉花过于妖娆，我不赞同这种说法。树跟人一样都有自己的性格，人会有不同的表达方式，树也会有不同的表现形式。我喜欢木棉，不仅喜欢它美丽而富有个性的外表，更喜欢它给予人内在的收获。木棉花硕大而红艳并不代表她妖娆，面对她时我感受到的是无限的朝气和年轻的活力。

木棉花是最任性的植物。它要在春天的怀抱开得忘乎所以，也在百花争奇斗艳的高潮中香销玉陨。高高的枝丫上，伫立的是一个个雍容华贵的"妇人"，她们的脸高傲，盛气凌人。最俗气的大红，也让她们演绎得这般令人赞叹！而这样轰轰烈烈也不过几天的功夫，有的甚至更短。木棉花是顶不爱托踏，最受不了磨蹭的，即使无法化为春泥，也要投入水泥浇注的地面，斑驳了道路。她们与朝生暮死的蝴蝶为伴，只追求生命长河中最精彩的一瞬，何等痛快！到春末夏初时，就能看到光秃秃的树杆抽出新芽，一代新人换旧人。而木棉也开始纷纷扬扬，像一群受惊的精灵，风吹向哪儿，它们就追到哪儿，仿佛这风是人生的指标。在无所依傍的时候，随手抓到的就算只有空气，也是一种安慰。木棉是胖乎乎的园形絮状物，乳白色兼暗黄，有时会有这样一团可爱的小东西，轻触鼻尖；也有的落在操场上大汗淋漓如阳光般美好的少年的肩上，他们用手掸了掸，继续飞扬的青春。阳光下的脸，漂亮的假动作和被随手掸开的木棉，都让人怦然心动。漫天飞舞，这样的罗曼蒂克，并非在大雪飘飞的北方才领略得到。

历史上曾经有文人墨客对木棉花的描述，并且留下了许多脍炙人口的诗句。如宋代诗人刘克庄所写："几树半天红似染，居人言是木棉花。"明末诗人陈恭尹在其《木棉花歌》中也曾描绘："有如尧时十日出沧海，又似魏宫万炬环高台。"清代诗人屈大均在他的《南海神祠古木棉花歌》亦写过："粤江二月三月来，千树万树朱花开。有如尧时十日出沧海，又似魏宫万炬环高台。覆之如铃仰如爵，赤瓣熊熊星有角。浓须大面好英雄，壮气高冠何落落。"

木棉树又名英雄树，在很多人的眼中，它就是不屈和刚烈的象征，记得小时候写作文的时候总是把那些高大魁梧的木棉树和英雄联系在一块儿大段文字地歌颂，长大了，虽然于文字中也失去了当年那种天真和洒脱，但对于木棉树是英雄树的概念始终是记忆犹新。巧的是，现实中又的确有一些英雄故事与木棉树联系在一起的。我所联系的村，池塘边的那五棵木棉树，就见证了解放军战士为保卫新生的红色政权而英勇牺牲的场面，而且还作为掩体，帮解放军抵挡了敌方的子弹。那是1950年的初春，新中国刚成立不久，盘踞在珠江口的一股国民党残军，试图对刚成立的红色政权来一个打击，便发动了火烧粮仓，袭击解放军和乡村干部的事件。当时村里有一个刚刚建好的粮食仓库，由一个班的解放军战士看护。一个月黑风高的夜晚，一股国民党残军企图火烧这个粮仓，被看护这个粮仓的解放军战士发现，面对几倍于自己的兵力，解放军战士毫不畏惧，双方进行了一场激烈的战斗，最后在后续部队和群众的帮助下，粮仓得以保护，并歼灭了大部分国民党残军。可看护粮仓的一个班的解放军战士包括班长在内，全部壮烈牺牲，其中最年轻的战士牺牲时才十九岁。现在，每当我路过村头池塘边的几棵木棉树时，脑海里就会出现解放军战士看护粮仓，与敌人激战的情景，也时常会提醒我珍惜今天的幸福生活！

"十丈珊瑚是木棉，花开红比朝霞鲜。"我想没有人能够忽视木棉花那红遍天边的美丽，但却少有人愿意去捡起一朵木棉花，去欣赏一朵已盛开过的木棉花。木棉花的花和它一样，远离尘世的喧嚣，倨傲地抱着自己的信念，独立在天地之间，不为谁，只为守护自己心中的那份坚持。没有谁能让它为之开放，也没有谁会让它为之凋零。是知音者，会欣赏并倾倒它的美丽，不懂其之所以孤傲者，则常常忽视那孤傲下的温柔，麻木地踩过那些凋零的精灵。

村池塘边的几棵高大的木棉树，在风中沙沙地舞动那严肃的身姿，褪去了绿意迎来了火红的温柔，落红殆尽又能欣赏满城飘絮。这就是木棉带给人们的美。然而我见过在荷花面前点头的，在牡丹面前惊叹的，在兰花面前陶醉的，就是没有见过在木棉花面前驻足的。兴许是它美得不够张扬吧，你看那红遍天边的红哪有名花的娇艳和张扬啊，它更多是一种淡定的风姿和桀骜不驯的美丽。现在的我,更喜欢的是看着那大片大片红红火火的木棉花开满了枝头,在风中摇曳。偶然有一两朵从枝头掉落,在空中打着完美的盘旋,掉在地上被碾成了花泥,留下大片大片的妖艳。尘世里也许这是木棉花最后的归宿,因为它的不屈,因为它的伟岸,注定了人们在仰望它的高度的时候,忽视了脚下盛开的大片的落红,绝望而美丽。

木棉树,虽有英雄树之称,但也不缺人情味。在华南的乡村、路旁,在公园、居民区和机关,到处都有它的身影。木棉花的花语是懂得怎样献身、怎样慷慨,珍惜身边的人、珍惜和平、珍惜身边的幸福生活。朋友们,当你们在仰望那美丽的时候,是否留心过脚下从天空高处凋落下来的那些精灵?当你在惊羡远处那美丽的风景和幸福的时候,是否忽视了身边那些默默守护你、关心你的人?

曾有一位作家说过这样一句话:"不要去看远方模糊的,而应该着手手边清楚的。"有的时候当我们总认为只有最远最高处的幸福才是最美好的时候,却忘记了其实于身边、于脚下已经有了等待。

木棉花啊!你花开红似染,奇丽而又壮观;木棉树哟!你是英雄之树,有英雄的气概和坚强的性格。"红花朵朵破春寒,挂满枝头百尺竿。"这是你的真实写照。我爱木棉花,更爱木棉树!

花市赏梅

2015年的腊八是星期日。早前持续了十多天的阴雨天,终于在腊八这天放晴。太太说:"这么好的天气,窝在家里实在是浪费时光,不如去逛逛迎春花市。"我说:"迎春花市哪里有这么早开呀?"太太笑了笑说:"难怪别人说你是个老古董,外面发生了什么事,世人都知道了,就你不知道。花市虽然没有正式开张,可已经是人山人海了。"我心里想:可能是商家等不及了,想多赚点钱吧!果真是这样。我与太太来到中山的沙岗墟花市,此时的花市已经成了花的海洋、人的海洋。各种各样的花卉绚丽多姿、争奇斗艳,让人看得眼花缭乱,赏花、买花之人如过江之鲫,熙熙攘攘,简直就是一幅活生生的迎春图。而我与太太自然也就成了这幅迎春图的角色。

我们穿梭在五颜六色的花海里,年桔、桃花、菊花、山茶花、牡丹花、梅花等应有尽有,另有一些洋花如郁金香等。太太驻足在一个专卖梅花的摊档前,仔细地在欣赏一盆梅花,我走过去看了看,觉得还不错,太太也觉得不错,于是,很快掏钱将这盆梅花买了下来。但当走到一个卖山茶花的摊档时,太太发现第二个摊档不仅卖山茶花,也有一些梅花出售,且这些梅花比我们原先买的,无论是从树形还是花瓣都要漂亮。太太有点后悔先前买那盆梅花。花档老板是一个五十多岁的女人,她见我们对她的梅花品头论足时,也走过来,劝我们买下。我说已经买了一盆,可花档老板没等我把话说完,便先发制人了。她说:"看来你太太很喜欢梅花,多买一盆放在家里的阳台上,也很抢眼的。梅花冰清玉洁,娇艳傲雪,虽然只在寒冬开放,但如果你有观赏的兴趣和观赏的心情，梅花的温馨自然会随你而来。尽管在南方'踏雪寻梅，冷月赏梅'的时光太少，可用心去赏梅、品梅的话，也会别有一番风味。梅花在美到极致的时刻，大都是寂寞的吧。没有蝴蝶的翩翩起舞，也没有蜜蜂的呢呢喃喃，更没有春风化雨的滋润。梅花只是静静地舒展她柔嫩精致的花瓣，默默地畅抒她生命中的全部芳香与色彩，但有雪花知晓她的美丽，为她唱歌，给她滋润；有寒夜中的星星能够读懂她的寂寞，给她安慰，给她光明；有寒风与她交谈生命的价值，为她祝福，给她鼓励。在冰霜雪冻的寒冬，在风雨交加的黄昏，在凄凉苦楚的断桥边，梅花静悄悄地吐蕊开放了，乐观而热烈。它在寂寞中期待，也在孤独中积聚力量。它怡然自得地绽放她浓烈的青春，充实她绚烂的年华，无悔她屈辱的遭遇，享受她美丽的生命。没有温暖，她自己为自己取暖；没有欢笑，她自己为自己祝福；没有观众，她自己为自己喝彩！梅花转眼间零落成泥碾作尘，但毕竟她开过、香过，也美丽过……"

啊！这个梅花档老板真是了得，一说起梅花仿佛她既是一位梅花种植专家，又是一位酷爱梅花的文豪。没等她说完，太太已经抵挡不住她的推销介绍了，决定在她的摊档再买一盆梅花。由于家中来了客人，太太要先回去，于是，我们租了一辆三轮车连同先前买的那盆梅花一起，送回家中。太太走后，我我继续逛花市。刚才听到花档老板滔滔不绝地介绍梅花，我顿生好奇之心，看她这样能说会道，对梅花又了解得这样透彻，便猜想她真正的职业并非此。我试探地问："老板不像是种花卉的，也不像个生意人，倒像一个喜欢花卉的文人。""这位先生，你的眼力真好，我是去年才退休的一位大学哲学老师，我是来帮忙的。我很喜欢花木，特别喜欢梅花，退休之后，有时候来亲戚的花木场走走，时间长了，自然就对花木有一点了解，刚才说了那么多，你不要嫌我啰嗦。"我说："没有关系，我也喜欢花木，也喜欢梅花，家里种了许多盆景。梅花从表面上来看，算不上是花中的上品，你看，你这盆梅花，其枝头上，灰色的花苞，已经露出鹅黄的花骨朵儿，正艰难地一点点地膨胀，就像孕妇即将临产似的。在树的下端，枯叶浓密的枝间，仔细看，可见三五朵梅花悄然地开了。俯下身，便会有一缕暗香淡沁人。只是满树的叶子，虽已由绿变黄，却也转枯，但任凭寒风撕扯，还是紧紧牵附在树枝上。梅花的花能开，叶为何枯？枯了，又为何不落呢？一旦尽秋，已无温暖的阳光，也没有了充足的雨露，梅树只能忍痛割弃满树绿叶，独立在这冰天雪地之中，在把根更深地伸展于大地吸其地气的同时，积蓄全身的营养，喂养并孕育着那一树待开的梅花。更为了有足够的力量，爆裂出一朵朵花。而枯叶不舍树枝，正是在用最后仅剩的温存，为每一朵待开的梅花遮风挡雪，尽量使其少一点消耗，省一份精力。你细瞅就会发现，每一个花骨朵儿，都偎在枯瘦的叶子的怀里。只有在梅树的最高处，有少许花苞现于枝头。正因为独自经受着风雪，所以，它是开得最迟的。当满树花开的时候，枯叶就会一片片悄然而落，把一树的辉煌和灿烂，呈献在人们面前。缕缕梅香，弥漫在寒风中。"我也对梅花说了一大通，花档老板忙竖起大拇指，说："今天我是遇见高手了，先生，你了不起，我甘拜下风。"我笑了笑说："我也是班门弄斧，半桶水胡吹的，哪是什么高手呀？"这时，有人来买山茶花，花档老板递给我一张名片，说她要去做生意了，让我有时间去她的亲戚花木场交流切磋。我说没问题，就到其他花档去看看了。

　　古人说，梅具四德，初生蕊为元，开花为亨，结子为利，成熟为贞。后人又有另一种说法，梅花五瓣，是五福的象征。其中，一是快乐，二是幸运，三是长寿，四是顺利，五是我们最希望的和平。在严寒中，梅开百花之先，独天下而春，因此梅又常被民间作为传春报喜的吉祥象征，这是梅最可贵之处。

历代吟咏赞美花卉的诗赋词章中，梅花所占的篇幅之多比例之大似乎没有哪一种花卉可以相比。梅花还被文人列入"花中四君子""岁寒三友"，闻名遐迩，且似乎没有哪一种花卉还得到过如此之高、如此之多的评价与赞誉。寒梅，自古至今，已不知有多少文人骚客为之争咏挥毫。"墙角数枝梅，凌寒独自开"，它不畏严寒霜冻，超凡脱俗、坚强不屈；"不要人夸颜色好，只留清气满乾坤"，它香远益清的幽香，给凝寒的天地带来一片生机，笑霜傲雪；"无意苦争春，一任群芳妒，零落成泥碾作尘，只有香如故"；它先春而开，无意于争取在春天开放，不与百花争时光，为的是不愿同群芳争妍斗宠。它，不是孤芳自赏，而只是愿意保存自我，过一种宁静的淡雅生活，不愿向人屈膝奉谀，只愿生活在百花凋零的严冬，独自去点缀自然，独留一段暗香。梅花为什么能得到中国文人如此的青睐呢？是因为它美吗？其实不然，从审美的角度来看，梅花算不上花卉中的"美人"。它的花小瓣少，色浅味淡，既没有牡丹、芙蓉那硕大美丽、雍容华贵的花朵，没有兰花、玉兰那清雅幽远的"王者之香"，也没有桂花、山茶花那四季常青、翡翠般的绿叶。可为什么中国文人都喜欢写梅花、赞美梅花呢？其实，是因为它与文人的心境风骨有很多相似的地方。

　　世间草木，何止万千？梅兰竹菊，岁寒为友。梅花，自古便是正直坚强的象征。梅花虽没有牡丹的雍容华贵，没有菊花的尊贵典雅，没有水仙的婀娜多姿，却有着超凡脱俗的傲骨！走进梅花，冰雪林中著此身，不同桃李混芳尘。梅花，是什么使你不与百花争艳？是什么让你在春寒之中独自开放？任他桃李争观赏，不与繁华易素心。隐逸离世，不与世俗同流合污，这不正是梅花的品格吗？梅花是君子的象征，为百花迎接春的到来，万花敢向雪中出，一树独先天下青。

　　几十年前，语文老师为勉励我们，在黑板上写下"宝剑锋从磨砺出，梅花香自苦寒来"。对此，我始终记忆犹新，这句话甚至成为我的"座右铭"。我爱梅花，花型俊秀，花色艳丽，老枝怪奇，骨骼清癯，花香更是浓郁芬芳。它在冰雪中孕育，在严寒中生长，但它品格高尚，有着钢铁般的意志和铮铮傲骨。它，不怕天寒地冻，不畏冰袭雪侵，不惧霜刀风险，不屈不挠，昂首开放，独具风采。

垂钓之乐

我不善垂钓，十多年之前，曾有一段时间时常跟随一些朋友去小溪、山塘垂钓，但收获甚微，以至于垂钓积极性大打折扣。此后，垂钓工具便如马放南山，剑入皮鞘。近日，有朋友相约去一个比较大的山塘垂钓，我本来想推辞不去，谁知朋友同我讲了一大堆垂钓的好处，生拉硬扯，其中更一位朋友要拿出自己一套上等的垂钓装备，让我使用。面对朋友们的盛情，我实在难以推辞，只好临时加入这只垂钓队伍。

那是一个双休日的早晨，我们一行七八个人，带上垂钓工具和干粮，分乘四辆车，向垂钓的目的地——一位朋友的亲戚承包的一口大山塘进发。清晨，薄雾渐渐退去，曙光染透东方天空，空气格外新鲜。我摇下车窗，深深地呼吸了一口车外的新鲜空气。晨风顽皮地揉乱我的头发，撕扯我的衣裳，送来阵阵凉爽的秋意，使人心情越发舒畅。垂钓由此算有了一个好兆头。经过一个多小时的车程，我们来到了垂钓的大山塘。山塘的水面面积大约有二百三十多亩，山塘里的水清澈碧绿，时而有鱼儿拍打水面，哧溜作响。山塘的北岸边，前些年毁坏得光秃秃的松岗，又披上了新绿，幼松长得密匝匝的，都在丈把高，淡黄色的松花好像在迎风而笑，并传来阵阵馨香。这里是鸟的天堂，有黄莺、画眉及许多不知名的鸟儿，在鼓动着歌喉，歌颂着美好的春天，歌颂着山里的宁静秀美。我的心中为那劫后复生的松林而喜悦。山塘的南岸边，杂草葳蕤，是水生植物天然的繁殖场。草鱼、鲫鱼、白条和鲢鱼成群结队地畅游，还有少量的鲶鱼和黑鱼出没。黑鱼的模样有点狰狞可怖，专捕食小鱼小虾，性情阴鸷暴虐，冲击力强，宽大的上下颚上，排列着尖锐的利齿。朋友的亲戚也为此烦恼，多次叫人捕杀，却也没有捕完。我以前垂钓的经验是"春钓滩，夏钓潭"，秋天选什么位置钓却不太清楚。一位朋友见我无从下手，便走过来，帮我选了个有活水贯入且多石头的水域，坐下，垂下钩。他说凭他的经验，这种地方多鲫鱼。我摆开阵势，开始垂钓，山里的天气阴凉，没风，水平如镜，对垂钓十分有利。山塘很大，七坳八洼，沿岸走一圈，只怕要大半天。水中央，间或有几个绿洲，绿油葱茏地长满松树及一些小山竹，不时会飞起一两只白鹭，宛如掠起一缕诗魂。

  我不喜欢在钓鱼的时候一直坐着，有时候喜欢站着的。我将一切都准备好，抛下鱼钩，静静地等待着鱼儿上钩。我发现，我的心是随着水面的波动度改变的。当水面是平静的时候，我的心也是那么地平静，没有一丝的纷扰。可是，当水面出现了一点波动时，我便无法保持之前那样的平静，我稍微地提高警惕。直到到了水面变得很不安分的时候，我的心就彻底不安分了。我心里清楚，有鱼上钩了，我时刻准备着拿起鱼竿拉起鱼线。

  其实，每每到了这时候，也是到了纠结的时候，不是吗？当知道是有鱼儿要上钩了，自己的胜利品要出现了，可是这只是一种预告而已，自己的一种预想。因为鱼儿并没有真正地上钩。可我却很紧张，我时刻担心着，怕自己如果着急了很快把鱼线拉上来的时候，鱼儿没有上钩，或自己慢了一步，鱼儿吃完食儿就跑了，那样战利品就落空了。我不知道我当时是把鱼儿拉上来是不是偶然，因为我当时的心情很激动。我悟出了一个道理，成功，有必然的成分，还有九分偶然。也就是说，我不必按着极为规范科学的步骤去做，但还是会成功。这大概是种偶然吧，至少我是这样想的。

  时光在静悄悄地走过，不知不觉，我感觉浮子在动，猛然一沉，一提鱼竿，一条活蹦乱跳的鲫鱼，被甩至身后的松林，寻来，竟不下半斤。我高兴地将这条鲫鱼放入装鱼的塑料桶里，并下意识地看了看离我不远处的张姓朋友，只见他悠闲自得，连他带来的那条小狗也显得轻松自在。当他认真垂钓的时候，那狗也显得很庄严而当他起钓了，小狗也跟着"汪、汪、汪"地叫了起来，一条大约有两斤多重的草鱼被他收入囊中。整整一个上午，我们这行人都收获颇丰。多的，钓了三十多斤，而少的，我最少，也有十多斤。

此次垂钓，让我体会出垂钓时的意境，即"何以解忧，唯有钓鱼"。我在想，那是何情何景，能让人达到忘我的境界？钓鱼时又是怎样的心境？是"独钓寒江雪"的守候？还是"斜风细雨不须归"的等待？古有姜太公直钩无饵离水面三尺垂钓，是愿者上钩，顺其自然之生活态度；也有纪晓岚的"一蓑一笠一扁舟，一丈丝纶一寸钩。一曲高歌一壶酒，一人独钓一江秋"的孤寂情怀，略显悲凉，却也自得其乐。我一直以为大自然的色彩之美是画笔无法调出来的，钓鱼的意境更是无法用言语表达。

试想，约三两好友前行，享钓鱼之乐，远离钢筋水泥的城市、喧闹浮躁的人潮，抛开快如高速公路上奔跑的工作节奏。这无疑是一种奢求、一种超然、一种幸福。我没有姜太公垂钓的高远，也没有严子陵隐逸于山水之间的情致。垂钓时，面对一片宁静的水域，总是沉思遐想。微风徐来，田野馨香阵阵，鸟儿婉转啼鸣。于是，也就想起曾经见到过的一幅对联："读书立言淡泊明智，闲时垂钓静以修身。"垂钓虽是一种高雅的活动，但也是一种纯科学的活动。你不但要识别天气、温度、水域，还要在饵料上下工夫。有了好的诱饵，鱼儿才能聚集在一起，才能频频咬钩，才能喜获丰收。人来于自然，最终归于自然，融入自然的怀抱，在天地之间存在，无须知道自己是谁，我们要感受到的只有：天空的包容、大海的宽广、呼吸的自由……这就是忘我的境界。

垂钓，是人们的一种爱好吧。我每一次去山塘江河边垂钓，都会有不同的人生感悟。有趣的是，说垂钓不如就说是在修炼自己的心境。

"醉翁之意不在酒","钓翁之意不在鱼",在乎山水之间也。然而,鱼儿知山水之乐而不知人之乐。垂钓的目的是养心,而更高的层次是修心。正所谓,钓风钓雨钓春秋,钓山钓水钓天地!享乐,足矣!

石　缘

　　缘分，命也，喻为命运纠缠在一起的丝线，亦作缘份。缘分同"性分"和"时遇"之说，都是中国文化和宗教文化的一种抽象概念，是一种无形的连结，是某种必然存在的机会和可能。常言道"缘在天定，份靠人为"。逻辑上，先有缘才有份。人类对于石的感情久远而又亲近。人类一经出现就与石结下不解之缘。人类的祖先从旧石器时代利用天然石块为工具和武器，到新石器时代的打磨制作石器；从营巢穴居时期简单地利用石头为材料，到现代化摩天高楼大量使用的花岗岩、大理石装饰材料；从原始祭祀、陪葬中简单的石制饰物，到后来的精美石雕和宝玉石工艺品，石头始终被赋予着一定的神性色彩。"神"石成了饰物，由器用变为赏玩，崇石敬石之风就普遍流行。石头始终伴随着人类从蛮荒时代逐步走向现代文明，直至久远的未来。玩石在我国虽然历经千年，但此前一直都是少数达官贵人、文人雅士赏玩之事。随着文化生活水平的提高，玩石从个别人的嗜好发展成为今天的群体化大潮，走进寻常百姓家。人们从了解石头、亲近石头、欣赏石头中感悟人生。

　　而我与石头结缘，那是十多年前的事情了。

　　2003年腊月的一个星期天，临近春节，按照珠江三角洲百姓过年的习俗，家里要摆放年桔树和花卉。为此，我与太太一起逛中山花市，购买年桔树、花卉，采购完毕，太太租了一辆小货车将它们送回家，我还想逛逛盆景街市。

　　中山市的盆景街市位于银湾南路，我以前经常同盆景协会的一些朋友来这条街看看，一方面是来"偷学"别人的园艺技术，另一方面是可"邂逅"自己喜欢的盆景，然后毫不吝啬地掏钱将之买回家中。只是工作太忙，大半年也没来过盆景街市，所以这次我趁买年桔树与花卉之机，要好好逛一下。我来到盆景街市，东看看西看看，路过几间比较熟悉的铺面，却都没有发现有自己喜欢的盆景。同面熟的老板点点头打声招呼，我继续往前走。当我快要到街尾的一间铺面时，只听见铺子里面传来男女吵架声。我往铺面走过去，却发现这家铺子不是做盆景生意的，而是卖石头的。于是，我掉头就走。

"老板，你不要这么快就走吧！来了就看看。"年龄大约五十多岁的中年男子发话。

我回答说："我不是老板，我只是来看盆景的，你们铺子里没有盆景，全是石头，看也没用。"

"老板，在我的眼里顾客都是老板，你不要这样说！石头跟盆景是有关联的，你既然喜欢盆景，那你就与石头有缘。"

他这样一说倒让我真的掉转头来，想听他说说。我问："何以见得？"

"你看你们玩盆景的，一定有一些有山有石的盆景，山、石、树木如果能够合理搭配，那就能构筑成一幅美丽的山水画，什么石头，就配什么树种……"

他口若悬河，滔滔不绝地讲述石头与盆景的关系，仿佛他不像一个石头商人，而是一个盆景园艺专家。但他讲得十分有道理，我被他的口才所折服，为此，我真地很用心地看他的石头。

我看了约莫半个多钟头，铺面的女主人走过来说："老板，有没有看上你心仪的石头，帮衬一下我们吧！"我没有回答，继续看石头。

这时，中年男人指着靠船木做的茶台边的一堆石头对我说："这些石头，你如果要的话，放血价两万元给你，怎么样？"

我走近那堆石头看了看，有十几个。我对石头虽然不是很懂，但也略知一二，这堆石头里我认识的有钟乳石、方解石、黄腊石、树化玉，其他的我就不知道了。我对石头的市场行情不清楚,于是摇了摇头说:"太贵了。"

中年男人说:"你说多少?开个价吧!"

我心中也没有底,因我平时对石头不感兴趣,没有留意它的市场行情,我也不知开个什么价。这时我想起以往陪太太去服装店买衣服的情景,太太往常砍价一般是原价的五折。于是,我就报了一个价说一万元。

我的话音刚落,女主人就急了,说:"老板,你也太狠了吧!这个价格我们是亏大啦!两万元给你我们都亏了,现在你出这个价格我们就亏得更多。"

我说:"我对石头不感兴趣,我不想看,你们要我看,看了一会儿你们又要我买,我决定买开个价,你们又觉得卖亏了,那我不买了行不行?"说完我就往外走。

这时男主人拖住我,说:"老板,一万元成交,亏本就亏本。"

可女主人哭起来埋怨中年男人说:"我当初就说不要来中山做这个生意,现在可好,来了大半年,也没卖几个钱,连运费都亏掉了,这年怎么过呀!"

中年男人随即反驳女主人说:"我又不是神仙,我哪里知道中山的石头市场是这样的结果,如果这位老板不买,我们连回家的路费都成问题。"

我听了他们的对话,心里十分理解与同情,觉得还应该加一点儿价,所以我说:"你们夫妻也不要吵了,做生意有风险,有赚有亏,市场经济就是这样的,这样吧,我再加两千元,一万二,行不行?"

中年男人连忙说:"行!行!行!"

女主人也不哭了。

于是,我就去银行取钱。这笔买卖就成交了。

事后，他们夫妻俩告诉我，说他们是广西河池的石农，做石头生意也有好几年了。他们原来在广西柳州，做了几年之后觉得柳州做石头生意的人太多，想换个地方，于是，就选择了中山，想不到却遭遇到滑铁卢。这些石头，他们不想再运回去，一方面路途遥远运费很贵，另一方面，过年了家里急需用钱，所以他们在过年前一定要把这批石头卖掉，为此才有了我们前面的那一幕。这便石缘初起了。

过年之后，我把年前买的那些石头清理了一下，一共十五块。该打油的就打油，该清洗的就清洗干净，放在架子上还很养眼。那块钟乳石似一幅山水画，那块方解石似一堆菠萝，那块黄腊石似一具坐狮，另有树化玉及一些我不知道名的石头，待请教藏石头的朋友来帮我鉴别。

又过了几年，两个玩古董的朋友来拜访我，发现了我买的这些石头很好看，问我多少钱买的，我回答说一万二。起初他们不相信，因为他们也玩石头，后来我将那年在中山市盆景街市看盆景变成了买石头的事详细地告诉给他们，他们异口同声地说我捡了一个大漏。他们说，单就钟乳石、方解石、黄腊石三块，随便哪一块都不止一万二千元。他们还告诉我其他我不认识的石头是腊染石、鹅卵石、吸水石、大化石等。

经此，我算也开始留意石头了。旅游或者是出差，有时间的话我也会去石头市场走一走，去山间、河谷寻找自己喜欢的石头。玩石、赏石虽然不是我业余生活的主项，但也给我的业余生活带来了很多乐趣。从此，我经常阅读一些有关石头的书籍，学习赏石文化知识，业余生活也更加丰富多采。

而从玩石、赏石当中，我也感悟到一些为人处事的道理。石头并不是天生就有观赏性的，石头色彩、图案、肌肤、纹理、孔洞以及悦耳的金玉之声，特别是那千奇百怪、变化万端、令人拍案叫绝的奇特造型之石，是经过漫长的岁月洗礼，沧桑巨变的锻铸，熔炼孕育而造就的。石头既没有玉石的柔和、钻石的夺目，又没有能工巧匠的精心打磨，但它勇于改变自己，懂得自己磨炼自己，经历了大自然的千锤百炼，把最美的东西奉献给人类。我以为，这就是石之精神。

说来，我国赏石文化历史悠久。战国时代的《尚书》中的《禹贡》篇就已经记载了将泰山谷中所产怪石列为进贡物品，这说明，在先秦时代，统治者对"怪石"就已产生了浓厚的兴趣。而随着历史的不断发展，收藏奇石逐渐形成潮流。中国的赏石文化从唐代开始还影响到了周边国家，如日本与韩国。唐朝的白居易有："弄石临溪座，寻花绕泉行。时时闻鸟语，处处听泉声。"并因对石有独有的感悟，提出了奇石的审美标准，"丑、形、质、色、老、势、气、灵、禅"。到了宋代，更出现了苏东坡、米芾这两个中国赏石史上最富传奇色彩的大艺术家。其中，苏东坡酷爱石，为得佳石，竟以糖饼和江边嬉戏的孩童交易。苏东坡所藏之石，石种不一，形态各异，尤将一方"高山流水"视为至爱。他首创了以水供养放置奇石的方法，至今仍是日本藏石界赏石的方法之一。另外，著名书画家米芾更是一大石痴，曾见一方巨石，便急呼快取官袍，手持长笏，对石拜服，热泪盈眶。米芾拜石也从此传为佳话。一方奇石有如此震撼人心的力量，可见石之"神韵"，迷人之深。米芾提出过品石四法，即"皱、瘦、漏、透"，至今仍被奉为品评传统石高下的标准。明清是我国古代奇石文化集大成时期，其表现为品石专著层出不穷……明朝名臣于谦在《石灰吟》中歌颂石头"千锤万凿出深山，烈火焚烧若等闲。粉身碎骨浑不怕，要留清白在人间"。清代藏石风气更盛，其中蒲松龄爱石、咏石、颂石，一生写下的赏石诗存四十余首，并把最心爱的十块佳石称为"十友"。扬州八怪之一的郑板桥一生爱石、咏石、画石，常在题画中阐扬奇石美学，他的题画诗有"一竹一兰一石，有节有香有骨"之句。郑板桥写石之坚贞、竹之劲节，借物以喻德励志。在一幅《柱石图》中，他题诗云："谁与荒斋伴寂寥，一枝柱石上云霄，挺然直是陶之亮，五斗何能折我腰。"这反映了他的赏石思想与情操，一石一世界，一景一大千，内容丰富，无穷无尽。一切自然现象、人文思想、意境情趣、文化含量均其为载体。《竹石》中所吟"咬定青山不放松，立根原在破岩中。千磨万击还坚韧，任尔东西南北风"；近代名宿沈钧儒"吾生犹爱石，谓是取其坚"，"至小莫能破，至刚塞天渊"，也都体现了石的坚贞、坚强。赵尔丰"石质坚贞，不以柔媚悦人，吾当以为师；石态沉稳，不随波逐流，吾当以为友"，更是对石德石性较全面的概述。此外，历代赏石家又有"清、丑、顽、拙、怪、神、巧、文、雄、宁"等之说，都是对美的总结。到了现代，郭沫若、张大千、徐悲鸿、梅兰芳、老舍等文艺巨匠都有爱石的佳话美谈。当代著名作家贾平凹就以一篇《丑石》闻名于世。可见，中华民族赏石文化源远流长。但是我们在观赏时不仅要有直观的理解，还要有一种理性的遐想，这种理性与审美源自个人在各个方面的积累，在文学、音律、美术、哲学等各个方面的综合体现，就附加在了石上，也就给了一块没有生命的石头生命与灵性。这是自我的完善，自我的提高。通过赏石活动，我们不但可以达到修身、养性、怡情、健美、励志的目的，还可以求得淡泊名利、宁静致远、超凡脱俗，使人休养生息，步入尽美的世界。

古人云：赏石者乃以禅心入道。悟禅养性，品味人生。能有一定悟性的人往往对"贵形而贱神""贵眼而贱心"的赏石观不以为然，他们更重视的是心灵的感受。"禅"，意为"静虑"，即"心定一境"之意。佛教禅宗的精神是以"无念、无相、无住"三昧为基础的，而以"明心见性"为宗，主张"一切万象不离自性"。古人认为，石有禅意。如林有麟说："法书、名画、金石、鼎彝，皆足以令人脱俗，而石尤近于禅。"所谓，"石中有机锋，拳石可纳五岳"。五岳一拳，一拳石玩，禅意释石，石示禅意。这些是佛教"纳须弥于芥子"之说在悟石中的运用。近年来，赏石界又提出一个概念——禅石。所谓"禅石"，就是以禅的哲理来体会石中的天理，也就是以"三昧"的哲理。作为品石的标准，主张在品石过程中，能"顿悟妙得"。石能解忧忘念空，且因石有造化工。石亦可养性。孔子曾经说过，智者乐水，仁者乐山。可乐石者，二者兼之。石虽冥顽，却姿裁明秀，形质俱佳，让迷者赏心悦目。石虽不言，却内蕴温润坚贞，使乐石者超逸，禅心安处……石富美妙之趣，静致远之力，这样人与石可以彼此交互感应，"物我一体"才可顿生崇敬之心。养石的过程，是陶冶性情、涤尘净心的过程，能培育耐心，增强爱心。养石即养心，使人的道德修养达到新的境界。

　　世上有很多事可以求，唯缘分难求。茫茫人海，浮华世界，多少人真正能寻觅到自己最完美的归属，多少人在擦肩而过中错失了最好的机缘，又多少人有正确的选择却站在了错误的时间和地点。有时缘去缘留只在人一念之间。缘即如风，来也是缘，去也是缘。已得是缘，未得亦是缘。我的一位书法家朋友曾送给我一幅墨宝："做得来皆成事业，推不去便是因缘。"我想，这足够解释我与石头之因缘了。有缘千里来相会，无缘哪怕门对门。有缘，便好。

庭院里的鸟巢

　　一天清晨，我本还有一点睡意，不料被庭院里的鸟鸣声搅去了。平时居家的庭院里也时常会听到鸟叫声，但没有当时的嘈杂。我连忙推开门，站在阳台上寻找鸟鸣之处，只见两只成年鸟围绕一只雏鸟叫个不停。我走下楼去，走到三只小鸟边，但它们居然一点也不害怕，仍是唧唧喳喳地叫个不停。我听不懂鸟语，看情形只知道两只成年鸟心里很着急。可我一时也束手无策。

　　随后，我儿子也赶来凑热闹，他边用手机拍摄三只小鸟，边问我："爸爸，怎么还有一只雏鸟？"我说我也不知道。儿子仔细观察了庭院里的几棵大树，发现两棵大的龙眼树的顶部都有一个鸟巢，鸟巢搭建在龙眼树顶部的三杈之处。他说："老爸，我知道了，这只雏鸟是从这棵树上的鸟巢里掉下来的，这两只大的小鸟是雏鸟的爸爸妈妈。"

　　鸟巢！我不由得在心里惊呼。我似乎闻到了一种熟悉的却又久违了的气息。那气息从童年飘来，酽酽的，纯纯的，如那年少时无忧无虑的日子。

　　我童年是在一个有着"鱼米之乡"之称的江南小村庄里生活的。那时的乡村远离高楼、汽车，青山绿水，空气是新鲜的，生态很好。最让人心情舒畅的是遍及乡间田野的大树，还有那大树顶部的鸟巢，爬树淘鸟蛋，似乎是乡村小孩的一种乐趣。乡村的鸟巢随处可见。板壁上、屋檐下、树枝间、岩洞中，就连那废弃了多年的土墙里也可以找得到鸟巢的踪迹。只要能遮风挡雨，只要能提供哪怕是一点微不足道的安全保障，鸟儿们就会把自己的巢穴置于其间。乡村的鸟巢也是多姿多彩的。燕子们会在木楼的板壁上一嘴一嘴地用泥块筑成精致的鸟巢；麻雀们衔来柔软的羽毛、树叶甚至破布片于屋檐的空隙里构建温暖的鸟巢；喜鹊和乌鸦叼来粗枝大叶在树丫间营造坚实的鸟巢；一些不知名的水鸟在河岸边捡拾水草到岩洞中铺设自己的鸟巢；还有一些天性懒惰的鸟儿却是忙着一门心思地抢占别人的鸟巢，"鸠占鹊巢"说的就是这些讨厌的家伙，因为鸟巢的随处可见和多姿多彩，我的童年也才多了一种既有童真又快乐的生活情趣。

"爸爸，你帮我搬一把梯子来。"儿子的叫声打断了我对童年往事的回忆。儿子捉住了雏鸟，让我把搬来的梯子架在树上，他小心翼翼地爬到龙眼树的顶部，将雏鸟放回鸟巢。鸟巢里还有四只雏鸟，儿子从树上下来，高兴得手舞足蹈，兴奋地对我说："老爸，我们家的生态环境不错，有鸟巢，我们一定要好好保护这些鸟巢。"我点了点头。

我对鸟巢也很是好奇。儿子从龙眼树上下来之后，我分别爬到两棵龙眼树的顶部，仔细观察了鸟巢。两个鸟巢里都有雏鸟，都伸出黄黄嫩嫩的嘴，半闭着眼睛，引颈嗷叫，以为是鸟妈妈回来了。这两个鸟巢筑巢用的材料，基本是一致的，除了部分是细小的树枝外，竟然还有一些麻线，大多数是像棉花一样细小的白色纤维。鸟巢结构讲究，使用材料也属精良，筑巢技术颇俱女性的细心和精巧。正当我仔细观察鸟巢时，鸟爸爸鸟妈妈飞到了鸟巢旁边的树枝上叫个不停，仿佛是警告我不要动它们的小宝宝。我明白了它们的意思，赶紧从树上下来。

鸟儿筑巢，是浩大而艰巨的工程，要付出常人难以想象的劳动。据有关资料介绍，一对灰喜鹊在筑巢的四五天内的工作量就令人难以想象。它们至少得衔取枯枝、青叶、草根、牛羊毛和泥团共600余次，其中计枯枝250余次、青叶150余次、草根120余次、牛羊毛82次、泥团54次。而一只美洲金翅雀筑仅重50余克的巢，也得飞来飞去衔取近800根巢材。

当然，筑巢不是鸟类才有的技能，但鸟类筑巢的工艺，在动物界却是无与伦比的。完全可以这样说，鸟儿是以整个身心乃至生命在筑巢。鸟没有松鼠那样的手，没有海狸那般的牙，它们只有喙和爪。在法国历史学家、作家米什莱看来，鸟筑巢的普遍情形，与其说是以喙和爪筑巢，还不如说是以胸挤压材料，以躯体将混合材料作一种黏合。如果此论成立，则可推论赋予鸟巢椭圆形状的工具不是别的，而是鸟的躯体；鸟在里面不停地边转边压，将"墙"朝前推，使之终成椭圆的房子。

后来儿子根据手机拍摄的照片，通过百度搜索，得出结论。原来，在我们家龙眼树上筑巢的鸟是黄莺。往后，只要我回到家中，就会有意识地去观察庭院里树上的鸟巢。好几次，我都看见黄莺飞来飞去，先是五六只，后来有十多只。没过多久，龙眼树上鸟巢里的雏鸟也长大了，开始试飞，它们有时候落在花盆上，有时候蹲坐在树枝上，不停地鸣叫、飞跃。面对我们，既显亲密，又作拘谨。有一只刚学会飞行的黄莺，不知是不是被我儿子放回鸟巢的那只已长大了，竟然敢飞到我儿子的肩膀上，同我儿子嬉戏，让我儿子兴奋了好几天。这些黄莺羽色鲜黄，体态轻盈，它的叫声是那么地圆润嘹亮，低昂有致，富有韵律，悦耳动听。

我不知黄莺喜爱什么食物，只想对它们表示关心，便有时把削下的苹果、梨子的果皮放在庭院里的地上，好让它们觅食。好在过一些时间去看，果皮总是会少一些。我心中一阵释然，认为自己如此用心，也算是做了一件好事。但我儿子更大方。他从动物饲料店里买来一大包鸟饲料，清晨出门之前，撒一些鸟饲料放在庭院里的地上，让那些机灵的黄莺美美地饱食一顿。白天黄莺一般不会在巢内休憩，而是在庭院里飞来飞去。每当给它们喂食时，我都格外地小心，生怕惊动它们，鸟儿会惊走不回了。可立冬之后，还真地不见了黄莺的踪影。不知它是飞走了，还是建了新巢，我的心中难免有一种淡淡的落寞。只是我又希望它能有一个更加美好的生活。

鸟巢，鸟之巢。生命在这里孕育，多少根细枝，多少个来回，勤劳与爱并生相连。弯曲有度的松针，几经喙碎的泥土，从巢的选址到选料，一直到巢穴的构筑，几多辛劳，几多心思，一步步圆成。

鸟巢，爱之巢。母爱天性，情爱更是惹人崇尚，一旦喜结连理，便要从一而终，没有遗弃，没有异心。鸟类学家的考察表明，鸟巢大都是鸟夫妻共同建造的家园。如利用天然树洞筑囹圄巢的世界珍禽——犀鸟，每当旭日东升，雄鸟就会从河畔频频衔回泥巴给洞内的雌鸟而雌鸟则一次次呕出胃液，以喙将胃液揉拌入泥团，再衔之以封小洞口。尽管鸟类学家还不太明白鸟筑巢的"技能"是如何遗传的，但却已断言筑巢与鸟类的繁殖相关——鸟类的繁殖，通常始于筑巢，终于幼鸟离巢。

鸟儿飞鸣，鸟巢连连，但这是山林田野、乡村老树的风景，城市则是很少见到的。现代社会，人们过分追求物质富有的生活方式，过分强调高楼大厦、灯光夜景、川流不息的车辆，过度开发对生态环境的破坏，对大自然的过度索取，给鸟类的生存环境造成了较大的伤害，以至于一些鸟种漫漫消失。这不能不说是人类的一种悲哀。社会是进步的，人类应该朝着物质文明、精神文明、生态文明的方向发展，与大自然和谐相处，让包括鸟类在内的动物有一个自由、健康的生存环境。

我在老家，曾听一些长辈们说过，如果一些吉祥之类的小鸟诸如喜鹊、燕子、黄莺等，在谁家屋檐或者庭院里的大树上筑巢，意味着他家风水好，有好运。这种说法是否正确不知道，但是有一点起码说明他家生态环境是好的，更能体现人与自然的和谐相处。我很希望年年有黄莺之类的鸟儿来我家的大树上筑巢！

旷野里的露珠 >>>

大尖山的风

　　我去过很多的山，也受过不少山风的吹拂。山风可亲可爱，不管是名山还是普通的山，风给人的感觉是一样的，亲和，友善。面对登山者，山风总是同样热情地亲耳拂面，呵护备至。它轻柔、幽敏，每一步都迎接在前，每一步都欢呼在后。

　　平时工作忙，生活节奏又快，出了门不是驾车就是挤车，整个人也变得心浮气燥，忽然觉得应该到山里走一走，吸吸山里的清新空气，看看山里真山真水的风景，享受一下山里的清静。一个初夏的双休日，家人说去爬山，正合我意。一方面放松一下心情，另一方面也可以锻练身体。可中山境内没有什么名山大川，就只有五桂山和大尖山相对来说还有一点名气。五桂山我去过多次，似乎没有什么新鲜感了，好在大尖山没有去过，尚值得去看一看。我的提议得到了家人的响应，于是，一大早我们就驱车直奔大尖山。

　　大尖山海拔391米，我们出发得早，抵达时也尚早。清晨的大尖山，清新宁静。山风拂面而过，山涧的空气清新得仿佛要融化了肺腑，山鸟雀跃，掠林而过，寂静了时光。这是一个清新的世界，朝霞像女孩子绯红的小脸，挡住了黑暗所留下的色彩。晨光渐渐苏醒，野花的清香溢满了整个山岗，那些大地所留下的失落与忧伤，随着天边的色彩消失在无边的远方。而晶莹而透亮的露珠带着炫耀的光芒，铺满大地的每一个瞬间。我闭上眼睛，张开双臂，山风带着独有的清新与芳香，轻拂着我的发梢，穿透我身体的每一个毛孔；阳光带着温暖，漫步于我身体的每一个角落。我想大声地呼喊，让声音回荡于山谷之中，漂向远方，永不消失。

天气晴好时，从市区便可望到大尖山的挺拔身影。山中树木茂密，是个天然氧吧，夏天很舒服。无论夏天还是冬天，山顶都有大风，那里是个风口，所以登山最好带上件衣服防风，带顶帽子，夏天防晒，冬天防风防寒。出发之前，一些曾经来过大尖山的朋友告诉我说，夏天山上气候变化无常，没有遮风挡雨的地方，要我们准备好雨具。所以，我和家人都带了雨伞。雨伞一方面可以遮挡太阳，另一方面又可以遮风挡雨，当初我还以为带雨伞是多此一举，后来验证了朋友的良言。

　　虽然大尖山不高，但是作为中山的脊梁，其也是独立成峰，十分险要。登大尖山有两条路线，一条从石鼓北坑口起步，较宽、较陡，有石阶，是梯级路，难度大一些，另一条路位于山的东南面，黄沙路面平缓地向远延伸，一面临山，一面溪谷，距离要长一点。我们选择了从石鼓北坑口起步。山路陡，坡度大，石级高。平时运动量不多的人，要爬上去会有点吃力。途中，我们就见到一位刚上小学的小女孩，爬到中途便哭了，只能往回走。但也见到一位年轻的父亲，背着一个不满周岁的小孩来登山。我们见之感动，打从心底里佩服他。

　　偶在爬山途中碰见一些小道，多半是杂草丛生，人迹罕至。踏入这个"风水宝地"，才发现惊喜不断。重叠错杂的灌木，高大和挺拔的桉树，翠绿的松树，还有那乱中有序的蕨物，一起相约伸出美丽的脖子。那高大的橡树，挂着嫩绿的叶子，绵延的石阶长满青草，与周围山石浑然天成。山风清清地吹着，是松林，倾听松涛阵阵，像是深厚的交响曲。静静地倾听，能激发出很多人生的想象，而自己就像一位留着大背头的指挥家在指挥。音乐在抒情，小鸟在歌唱，身子随着旋律慢慢地摇，尤如在大海上，枕着波涛。这就是人生，一种感悟生活的人生，心也平静了，头脑也能理出思绪了。夜已深，清静还在延伸，山间的流水声传进耳畔，仔细分辨，水声也有旋律，听醉了，听得入神了，给人的感觉好像看到了舞台上一个人正在用小提琴拉《梁山伯与祝英台》，每一段旋律每个音符，都让人如痴如醉，又好像是一个美丽的姑娘用琵琶弹奏《春江花月夜》，你心里忽然一亮。

只是六月的天，小孩的脸，说变就变。一行人爬到半山腰时，忽然间，天空乌云滚滚，黑沉沉的天顿时就像要崩塌下来。风追着雨，雨赶着风，风和雨联合起来追赶着天上的乌云，我们赶紧打开雨伞，到一块平地避雨。果然，不一会儿，大雨疯狂地从天而降，整个天地都处在雨水之中。

在雨中登大尖山更有一番乐趣，绵绵青山山雨弥漫，随处散发着成长的快乐，梦想的翅膀生长着。我喜欢绵绵青山雨歇时，片片绿意点着光亮，锐化着怒放的生命。漫山遍野的绿树，则愈发苍翠，白色的雨雾像轻纱一样地披在身上，让绿色的树和绿色的山显得有点神秘，绵密的雨雾像蒸气般弥漫着，人像进了仙境一般，让人忽地有了一种能在此羽化登仙去的感觉。但不管是静默在雨中的豺皮樟，还是在雨中愈发显得油绿的青果榕、山石缝里的一支小草、悠闲鸣唱的山雀，你只要仔细观察一下，就会发现它们在用各种不同的身体语言向人们表达着大尖山的山野情趣。在这种环境里，人和植物是可以对话的。身边的水杉枝头，一根根细细的针叶尖上挂满了晶莹的水珠，像一盏水晶吊灯，如此可爱。我忍不住伸出手去捋了一下，针叶像一把马棕似地柔顺，晶莹的"钻石"化为清凉的水流，在手心里淌下。

这场山雨很快停了下来，来去匆匆，像是被山风吹走了。雨后的大尖山，呈现出迷人的色彩，俊朗静谧，清甜如丝的气息也沁人心脾。"骤雨初歇看三清，云遮雾绕一丝晴。肯是瑶池载不住，滑落人间作丹青。"这种色彩十分的美，带着清新，带着诗意，有你不曾感受到的纯真，有你未曾觉察的新世界。其实，只要我们愿意，厚实的青山总是万般地柔情。

雨停后，又刮起一股清新的山风，是继续往山顶前行，还是下山返回,家人有了不同的意见。最后我们保留了一个折中的方案,愿意继续前行去山顶的就继续前行,不愿意前行的就在半山腰休息,等候到山顶的人一起返回。我坚持继续前行到山顶。

坚持就是成功,经过爬行一段十分陡峭的石头阶梯,我们终于到了山顶。山顶是一块面积不大的平地,山顶上还有一座不大的小庙。站在山顶上,向远处眺望,可以见到市区的一些高楼大厦。此时此刻的山顶,风更没有自命"我已造极",只是比半山腰的地方略大了些、广了些,由温柔变得刚劲了些,从调皮变得沉稳了些。这会儿听松涛浩瀚地涌去了,远些,远些,再远些,似乎到了云端,到了天际;又真切地涌来了,近些,近些,再近些,到了唇边,到了血液里。此时若不是有风在头顶吹着,还真以为数人离天空最近呢。

不必寻找山风的样子,大尖山的风,在松韵里和草气里、在花香里,在自己的发梢、在自己的衣袂里,透过耳朵鼻子吹进了心田,心轻松快乐得像要飘起来,感觉风的样子就是自己的样子,自己的样子就是风的样子。这山顶,这山沟,产生了这山风。有时候温柔,更多的时候是咆哮、奔腾,像山洪,直向山口冲出,雄狮般嘶鸣,猛虎般吼叫,力擎万钧,摧枯拉朽,一切愚昧、昏惑、庸俗及穷困等都将席卷殆尽。继尔,定会山青水秀,鸟语花香的。

雨后的清晨

受台风"玛娃"外围云系的影响,珠三角的雨水下个不停。连续下了一天一夜,据市气象台发布的消息,我们这里的降水量竟然达到一百多毫米。好在今日清晨,降雨终于结束了。我从二楼的卧室下来,直接走到院子里,一缕清鲜中带着花香带着湿润的空气扑面而来。呵,好清香的气息!狠狠地吸上几口,任空气的余味在胸腔里翻转沉淀!那感觉就像喝上一口甘露,全身毛孔舒张顿时让人精神一振。周身仿佛都被这股馨香洗刷了一遍,有一种说不出的愉悦。"润物细无声",那样的深情,那样的慈爱,如母亲的手,把山河大地抚慰了一遍,总是在人们的酣眠中淅淅沥沥着她的温柔,照拂着普天下的生灵。整个世界都充满了温馨与爱意。

我习惯于早起,每天清晨在院子里打扫卫生,将各种树木降落在院子里的树叶清扫一遍,放在垃圾桶里。昨晚的降雨,使院子里洒落了许多树叶,我足足花了一个小时才将院子里的落叶清理完毕。

雨后的清晨,院子里有些湿润,却显得格外清新和安静,更加地优美,更容易叫人陶醉。雨后的空气沁人心脾,我贪婪地呼吸着雨后甜润的空气,轻嗅着泥土散发的清香。感觉全身上下都焕然一新,新鲜的空气传遍全身,每个细胞都在颤抖着,仿佛灵魂出窍也来享受这最纯洁的新鲜!心灵也在此刻得以涤荡,而我呼出的好像不是空气,更像是心中的杂念!枝头的鸟儿在清脆鸣唱,没有了雨水的压迫,树枝慢慢地抬起了头,迎着阳光闪着淡绿的光环。像一支绿色的舞队翩翩起舞,也像千万颗青翠的翡翠闪闪生辉!风雨给予了树木洗礼,也给予了树木新生!

看着经过雨水的洗礼而焕然一新的树木，整个人顿觉豁然开朗。鲜艳的月季花上停留着些许花露，花叶上的露水晶莹剔透，如水晶般，在微弱的阳光下闪闪发光。盆栽的几棵辣椒因阳光的沐浴而渐显干枯的菜叶，在雨后显得翠眼欲滴。

每天清晨，我除了打扫院子之外，还要到位于院子东南角的鱼池去看看，鱼池里放养着几十条活泼乱跳的各种锦鲤鱼。漂亮的"大姑娘"、机灵的九龙纹、体格健硕的"大力士"……它们总是在清澈的水下游来游去，好像在自由自在地散步。雨后的鱼池，清凉柔和，晶莹莹的池面，宛如一块翡翠般的宝镜，照映着周围一圈的树木，照映着蓝天白云，偶尔有几条鱼儿跃出水面，溅起滴滴水花，碎了这片天然的明镜。一阵微风拂过，泛起层层波纹，好似无数透明的丝带在水中飘舞，使得鱼池显加妩媚。

如果不是下雨天，我会准时给鱼喂养饲料。可连续的下雨天，天气闷热，影响了锦鲤鱼的情绪和食欲，它们食欲减退，兴致不高。为了避免锦鲤鱼发生消化不良甚至是肠炎等疾病，我在下雨天，会适当给锦鲤鱼减少食量甚至是停止喂食。我从装有鱼饲料的铁桶里，用塑料杯装满一杯鱼饲料倒进鱼池里。"沉睡"了一天一夜的锦鲤鱼，在"绿色的天堂"中追逐嬉戏，像碧波中跳动的彩色精灵。也许是因为"睡"得太久，它们一见到食物，便争先恐后地上来抢着吃，红的、白的、黑的、花的，等等，聚集在一起，像倒映在池中的天边的晚霞。鱼儿在清晨阳光照耀下，鳞片上闪着银光，像是身着银甲的战士。鱼儿摇头摆尾地在水里踱来踱去，好似在寻找什么。突然，它们发现前面有食物飘荡，便快马加鞭地冲上前去，一口咬住食物，向水底游去。它们一边游一边还吃着自己得来的战利品。这时，其他的鱼也围上来，东拉西扯地抢食物。另外，还有一些鱼，表面上装作对那些美食不屑一顾，实际上却趁别人不注意，小心翼翼地游过去，尝尝那滋味……鱼儿们千姿百态，让我们仿佛在观看一出舞台剧。在鱼池里美的不仅仅是鱼儿，还有惬意地躺在鱼池周边那些绿萝叶面上的露珠。这些清晨的露珠，有的正在晒太阳，有的像顽皮的小男孩，在绿萝叶上滚来滚去，把绿萝叶弄得亮闪闪的，漂亮极了！

雨后的清晨是干净的，给人一种清新淡然的愉悦心情。昨夜的雨洗尽了尘埃，浸湿了黑夜。只是在夜里，看不到它的美，但可以听到它的声音，雨滴落地的声音，虽然杂乱无章，但却刺穿到我的心里，像是我所有的烦心事，都随着这雨落下了。雨声就是它们的哀鸣。看着经过雨水洗礼留下的美丽景象，心里油然而生一种无言的快感。在清新爽朗的空气中，只要我们留意，就会寻得一方恬静，看见那些不平凡的美丽，淡然自己浮躁的心情。

风还是那样轻轻地，柔柔地，却多了一份温暖与惬意；雨，虽然早就没了踪影，可这时右侧耳边传来了细微的滴水声音，抬头望去，却是那屋顶上残留的水，通过屋檐轻敲楼下窗檐发出的声响。那一颗颗的水珠从高处滴落下来，和窗檐接触的时候，像顽童玩耍掉落手中的一串弹珠，发出清脆的响声。水珠碰撞时溅起的水花，就像一朵朵盛放白色烟花发出晶莹的白光，为这个清晨增添了不少趣味。我沉醉其中，目不转睛地看着这一个个碰撞的瞬间。一道道的光圈泛起了一片片涟漪，记忆的阀门在这一刻从心底翻涌，历历往事涌上心头。

雨中的湿土静静地浸润花儿的梦想，有水和泥土的地方就会绽放鲜花，就会生长村庄。小时候，每到下雨天，会光着脚丫，打着雨伞，在雨中玩耍。乡间田野、村头巷尾到处都是流动的雨水，我们几个臭味相投的孩子，还会打起水仗。尽管那些年物质匮乏，可我们童趣犹在，似乎没有什么忧愁，没有伤心，也没有离别。那时候我们的时光里满满的都是快乐。如今，我还是想光着脚丫，重温那种感觉，只是无论我怎么去体会，怎么去寻找，那种感觉却仿佛消失了好久。我只记得它的轮廓，记忆里怎么也找不到他们的样子了。于是，我只好默默地走着，哪怕找到一点也好，我就很知足了。可是那年的笑脸，停在了那年，那些孩子的名字也没再被提起。

在黑暗的泥土里，某些生命，没有走出黑夜，没有走到生命成熟的秋季，没有走到黎明，它们把光芒让给了活着的生命，把金黄的田野、甜蜜的果实让给了活着的生命。它们在黑暗的泥土里，化作微尘，化作另一些种子的肥料，成为命运的哑语，成为回忆的往事、思念的故人。

我想，一个人是不是也像这雨后的清晨一样，一次次被雨水冲击，一次次站起，又摔倒，不停地反复，不停地遭受风雨的洗礼。梦想亦如此。想着小时候，张口就是梦想，笑着遥指天下，有一天我要飞翔。如今，却不是把梦挂在嘴边，而是看着地图，安静地呆在属于自己的地方，笑着说自己小时候的梦。

都说空气中蕴涵着语言。听鸟儿在雨后呼朋引伴地卖弄它们清脆的喉咙，唱出了婉转的调子。知了喊个不停，我多想大家能听见在空气中散落的那奇妙的语言啊，可惜，人们已经投入繁忙的工作中了，没有时间去欣赏那美丽的雨后惹人喜爱的翠绿的景色。

太阳、月亮、星星、小草、鲜花……它们都以独特的方式带给我们无尽的陶醉与震撼。生命与生命之间息息相关，相辅相成。大自然孕育的万物生灵都在以不一样的生存方式展示自己独有的魅力。一日之际在于晨，因为感受了美丽的清晨，拥抱了第一缕阳光，心情大好的一天看什么都熠熠闪光，遇什么事也可以过眼云烟般淡化掉。生活如此多娇！喜欢清晨，喜欢新的一天和新的希望。

我喜欢清晨，更喜欢雨后的清晨。喜欢它的新生，喜欢它的清新，喜欢它的宁静，喜欢它的素淡与美丽，这种喜欢带着欲语还休般的感觉。静静的雨后，静静地想着那些该想或不该想的事，洗去自己烦躁的心绪看着这个雨后安静的世界，便很舒心。雨后的清晨，太阳为所有的生命装上一颗金子般的心灵，又用爽朗的笑声把它们放养在世界的每一个地方。在人世间每个清白干净的环境里，只要留意，就会寻得一方恬静，淡然自己浮躁的心情。

第二辑

拂去算盘上的尘埃

近日,有一亲戚乔迁新居,我盘算着送什么礼物给他,送礼金亲戚不差钱,他肯定不会收,且显得俗气,送物件实在是想不出送什么给他好。为此,我烦恼了好几天,还是堂客一句话点醒了我,她说:"你收藏了那么多的东西,从你的藏品里面考虑一下,比如说,文房四宝、算盘什么的。"堂客的一句话,"一言点醒梦中人"。好!那就从我的藏品里面做文章。送文房四宝,亲戚不是文化人,似乎有点"牛头不对马嘴",对,送算盘给亲戚正合适,亲戚是生意人,投资理财,财源广进,寓意很好!亲戚肯定高兴。果然不出所料,亲戚乔迁新居那天,挑了一个民国初期的算盘送给他,亲戚见了它,大有爱不释手、相见恨晚的感觉,在众人面前,连连夸我说:"究竟是文化人,连送礼都有创意、有档次,高雅、珍贵。"他让他的家人,好好保存起来,要当作传家宝,一代一代传承下去。说实话他的举动,让我有点不好意思。可看他真诚的样子,又绝不是客套话和做秀。也许,亲戚看重的不是一件"古董",他看重的是一种好的寓意和传统文化。

算盘作为一种传统的计算工具，躺在许多人家的某个角落，布满了尘埃，几乎被现代人遗忘了。亲戚对算盘的钟爱，的确让我大感意外。

算盘，是我们祖先创造发明的一种简便的计算工具。珠算盘起源于北宋时代，北宋串档算珠，《清明上河图》中赵太丞家药铺柜就有一架算盘。在计算机已被普遍使用的今天，古老的算盘不仅没有被废弃，反而因它的灵便、准确等优点，在许多国家方兴未艾。2013年12月4日，联合国教科文组织在阿赛拜疆首都巴库宣布，正式批准中国珠算项目列入教科文组织人类非物质遗产名录。算盘是珠算的工具，珠算被誉为中国的第五大发明，诺贝尔奖得主杨振宁曾表示："由中国发明的算盘，就是世界上最早的计算机。"听说珠算奥妙无穷，打算盘的技巧也不计其数，有的人能双手一起打，有的人打多少数字都不会出错，无论多难的难题，用算盘都能算出。

"一校分成两院落，两个院里学生多，多的倒比少的少，少的倒比多的多。"这一谜语形象生动地对素有"中国计算机"之称的算盘作了描绘。早在西周初年，为了方便计算，我们的祖先创造了一种简陋的计算工具，即算筹。算筹是用竹片等制成的小圆棍，计算时，把小圆棍或横或竖地摆在平坦的物体上，基本原理与算盘相似。从目前我国的考证来看，算盘问世最早、最确凿的"视觉证据"是在北宋。算盘的规格，呈长方形，四周由木条为框，内有轴心，俗称"档"，档的上端中间用一根横梁隔开，上端有两个珠子，每个珠子当五，下端有五个珠子，每个珠子代表一。运算时定位后拨珠子运算，谓之珠算。珠算配有口诀，便于记忆，运算简便。自古以来，写一笔好毛笔字，打一手好算盘，是求职谋生的基本条件。算盘是用来算账的，也正因为如此，算盘通常被中国人用来寓意招财进宝，被当做象征富贵的吉祥物，为人们推崇。在民间，常会听到"金算盘""铁算盘"之类的比喻，形容的也多是"算进不算出"的精明。

古代小孩挂在脖子上驱凶辟邪的百眼筛上，就有算盘。除此之外，算盘还作为警醒新娘学会"精打细算"的陪嫁，出现在嫁妆"六证"中，以祝福新人婚姻生活富足安宁，赢得广茂财源。可算盘究竟是何人发明的，无法考察。但是它的使用应该是很早的。东汉末年，数学家徐岳《数术纪遗》载："珠算控带四时，经纬三才。"北周甄鸾注云："刻板为三分，位各五珠，上一珠与下四珠色别，其上别色之珠当五，其下四珠各当一。"可见，汉代即有算盘，但形制与现今不同。不过，中梁以上一珠当五，中梁以下各珠当一，则与现代相同。东汉天文学家徐岳说，他的老师刘洪曾问学于道家天目先生，天目先生解释了14种计算方法，其中一种就是珠算。所以，至迟东汉就已经出现算盘。有些历史学家认为，算盘的名称，最早出现于元代学者刘因（1249—1293）撰写的《静修先生文集》里。在《元曲选》无名氏《庞居士误放来生债》里也提到算盘。剧中有这样一句话："闲着手，去那算盘里拨了我的岁数。"公元1274年杨辉在《乘除通变算宝》里，1299年朱世杰在《算学启蒙》里，都记载了有关算盘的"九归除法"。公元1450年，吴敬在《九章详注比类算法大全》里，对算盘的用法记述较为详细，张择端在《清明上河图》中画有一算盘。可见，早在北宋或北宋以前我国就已普遍使用算盘这一计算工具了。

而随着算盘的使用，人们总结出许多计算口诀，使计算的速度更快了。这种用算盘计算的方法，叫珠算。在明代，珠算便已相当普及，甚至出版了不少有关珠算的书籍，其中流传至今，影响最大的是程大位的《直指算法统宗》（1592年）。

我读小学时学校就开设过一门功课叫珠算，说白了就是学打算盘。那时算盘是最重要的运算工具，且当时会打算盘显得有文化，所以家长、孩子对学打算盘都不反感。不过珠算不是主要学科，每星期只有两三节。每逢有这门课的日子，同学们就把算盘塞在书包里，带到学校。

那时的学校从不卖给学生东西,即使卖,学生也买不起,所以所用的算盘都得家长想办法。小时候除在学校学习过珠算课外,我还跟长辈们学过珠算,如加减法、除歌诀、退商口诀、贵贱差分等,感到非常神奇。加减法还能在算盘上打出图形,像凤凰展翅等。那时候生产队的会计,商店、供销社的营业员、财务人员都会珠算,银行、药店的柜台上,都有算盘。加减乘除随手可算,既准确又快捷。曾经有一长辈给我出了这样一个题目:鸡兔同笼不知数,三百个头笼中露,问多少兔子多少鸡。用贵贱差分口诀也能算出来。

二十世纪七十年代末期,国家恢复了高考制度,我幸运地考进了一所财经类学校。这时,珠算就是必修课了,而且还要上等级,否则,就拿不到毕业证。为此,同学们经常利用课余时间练习算盘,一时间,教室里"噼哩叭喇"的声音响个不停,教室也仿佛成了算盘的海洋。我使用的算盘较大,是父亲曾经用过的具有几十年历史的花梨木做的算盘,长方形木框架,尺寸为 36×17 厘米,四周用铜皮包角,框架靠近三分之一处用一根横梁隔开,横梁上端分布两个珠子,下端分布五个珠子,最常用的个十百位的算杆早被磨得锃光瓦亮,算珠上原有的黑色也更加光亮。八十年代初,我参加工作以后,自然也离不开算盘,无论是在商业系统,还是在统计局,每天都要面对数字与计算,财务账本与报表、统计报表等都是用算盘计算出来的。那时候,电脑很少见,绝大部分单位都是依靠传统的计算工具算盘来完成计算任务,算盘在人们的日常生活中就如同现在的手机。而进入九十年代后期,随着计算机进入人们的工作和日常生活,算盘慢慢地完成了它的历史使命,逐渐被人们所遗忘,或者进入收藏爱好者的视野,当作古董和文物被收藏起来。

"一上一,二上二,三下五去二……"当年这些耳熟能详的珠算口诀早已随着电子时代的迅猛发展,被人们遗忘在了脑后,曾经无比辉煌过的算盘,如今竟也渐渐淡出人们的视线,随着岁月流逝悄然隐身而退。但我心中的算盘情结却始终割舍不掉，我把家里人以及一些亲戚朋友曾经使用过的算盘都收集过来，并经常去古玩市场遛达，一经发现有自己喜爱的算盘，在自己经济状况能够承受得起的情况下，也会将其收入囊中。因为，在我心目中，算盘除了用做收藏品之外，还是从我们这一代人的手中、眼前流走的难以忘怀之物，这些隐藏在普通老百姓家里某个角落的算盘，让我们想起与之相关的一段往事、一种情感、想起背着算盘上学的当年那个情景。在每个算盘的身上，都有属于它的一段回忆。它们完成了时代所赋予它们的使命，见证了国民经济发展的历程，它们身上凝结着祖辈们兢兢业业、脚踏实地的工作作风，凝结着当代人积极进取、勇于探索的精神！那些宝贵的精神财富，会永远伴随着我们，激励着我们，丰富着我们人生的岁月。

算盘，虽然已经退出了历史舞台，但我们拂去算盘上的尘埃，它的精神、它的财富将永远留藏在我们的记忆里！现在算盘已被计算器、计算机所代替，但使用了几千年的算盘，给中国灿烂的文明留下了浓墨重彩的一笔。使用算盘和珠算，除了运算方便以外，还有锻炼思维能力的作用，因为打算盘需要脑、眼、手的密切配合，是锻炼大脑的一种好方法。算盘虽已成了历史，但中国人的聪明才智、中国源远流长的传统文化，将会世世代代传承下去。

爷爷的扁担

金秋十月,我回了一趟老家,在爷爷曾经住过的老屋里,发现两根上百年历史的扁担。老屋不知有多长历史了。父亲说,老屋是他的爷爷从别人那里买过来的,现在无人住居,已成危房,随时都有倒塌的可能。老屋里没有什么值钱的东西了,只有一些残废的烂家具,连那两根几乎伴随着爷爷一生走南闯北的扁担,也和那些残废的家具一样,静静地躺在一起,无人过问。

爷爷是二十世纪八十年代初去世的,至今已经有三十多年了,奶奶也已经去世了二十多年,爷爷奶奶他们没有给后人留下什么财产,就那栋没人居住的危房和残废的烂家具。但晚辈们对此也毫无怨言,相反,对爷爷奶奶他们那辈人勤劳、勤俭的精神充满了敬佩之意!老屋里的那两根扁担,见证了爷爷奶奶依靠自己的辛勤劳动养家糊口的那段艰难岁月。

说来,我爷爷的爷爷是还一个小商人,家境比较殷实。可到了我爷爷这一代,家况渐渐地贫穷了起来。爷爷一共有六个兄弟姐妹,他排第三,上有两个姐姐,下有两个弟弟,一个妹妹。由此,生活的重担自然就压在爷爷的肩上,他仅上了三年学就辍学了,为帮助其父亲也就是我的太祖爷担负起养家糊口的重任,南下广东做盐生意,赚钱供两个弟弟上学。爷爷做盐生意属于运商,运商亦称租商。运商认引贩盐,要先向窝商租取引窝,缴付"窝价",然后,又赴盐运使官府衙门纳课请引,凭盐引到指定产盐区向场商买进食盐,才贩往指定的销盐区(即"引岸")销售。运商在食盐流通过程中起着食盐产地与销售地之间的桥梁作用。爷爷所谓的做盐生意,就是一根扁担、一匹矮马,从湖南带一些农产品如大米、茶叶、茶油等南下，再从广东沿海带盐回来。一匹矮马用来驮运货物，一根扁担用来挑随身生活用品或轻一点的货物，沿着有着上千年历史的那条湘粤茶马古道，他来回走了二十多年。凭着一根扁担和一匹矮马，爷爷艰辛地维持了一家老小十多口人的生计，好在他的两个弟弟也学有所成，在新中国成立初期，分别当上了土改干部和公立学校的教师。

我认真地察看了这两根扁担，一根为竹制扁担，一根为木制扁担，与普通人家庭的扁担没有什么大的不同之处。只不过那根木制扁担的材质为柞木，而大多数木制扁担的选材为杉木或其他杂木。听父亲说，扁担的选材，一般是以山里的柞木最为适宜。因为柞木的木质纤维抗拉力较强，挑起水来随着脚步向前移动会有微弱的弹力，不至于死死地压在肩头，感觉行走自如。在我国的南方选用竹木做扁担的也十分普遍。在过去的年代里，扁担是用来挑水或担柴禾的工具，它与我们许多人家庭的现实生活密不可分。我对扁担的最初印象是在年幼时，父亲用它担水，往自家的园田地里担农家肥。

爷爷的那两根扁担被遗忘在老家的老屋里，已经有几十年了，我轻轻地用抹布抹去上面的灰尘，抚摸着这两根稍微弯曲的扁担，发现曾经全身磨得发亮的扁担，即使尘封很久还依然泛着光泽，倒像是在向这个世界默默地诉说着生活的艰辛。扁担弯了，是被爷爷硬生生地扛弯了；爷爷也弯了，被扁担无情地压弯了。爷爷、扁担，不断地弯着，弯着，渐渐地合成岁月的年轮。

扁担哟！爷爷的扁担，你伴随着爷爷艰辛的二十多年运盐岁月，见证了一个时代的风风雨雨，给人以毅力，给人以坚强。它仿佛在鼓舞我，要克服前进道路上存在的各种困难，勇敢地面对人生的各种挑战！

那辆永久牌自行车

　　自行车是人们的代步工具，不过，社会进入二十一世纪之后，自行车风光大不如前。虽然它仍然是人们的代步工具，可是在代步工具中，它已经很少受人关注，稍微富裕一点的人家都不用自行车了，有的买小轿车，有的买摩托，自行车在人们看来是个很费事的工具。现如今，市面上的自行车是比较少见的，至于将自行车当作代步工具的人主要是中小学生、民工以及其他低收入人群。当然，也有人喜欢骑自行车，但这些人大都是自行车运动爱好者，或者只是将自行车当作一种休闲娱乐的工具。不过现在也出现了一个好现象，就是在一些城市的繁华路段，城市管理者放置了一些用来出租的自行车，方便一些无车的市民出行。

　　自行车在二十世纪是风光无限的。新中国成立以后直至八十年代初期，都是我国城乡居民出行的一种交通工具。特别是在农村，谁家要是有一部自行车那将是很风光的事，曾经是婚嫁中女方向男方要求提供的"三大件"（自行车、手表、缝纫机）之一，在人们心目中的地位，就像现在的小轿车。那时候，在我们老家最出名、最抢手又最难买得到的自行车，是飞鸽、凤凰、永久等几个品牌。这几个品牌的自行车，不但价格较贵，而且稀缺。由于量少，需求的人太多，许多人买这几个品牌的自行车都要托人找关系才买得到，如果没有关系，那就是有钱，也只能是"望车兴叹"。那时，谁家拥有这些品牌的自行车，就像如今谁家拥有奔驰、宝马、奥迪等名牌小轿车似的。于是，在当地就流传一句俗话叫作："屁股下面是飞鸽，全身上下都快乐；屁股下面是凤凰，一家老小都风光；屁股下面是永久，走南闯北真风流。"平心而论，自行车在那个年代曾经在人们的日常生活中起过十分重要的作用。人们用它代步，用它驮东西，用它带人。所以，二十世纪的很长一个时期，人们一直把中国叫作自行车的王国。

可随着社会的变迁，我们不得不承认，自行车要像二十世纪一样再融进这个时代，显然很困难了。然而我对自行车，却有着念念不忘的情怀。

曾记得，二十世纪八十年代初，刚从学校毕业分配到工作单位，我还不会骑自行车，每次下班或者外出，都要搭同事们的自行车。起初，坐在同事们的自行车上有一种十分愉快的感觉，可久而久之，我觉得这样长期下去不是办法，给别人增加了太多的麻烦，自己办事也不方便，于是我暗下决心，一定要学会骑自行车。说行动就行动，自己没有自行车怎么办？买新自行车？自己刚参加工作，囊中羞涩无力购买。好在一位同事得知我想学骑自行车以后，主动将自己的一辆旧自行车借给我，并当起了我的自行车教练。这让我十分感动。后来经过几次的练习，我也顺利学会了骑自行车，并在工作半年之后，由一位在商业局工作的朋友，帮我买了一辆永久牌自行车。这辆自行车，让我兴奋了好几天。从此，我上下班或者是下乡外出，再不要麻烦同事们了。有自行车的日子真好！那时候的我，感觉自己浑身上下都充满活力，不管是上下班还是外出下乡，车子越骑越快，也不觉得累也不觉得麻烦。有时候下乡时，一些路段坡度较大，骑自行车会有些吃力，可是每次总是用力地蹬着，尽管每次上了坡后总是汗流浃背的，但是却有一种说不出的惬意。我每次都很喜欢下坡顺风顺势的感觉，享受下坡的时候迎面而来的风。那时的我二十出头，正年轻，什么都不怕。有一次下班时，由于避让行人摔了一跤，受了点皮外伤，可我马上爬起来，拍拍身上的泥土，看看自行车，确定我和它都没有大碍的情况下，就又跨上它，继续前行。也许那时候的自己，也害羞，毕竟在大街上，在众多行人中，摔了一大跤，可到底却也有着一种说不出的自信和坚强。当车子顺着坡往下的时候，那种轻松明媚的感觉，溢于言表。有时即使自己心中有烦恼事，可如此心情也会晴空万里，身上有使不完的劲儿。

在我的心目中，我的那辆永久牌自行车，不仅是一种交通工具，而且还是一种精神力量。记得二十世纪八十年代中期，有一次，单位领导派我与另一位同事小王一起去调查一起经济案件，案件的有关人员所在地离县城较远又偏僻，有三十多公里，路不好走，除了二十公里的路段可以通车外，还有十多公里路段不能通车，而且路还是弯弯曲曲、起伏不定的"羊肠小道"。那时候，单位基本上没有公车，仅有的一辆旧吉普车，也是给几个领导去地区行署或者省城开会之用，根本轮不到我们这些年轻人。我与小王也从没想到过用公车去办案，也没有什么交通补贴，都是用自己的自行车办案。

我们一大早就起床，匆匆忙忙吃完早餐，朝着案件涉案人所在地出发。根据线人头天通报，说涉案人员在家里，那时候通讯设备落后，没有手机，连固定电话也是摇把子机通过人工接转，我们不能打电话去核实涉案人是否真的在家里，否则涉案人员一听到说我们要找他的话，便会躲避起来，这会给我们的调查取证工作增加难度。经过两个多小时的艰难跋涉，我们终于到达了涉案人的居住地，一个小山村。经过询问一位村民，我们找到了涉案人的家，可是，涉案人不在家，问他家里人，他家里人都说不知道。我们清楚，他的家人就是知道了也不会告诉我们。面对这种情况，我们心里早有准备。我与小王商量了一下，认为涉案人应该不会走远，可能就躲在附近，得知我们离开后，他应该会回家。故而，我们决定采取"守株待兔"的办法，先假装回城，到离这个村子不远的地方休息一下，待傍晚时分，再杀一个"回马枪"，准能找到涉案人。果然，不出所料，等到傍晚时，我们再次走到涉案人的家里时，涉案人正在家里吃晚饭，见到我们时，先是大吃一惊，后来却有点感动，说对我们这种锲而不舍的工作作风还比较佩服。我们同涉案人讲明了政策，告知他，只要他能如实讲清楚自己的涉案情况，且他不是主犯，有可能争取到宽大处理。不知是被我们的办案态度还是法律政策所感化，涉案人把他所知道的情况详细地告诉了我们。我们为此做了一个十分详细的笔录，要求涉案人看了无误后签名，并写上"此笔录与我所说的一致"，打手指印。由此，我们调查取证的任务就基本上完成了。可天也深黑了。借着手电筒那一缕微弱的光，我们骑着自行车返回县城。当我骑着那辆永久牌自行车，行走在羊肠小道时，心里还有一丝"成就感"。可骑着骑着，天空中突然下起了大雨，虽然我们都准备了雨衣，但还是抵挡不了雨水的侵蚀。突然间，"咣当"的一声，我连人带车，一同栽倒在水田里。那一刻，我第一反应是摸了摸挂在胸前的那个包，因为包里装着耗费一天时间的涉案人的笔录。还好，由于笔录是由一个塑料袋包裹好的，所以没有被水浸湿。小王见我栽倒在水田里，赶紧回过头来，帮忙拉我上来。在他的帮助下，我们将自行车推上岸，上岸后发现，除了衣服湿了并沾上了许多泥巴外，左脚也刮破了，鲜血直流。雨越下越大，我从自己的包里拿出一条本用来擦汗洗脸的毛巾，绑扎在伤口处，将未受影响的笔录材料交给小王，要他快点回去，否则，下雨时间长，笔录材料就难免会被雨水浸湿。小王说："组长，你受了伤，我们一起走吧！"我说："不行，笔录材料一旦浸湿，那我们前功尽弃不说，最怕就是涉案人翻供，那性质就十分严重了。我自己慢慢走，慢慢骑。"小王见我这么认真、严肃地跟他说话，只能照办，带着笔录材料先回了。我将自行车慢慢推着走，等推出羊肠小道上公路后，我才又骑上那辆永久牌自行车往回赶，到家时已经是第二天凌晨的一点了。

经过几年，与那辆永久牌自行车在工作和生活中的结伴同行，我发现，原来的一些问题在自己的意志下已经不是什么问题，那时候的自己想怎么做，就告诉自己该怎么做，总是有很明确的方向，心里有着很多的梦想。那些日子，不管是刮风下雨，都不能阻挡我前进的脚步，风越大，我的头抬得越高，雨越大，我的脚步迈得越坚定。

　　二十世纪九十年代初，由于工作的调动，我调到珠三角某市工作。搬家时，对带不带那辆永久牌自行车过来心里很纠结。带过来吧，东西太多，搬家车装不下，不带过来吧，自己又多了一份牵挂。这辆自行车"跟"了我七八年，我早把"他"当成了一个很好的朋友。纠结来纠结去，最后还是送给了我一位同事也是好朋友。骑自行车的日子，已经过去了那么多年，后来我再也没有骑过单车，也再也没有那种顺风顺势的感觉。曾经明媚的感觉，现在不知躲在何处哀怨。开车上下班十多年了，现在看见一些人骑着自行车上下班，自己似乎还有一种冲动，也想如此，可现在与当年的情况大不相同了，自己的居住地到工作单位有二十多公里路程，如果骑自行车上下班的话，在路上耗费的时间太长了。于是，又打消了这个念头。

　　岁月的流逝，似乎会消除当年那辆永久牌自行车与我相伴的痕迹，但褪去不了我对"他"的思念。我在记忆的脑海里努力地去寻找曾带给我惬意的永久牌自行车，"他"没有因为我的离开而改变什么，仿佛仍旧站在那里，好像永远不会疲倦，但是平身上却落下了岁月的微尘……哦，我才想起，我们已经分开二十多年了。

　　我的永久牌自行车，我有着让你舒服的责任，你的腿不再强健，所以我给你充了气；你的身躯不再光洁，所以我为你清洗；你的牙不再锐利，所以我为你上油；你的头有了蛛丝，所以我为你摘掉。当那个稚气的你再次展现你的年轻时，我笑了，就那样看着你，傻傻地笑着，你一定知道我的心——我不是开心地笑，是吧，你知道的。我们是一对知心的老朋友，有着数年的交情，你了解我的脾性，正如我知道你一样，我们的心是通的。你曾经带着我走遍了那块一千多平方公里的土地，是那样漫无目的地游，又神情紧张地走，生活和工作都没有离开你，你的肢体所到处，就是我目光的落脚点。你带着我去过熟悉或者陌生的地方，秋天的景色是那样的迷人。我沉浸在浓浓的惬意当中，且行且看，且看且行。你停下了你的脚步，你知道我迷恋着怎样的地方，那是有着我以往梦想的地方，是呀，虽没有梦想中那么完美，可是我却看到了它的雏形，一排排绿荫堕入我的眼帘，可是这路呢，却不是梦中的路，这是梦想与现实的距离。

哦！我的永久牌自行车，是你，把我这个跋涉者的剪影，投射在路上。是你，陪我这个骑行者的梦想，付诸于行动。寒冷的冬天里，是你，为我驱散严寒；炎炎的夏日中，又是你为我送来了清风。如今，我们虽然分别已有二十多年，我也不管你是否还存在，但我始终当你是一位活生生的朋友，一位知心的亲密的朋友！

旷野里的露珠 >>>

外公家旁边的榨油坊

　　外公离开我们已经有二十多年了，每当我想起外公，自然就会联想到他家旁边的榨油坊。记忆里的榨油坊，曾经是乡村里的一道亮丽风景。

　　童年时的我，经常会去外公家，他家旁边不远处建有一间榨油坊。最初，我路过榨油坊时，常会听到从榨油坊传来"嘿、嘿"的吆喝声。对此，大惑不解，便问大人们"这是什么声音"。大人们告诉我，那是榨油师傅劳动的号子声。

　　外公家所在地盛产油茶籽，每年的冬至，便是榨油的好时候。霜冻天无事，家家老小围坐在门坪上晒太阳，边聊天边掰茶桃壳，一粒粒油茶仁便在闲聊之中慢慢剥了出来。之后，各家各户选个好日子，再挑了油茶仁相邀着奔榨油坊而去，一路说笑，一路歌声，如同逢年过节。

　　榨油坊内的气氛是浓烈的。那终日弥漫的蒸汽，热烘烘的一进门便让人产生躁动，怎不叫人兴奋呢？眼看着挑来的是一担担茶仁，而挑回的却将是一桶桶茶油，乡里人心头喜啊！茶油是山的精华，是大自然赐予的玉液琼浆，也曾经是村民们致富的希望所在。平日里，用它炒菜；逢年过节或红白喜事，则用它炸米皮、煎油糍粑。入冬以后的农闲时节，三三两两的村民没事做，便聚到榨油坊里。这也是榨油坊最热闹的时段，油坊师傅伙计们各自忙着份内的事，有理茶籽的、炒碾茶籽的、扎油茶饼的，而那些来此闲游看热闹的人则三五成群或蹲或坐地分散在油坊里外，或闲聊或打扑克或走石子棋。现在想起来，那些人在冬闲时都往油坊里跑，除了凑热闹外，更多的时间可能是因为油坊里整天都要烧大火烘烤茶籽，整个油坊都暖烘烘的。一进榨油坊，人们的谈笑也变得豪爽诙谐。而大家谈笑正热火时，突然又会有人被叫去准备碾茶仁，于是被叫者话不歇口，手脚不停，一边说笑着，一边忙碌着。

我经常去榨油坊玩耍。榨油坊不太大，大约三百多平方米。其中有三间房，一间大的工作房，一间仓库，一间休息室。工作房里面摆放了一台大的榨油机，是用一段巨大的圆木掏空后做成的、安装在半人高的地方上的一排架子。榨油坊采用的是木榨榨油技术。所谓木榨榨油，就是将包装好的菜籽饼一个个装入木榨的榨膛槽内，有序排列。装好菜籽饼后，在籽饼的一侧塞进木块，然后利用吊着的撞锤撞击木块之间的一个楔片。随着楔片被打入榨膛，榨膛中横放的木块会对籽饼产生挤压的力量而产出油。正因为这种楔块在榨油的过程中具有重要作用，这种榨油设备才被称为楔式木榨。随着这个力量的不断增加，清亮的植物油会流出来。楔式木榨可以榨花生、芝麻、油菜籽、茶籽等各种油料，一天一夜能榨出上百斤油。但这种传统的榨油方法全都靠人力来完成，劳动强度非常大。木榨榨油工艺比较复杂，从选籽、炒籽到碾末、熏蒸、包饼、装榨、打榨等，每一道工序均靠人工操作并依靠特定的技艺来完成。要经历风车去杂，炒锅炒熟，上槽碾末，蒸锅包饼，上圈装榨，木槽打榨，沉淀沥油等过程。木榨榨油是由人工使用木榨设备将食用籽榨成油料，作坊一般需要五人以上才能生产。由于工艺复杂，不掺和任何化学原料，生产出的油香味浓，口感好，耐贮藏。

榨油坊右侧是红砖堆砌的焙床，用来焙干还未干透的茶籽。而待茶籽焙干后，便倒入榨油坊右侧碾盘深槽中，榨油坊老把式将屋外的水槽板一提，汹涌的水流湍急地冲入水车，水车一转动，槽里四个铁碾吱呀作响地滚动。茶籽粉碎过后，常常有粉末担到了榨坊中间的大间即主榨坊，宽大的灶台里柴火烧的正旺，粉末在甑中蒸熟后，常常有一个看上去年龄有六十多岁的老师傅，会迅速将其端起倒入铁箍并用稻草包起来，光着脚丫在上面来回地踩。大伙经过一番忙碌后，由此，一块块大饼似的俗称茶麸饼被踩结实了。大家又将饼摞在一起，装入旁边的一个直径一米、长约五米中间被挖空用樟木做的"油榨机"里。榨油时，工人们把做好的油籽饼放进掏空的木心里排好，然后用木栓从中间加进去，通过不断增加的木栓的挤压，鲜亮的菜籽油会源源不断地从油榨机上预留的小窟窿里流出来。

榨油时打木栓是一件很辛苦也很有趣的事，不等榨油老师傅开口，几个年轻又强壮的伙计早已站在撞锤的两旁。每轮由两个伙计操作，掌握撞锤的通常是学徒。他们光着臂膀，把那根从房梁上吊下来并悬于半空、抓住俗称撞杠的圆木柱往油榨机的木栓上猛烈击打，"嘿哟嘿哟"的号子随即清脆响亮地喊起来。在"嘿哟嘿哟"的号子声中，打进一个再加一个，直到地上的木栓加完，油也就流得差不多了。碾茶仁是榨油的第一道工序，进门大碾盘内安装着四个铁饼轮，外边湍流急水冲击巨大叶轮再带动四个铁轮飞速旋转，撒在碾沟内的茶仁渐渐碾得粉碎。人们守着碾盘，一边加茶仁，一边闲聊，一年的坎坷、疲惫、失意、挫折便随那碾轮碾得粉碎。而碾碎的茶仁细沫再经大饭甑蒸熟，然后塞入槽内待打。

周而复始，一声声号子，一次次加木尖；一次次加木尖，一声声号子……如此这般几次后，榨油的伙计们脚步更紧了，步履也变得沉重而迟缓，喊出的号子也越来越短促。当撞锤的伙计们脱去身上最后一件衣服时，豆大的汗珠从他们的脊背上纷纷滚落下来，这时醇香的茶油也被压入油槽，再用大缸或塑料桶分装。

刚刚打过撞锤的年轻伙计们，看着清亮的茶油汩汩流出，不禁两眼发光，直咽口水。这时，有人拿来早已准备好放在一旁，已被茶油浸泡好的乌漆发亮的茶杯，放入少许自制的茶叶后，又舀了一勺新鲜茶油，冲上开水，茶香和着油香的特有香气，随即在低矮昏暗的榨油坊里弥漫开来。榨油时产生的油饼是一种很好的肥料，乡亲们一点点收集起来带回家，撒在地里面又可以滋养下一茬的庄稼，然后迈着轻快的步子回家，香气洒满一路。不时遇见熟人寒暄两句，欢声笑语回荡在天空如此地亲切、爽朗。茶油放在陶瓷的罐里面贮存，吃的时候香气浓郁、持久。外公家每年都要榨取两三百斤山茶油，他家吃不了那么多，每年都要送几十斤给我们家，这种纯净、天然的香味直伴随着我整个少儿时代。

　　二十多年过去了，外公家旁边的油榨坊也消失了。但不知道为什么，我总觉得外公家旁边的榨油坊有一种神秘的亲切感，它虽然黝黑低矮，但从那里榨出来的油，纯净自然，清香可口，流到千家万户的菜锅里，流向了家家户户的餐桌上，给人们带来了一种健康的安全感。它像一位历经沧桑而变得超然慈祥的老人，又恰似一个古老故事的主角。如今，人们的生活水平日益提高，口袋里有了钱的人们开始关心舌尖上的安全，希望"把健康吃出来"，于是，人们渴望看到那传统的、古老的榨油坊重新恢复起来。但是，当年那些曾经年轻力壮的榨油坊的师傅们，也都到了耄耋之年，他们手中的撞锤有谁接手吗？可能过不了多久，这种传承了一千多年的古老榨油坊，也会在华夏大地完全消失，成为历史的记忆。而这是好事还是坏事我全然不知。

故乡的小河

　　由山峦阻隔的遥远是一种思念，由河流相通的遥远是一种乡愁。我远离故乡已经有三十多年了，记忆中，故乡的河流——洪波河是一条细小而又浅短的小河，与大江大河相比，更显得十分细小。从发源地罗霄山脉的边缘流向湘江的支流便江，洪波河长度仅为两百多公里，河面最宽处也就四五十米，最窄处才十来米。但就是这样一条细小的河流，灌溉养育了永资盆地数十万百姓。平时人们很少注意到她的存在，但在干旱之年或者是洪水泛滥的时候，人们却会对她特别关注。可洪波河没有理会人们对她的看法和关注，她只是默默地用自己跳动的脉搏去诠释存在的价值。我对故乡的这条小河十分在意。每当我在他乡看到一些大江大河或者是小河小溪，我就很自然地会想起家乡的洪波河。拉开记忆的帷幕，这条默默无闻奔流在村旁的小河，在我的心头静静流淌。她给我的童年带来了无限的乐趣。春来踏青，夏日摸鱼，秋天抓蟹，冬季看雾。洪波河，故乡的小河，是我心中的牵挂，是我记忆中的思念，是我梦中的乡愁。我的牵挂、思念、乡愁便溶在那清清的河水之中。

　　洪波河，是一条非常美丽的小河，弯弯曲曲的小河就像一条美丽的绸带，从我的家门口飘逸而过。河水清澈见底，天空倒映在清凌凌的河水里，小河更蓝了；白云倒映在清凌凌的河水里，小河更白了；绿树倒映在清凌凌的河水里，小河更绿了。小河镶嵌在这铺着"绿色地毯"的田野上，是那么柔媚。

　　春天的时候，万物复苏，小河周围的小草开始萌芽，小河里的水仿佛也重新有了生命力。小鱼小虾在水底的水草中自由穿梭，偶尔一条水蛇窜出，吓你一跳。河水的两岸长满了绿色的水菖蒲，是一种很香的水草，一丛丛紧紧地贴在水边的岩石上。小河的大部分都隐藏在绿色中，只有偶尔几个地段露出。清晨的时候，河水哗哗地流动，那声音是多么地悦耳动听。洪波河用它那柔美的声音唤醒了沉睡的人们。岸边的小草仿佛也被它的声音所打动，在清晨微风的吹拂下有节奏地摆动着自己的身体。河上错落地架着几座木桥，是用巨大的杉木拼造的，走在上面摇摇晃晃的。老乡们每天往来其上，耕织着生活的梦想，收获劳动的果实。绵延不断的河水，炊烟袅袅的村庄，绿茵如油的庄稼，构成了一幅令人心旷神怡的"春景图"，十分迷人，充满着诗情画意的故乡河，有谁不为之陶醉呢？

夏天，小河缓缓流动着，到处是一片绿意盎然的景象。烈日挂在天空上，热烘烘的太阳炙烤着大地，蝉鸣声不绝于耳，各种鲜花在河边生长着。夏天的小河可热闹了。我与村里的小伙伴们全身光溜溜的，跳进小河里，个个像条小泥鳅在水里钻上钻下，一会儿冒出头来，一会儿沉下水底。有时在河里比赛游泳，有时在岸边捉迷藏。啊，小河真是我们这些孩子们玩耍的乐园。河中有很多大大的石块，被雨季的山洪冲刷得格外干净，我和小伙伴们常常裸露着，躺在大石块上，享受着盆地里特有的清香的微风的抚摸，仰望蔚蓝蔚蓝的天空，畅想着外面世界的情景，渴望早日走出盆地。有时候，我们也会光着脚，拎着竹箕，穿梭在各个石块之间，忙着捕鱼，虽然收获微不足道，但欢快的笑声充满了整条小河，又和着哗哗的流水声谱成一首绝伦无比的清纯曲子。那些回忆至今萦绕在我的心间，让我时常想起。有时我与小伙伴们会爬上河边的柳树上抓知了，有时我们会弯腰拾起几片小瓦片，兴致勃勃地玩起打水漂，"噗噗"地在河面上掀起一片片涟漪，一种自豪感油然而生。有时我们在河中玩耍，好兴致也会被几只不自量力的鸭子所破坏，它们雄赳赳地奔向小河，完全无视我们这些"庞然大物"的存在。于是，这些可怜的家伙不幸沦为我们的攻击对象，一刹那间，它们扑腾着逃向远方，同时还"嘎嘎"地向河水倾诉自己的不满和恐慌，逗得我们哈哈大笑。顺着河远远望去，几位辛勤的母亲和美丽的村姑提着换洗的衣物匆匆赶来。随后便是"啪啪"地击水声，此起彼伏……河水静静地流着，我们在水中尽情地玩着，笑声、水声融在了一起，人与自然形成了一幅和谐的画面。

但对我而言，最开心的事莫过于陪爸爸捕鱼。旱季时，家家户户都忙着从河里向稻田里抽水，若干天后，河水便渐渐减少了。趁着中午闲暇时，人们不约而同地拿着工具赶到河边。父亲们一蹶一蹶地踩在河床淤泥上，而我们这些小孩却只能站在河岸上拾起父亲们扔上来的鱼。庆幸的是，我爸爸的捕鱼技术很不错，不消半会儿，我提的桶就沉了。所以每次我都故意从其他小伙伴们面前慢悠悠地晃过去，而后拾起爸爸扔上来的鱼，嚷声"好大啊"，接着又把那条鱼重重地砸向桶底，引得其他小伙伴们羡慕不已……这样忙碌了大约两小时，我们提的桶都差不多满了，于是陆陆续续地赶回家。到傍晚时分，鱼香味就弥散在村庄的每一个角落里。另外，下雨天河水上涨，父亲会把他的渔沽（当地的一种捕鱼的工具）拿出来，穿上雨衣到河边来沽鱼。渔沽用几根弯曲的木棒，木棒的顶部安上渔网，捕鱼人只要把渔沽一放进河里，自然就有鱼往渔沽里来，这时候起沽，多则有一两斤，少则也有几两鱼。我常常站在父亲的旁边观看，引得父亲大声吆喝和斥责，可我毫不在乎，每当父亲起沽时，看到渔网里活蹦乱跳的鱼，我便高兴得手舞足蹈，即使遭责骂，心里还是十分高兴。

秋天，小河缓缓流淌着，到处是一片凉爽怡人的景象。秋姑娘把火红的衣服披在了枫树上，树叶渐渐变黄，从树上飘落。秋天凉爽，小河里的水也变得冰冷起来。但是我们毫不顾及河水的清凉，依然同夏天一样，一有机会，便赤裸着扎进清凉的河水里潜泳。渺小的身体一下子扎入水下，在水下拼命地划呀划，一下子就会觉得无助，流在身边的是微凉的水，心里的是丝丝恐惧，以及无休止的未知。

冬天来了，洪波河没有春天的绿意，没有夏天的喧哗，也没有秋天的怡人，她越发显得寂寞了。四周多数植物早已光秃秃的，没有人愿意再来看它一眼了，只剩瑟瑟的北风呼啸而过。但小河还是忍受住了严寒，没有被冻住。更令人惊奇的是在小河一个拐弯处，竟然有几口温泉眼，而就是这几口温泉眼的热气，使得洪波河上水雾飘拂，形成了洪波河冬天的一大奇观。只可惜这个奇观现在看不到了。

啊，故乡的小河，洪波河！你虽然没有漫天的巨浪咆哮，但是那坚硬而圆润的岸石却在诉说着它绵软而恒久的风骨。洪波河在诉说，只是你需要俯下身、静下心才能听得到。这里有久远的故事，也许能告诉你一个远古盛世的华美：长衣广袖、霓裳羽衣、葡萄美酒夜光杯、琉璃金瓦，以及斑驳了一地的宫廷之乐。也许是一片三叶草的化石，它会慢慢从一个物种的变迁说起，从蛮荒到繁华、从和平年代的炊烟到乱世的战火，只要你想听。也许只是一个美丽的水边浣过纱的影子，和一个看了鱼儿沉了底的笑话，这段美丽被它见证，这个笑话因它流传而已。

洪波河虽然是条小河，但她是美丽的，也是慷慨的。它把纯净的琼浆玉液无私地奉献出来，供人们洗衣做饭，灌溉着永资盆地数十万亩良田。小河还增进了邻里之间的友谊，给孩子们带来了欢笑，也给我们这些远离故乡的游子带来乡愁和思念。

旷野里的露珠　>>>

开往小镇的绿皮列车

　　最近，老家的一位朋友发来一条微信消息，十分伤感地告诉我，那辆开往三都小镇的绿皮列车彻底停运了。家乡的绿皮列车在郴州至三都的几十公里铁路上运行了大半个世纪，为当地的经济发展和沿线的群众出行做出了很大的贡献。现在彻底停运，也就意味着绿皮列车即将成为文物古董，静躺在火车的博物馆里，供人们参观与研究了。

　　郴州至三都铁路，修建于1937年，当时是为了开发资兴丰富的煤碳资源，由当时四大家族之一的宋子文投资，1939年建成通车。不过当时由于财力有限，没有现在我们看到的鲤鱼江大桥，而是采用的轮渡方式，十分地不方便。后因日本侵华又匆匆地将铁路炸毁，多处失修，涵洞倒塌。新中国成立后郴三线再次上马，当时打算修建到江西的赣州，但因遇到罗宵山脉的阻碍，技术上的问题得不到根本的解决，又不得不暂时下马，只修到了三都就停住了。新中国成立后通鲤鱼江大桥后拉通全线。文革期间开通衡阳到三都的绿皮客运列车，后停运。后来开通郴州到三都的客运，几年前停运后，开通白石渡—郴州—三都交14次列车（也即供铁路职工上下班的列车）至今。谁知道连这趟交14次列车也停运了。我们再也看不到这种运行了大半个世纪的绿皮列车了，这也就不难理解老家那位发微信的朋友的伤感了。

　　"绿皮列车"曾是中国铁路客运的主力，深绿色的车身，低廉的票价，给不少人留下了深刻的印象。"绿皮列车"典型的有25B型客车、23型客车、22型客车等系列。二十世纪六七十年代的绿皮列车大部分都是干净整洁，列车员对人很有礼貌，服务态度很好。到了八十年代，由于流动人口增多，列车数量有限，满足不了形势发展的需要，很多绿皮列车年久失修，存在这样或那样的问题。短途客车茶炉不及时烧水，旅客喝不上开水，有的甚至连洗漱用水都难以保证。炎炎夏日，有的车厢因电扇配置不齐或不能用，溽热难耐，成了名副其实的"闷罐"。"三九"严冬，车厢更成了"冰箱"。现在这些老绿皮车基本上全都退役，但部分短途绿皮车使用新生产的车厢，车厢内设施完好，舒适度尚可，又因为票价便宜，所以仍很受欢迎。

我对这种绿皮列车的印象十分深刻。有时在乡间的路上遇到绿皮列车，会觉得这是一种充满活力的绿，映在青山绿水之间，一声声鸣笛，让大地、蓝天、白云为之喝彩，向远方，一路前行。自我懂事起，每年都要坐几次绿皮列车去走亲戚。家里有许多亲戚生活在郴三铁路沿线的小镇上，每当寒暑假，我就会吵吵嚷嚷着让父母送我去亲戚家，父母一般也都会满足我的要求。那时很少有流动人口，我乘坐过的绿皮列车，往往干净整洁、宽松舒畅。记得我在新华书店买了一本《人民列车》的连环画，在列车上翻阅，还被一位年轻的女列车员借阅过。而坐绿皮列车的次数多了，我对买票、排队、乘车等事项就慢慢熟悉了，父母送了我几次之后，我就再也不要父母亲送了，每次独自坐绿皮列车去亲戚家里。火车站的月台到出站口要有一段很长的距离，火车冒着煤烟，拉着响笛慢悠悠地停靠在站台边。人们比较自觉地排队上车，一点也不拥挤。

后来，时代发展，从小镇乘绿皮列车出去务工经商的人员越来越多，来铁路沿线城镇做生意的人也不少。一时间，绿皮列车仿佛变成了一个杂乱无章的农贸市场。记得一个夏天的某一日，我从小镇三都出发，到郴州中转去华南重镇广州。车一到郴州，人们便如黄河决堤般向车门涌去。那些看起来很沉重的大包小裹似乎很轻便，为了及早上车往往是人还没有到车门，手里拖拽的包裹已先到了，将门口堵得严严实实。穿着制服的列车员似乎很无奈，声嘶力竭地呼喊着不要拥挤，但是往往无济于事。车厢里人满为患，就连过道里都站满了人，操着各地方口音的人不停地说着话，整个车厢乱糟糟的。更令人难以忍受的是，诸如香烟、白酒和汗水、体臭的各种味道不时骚扰着鼻孔。进入车厢，人们依旧在被迫摆造出千奇百怪的恼人造型。走错车节的人，要从这头走到那头，可窄窄的过道被其他在找位置的人强占着，只得紧贴别人的后背，手托着座位吃力地穿过，却也引得座位上的人一脸不满。或有的人会试着推开前面的人，不过一般很难，他非五官错位，身体尽缩为一张薄饼才勉强过去。其中，不乏夹杂着女人的喊声："喂，你扣子卡住我包了。"小孩子的喊声："妈妈，我过不去。"每个人都在参与这项混乱不堪的活动。火车的车厢闷热得透不过气来，不时传出的广播节目也很难合大家的胃口，不外乎介绍旅途常识和播放一些老歌曲。不时会有推着小车售货的列车员叫卖："香烟、汽水、烤鱼片了！"这个时候我想凑上前看看车里面到底装着什么？可是人太多，很难走动。我在一个列车员室门边"高坐"，因为我只能倚在我那笨重褪色的行李箱上。对面是一个较为宽敞的地方，稍往右一点就是两节车厢相接的地方，对无座者而言这片区域算是理想的天地了，总比站在狭小的过道里要舒服。不过，此刻已被三个成年男人占据了，一个姿态和我相似，另外两个坐在一个与其说是布制行李袋，倒不如说是布袋上面，填充其的应是衣物吧。火车"咣当咣当"地前行着，经过一段时间，风扇转转悠悠地显出它的乏力。不管是人还是什么，踏上这绿皮火车，全都会忘记了上车时那匆忙的情景，一切的节奏都变慢了，刚才还在吵吵嚷嚷，这会儿就变得缓慢而安静，满满的车厢里，坐着的、站着的，年轻的、年迈的，外出打拼的、外出上学的，此时它不仅仅是一趟旅途，更是人生。之前生命没有任何交集的人们，在同一列火车上，交谈着彼此的家乡、人生、孩子、工作及自己对某东西或事件或社会的感慨等，共同走过一段路，走向前方，为生活、为生计，成为人生的过客。

可是，不管怎么样，岁月毫不留情地冲刷，时光机器"嚯嚯嚯"地打磨，那些残存的记忆都越来越模糊了，越来越淡了。那些在绿皮火车上说过的话与许过的诺言很可能已经凌乱地散落在时间的隧道里了。绿皮列车在一天的许多时候，都会在磨得发亮的铁轨上不停地奔波，从铁路的这一头跑到另一头，从清晨时刻跑到子夜十分，像一匹老马，仿佛不知疲倦，毫不懈怠。其实，它的目的很简单，就是让每位乘客都能到达目的地。所有交通干线的乘务人员他们和绿皮火车一道，做最好的服务，真诚地奉献自我，在每个团圆时刻当他看到他乡游子归家、亲朋好友团聚时，不仅仅是一位行者这么简单，它更像是一条纽带，青年用它系上梦想，务工人员用它系上家庭，商人用它系上财富，游子用它系上亲人。静下心来往深处一想，人与人之间的纽带似乎还不够全面，它也是国家经济发展的桥梁，多少黑色金子从祖国的北方输向南方，多少物资通过它从富庶的地方送到需要它的地方，它为国家的经济发展显然做出了不可磨灭的功绩。

光阴荏苒，斗转星移，泛黄的日历飞快地向后翻去。渐渐地，我们都离一些东西越来越远，彼此的感情可能慢慢的消退，但也可能像爱得死去活来的恋人一样，对于那些远去的东西仍是那么依恋。蓦然回首，那些在我们印象中依然是那样"笨重"、那样"简陋"的绿皮火车悄然开始淡出了每天忙忙碌碌的人群的视野，一步又一步地款款退出了那交通运输的滚滚链条。纵使新的铁道交通日益便利，地铁、轻轨、高铁等在日益改变着我们的生活，更快、更舒适的高铁固然把到达目的地的时间大大地缩短了，但是绿皮火车那特有的"哐当哐当"的声响，那有规律晃动的车厢，那窗外斑驳的树影，那洒满车厢的暖阳，作为历史上曾经出现过的交通工具，的确让人难以忘怀。所有乘坐过绿皮火车的人，可能一辈子都不会忘记那些现在看起来并不怎么完整的经历。身披着绿色大衣的火车"哐当哐当"地在或直或曲的铁轨上奔向远方，满载乘客或者货物。也许在大多数人看来，它步履蹒跚，寿命将尽，即将退出历史舞台。但在我眼里却不然，它并不是一副冷冰冰的铁具，而是一位行者。它将我们的梦想、期待、祝福带向远方，它无私，它勤勉。尽管随着岁月的流逝，绿皮列车会淡出人们的视线，但我始终不会忘记那些年代我乘过的绿皮火车，因为绿皮列车忠厚善良、任劳任怨，仿佛是一头"老黄牛"。

书店里的灯光

一个周末的傍晚，博雅书店的一个朋友打电话给我，说他们书店里增设了一间咖啡吧，让我过去赏个脸。说实在的，我很少晚上去书店。我去书店一般要选择在双休日的白天，因为晚上的时间如果没有应酬，一般要在自家的书房里度过。但面对朋友的盛情邀请，我就破个例吧！不能因为自家习惯而不要朋友。

我应约准时到了博雅书店。这家书店我很熟悉，从这里淘到过许多我心仪的新书。来到书店门口，只见书店上下几层灯火辉煌。店外墙上现代化的霓虹灯闪烁不停，店内则是温柔平和的日光灯。一楼大约有八九百平方米，摆满了各种各样的新书。最近新出版的、畅销的书籍总是摆放在最显眼的地方。这些书的装帧真是精美，色彩、字体、图案，匹配贴切，如一张张俊俏的脸儿，含情脉脉，静静地等待着经过的人们驻足翻看。

展台上有一些与时事政治有关的新书，但更多的是新锐作家的青春作品，看书名和封面装帧，大多都与情爱有关。几个大学生模样的青年男女，拿着几本爱情小说似乎在品头论足。爱与欢喜，是人世间最美好的情感，有时会好过自由，或许也会好过生命。现代书店也始终离不开这个话题。咖啡吧设在书店的二楼，朋友已经在此等候。咖啡吧不大，两百多平方米，装修得很雅致，很有情调，也很有文化氛围。一般不对外开放，只供大客户和管理层人员闲聊、休闲之用。朋友吩咐服务员冲几杯咖啡，并端上了一些瓜子、花生和一些西点。我问朋友说，在这黄金地段的商业区，你们还腾出这么大的空间来做非营利性的咖啡是为什么？朋友答道，书店不同于其他的商业网点，虽然姓"商"，但他是一个"儒商",他们的宗旨是既要面向大众客人,又要服务好高端客户……面对朋友的侃侃而谈,面对书店里柔和的灯光,我陷入了沉思。

书店是能体现一个城市精神文明的地方,也是最能给人遐想的地方。因为有书,有文字,有善恶,有美丑……我甚至在想是否在书店的某个角落,能邂逅一本已找了很久的书,或者在某个古老的书橱里,能找到一本改变命运的魔法书,甚至遇见那个你最想遇见的人。书是最奇妙的,而书店是集合着这些奇妙的地方。所以,我相信,一切美妙的事都可以在书店里相逢。

书与买书、看书的人之间有一种微妙的关系。很多时候我们都是感觉书到用时方觉少,有目的地翻找,在一个角落处终于找到,欣喜若狂,如获珍宝,觉得这本书就是在等待着我的到来。而有时候随意地翻阅,一翻便顿时有种一见钟情,感觉相见恨晚,又有时候也会与一本非常畅销的书擦肩而过。朋友书店里的书,种类齐全,应有尽有,让人应接不暇,感慨万千。我看到书店里大多数都是父母带着小孩,引导小孩如何学会阅读,教他们爱护书籍。在这里我们可以看到希望,也可以看到平时看不到的景象,那种渴望获得知识的眼神,完全是在自己的兴趣范围之内。书籍,永远都是人类的精神食粮。

二十多年前,也即二十世纪八十年代,我在湘南的一个县政府机关工作,家住在老城区,每天骑自行车上下班都要路过县新华书店,因有买书藏书的痴好,所以经常光顾新华书店。那时,每当我走进新华书店,顿时会感觉自己回到了童年般如饥似渴地渴望着知识。走到自己喜欢的古典文学、现代文学及文史类书架旁,随手拿起一本自己舍不得买的书,印刷精致,散发着浓浓的油墨清香,总有种爱不释手的感觉,有一种文人墨客的自豪感。其实逛书店也是要有一种好的心态,不要来去匆匆,而要静心地翻阅。在不远的书架旁自己最喜欢的人抬头可见,便感觉幸福从内到外弥漫着整个书店,无须再刻意地营造浪漫的氛围。看书，可以帮自己随时地充充电。在书的海洋里，看看精美华丽的文字，可以顿时忘掉烦恼，全身心地投入诗的意境之中，感觉大自然的美妙和人生的乐趣。

由于去书店的次数太多，书店里的营业员我都非常熟悉，他们的工作态度非常好，对顾客十分热情。那时候，县里的新华书店书不多，我所买的书，有的书新华书店没有，要与其上级新华书店联系预订才有，预订的书什么时候到也是一个未知数，通讯也不方便，电话也是摇把子机，有时找人还需要"中转"。书什么时候到了，我常常不知道，若经常用公家的电话来找书店不妥，书店的人找我也不方便，因我经常下乡。为此，我与新华书店的同志都感到很"头痛"。后来，书店的店员小曾想出了一个好办法，即如果是我所预订的书到了，他们会开启书店的灯到晚上八点，我见到书店里的灯光就意味着我可以去取所预订的书了。我当时不赞成这种做法，不能因为我一个人，浪费他们的人力和电费。可他们书店经理解释说，书店每天晚上都要有人值班，值班的人原来都在里面值班；现在这样做只不过是增加了一点电费罢了，而且他们只开启一只二十五瓦的白炽灯，用不了多少电费。于是，按照与书店的约定，看到书店里有灯光时，我就会去取我预订的书。这种情况大约持续了两年多。后来，县城建了新城区，新华书店也搬迁到那里去了，电话也换成了程控交换机，不再是那种人工呼叫的摇把子机，电话联系方便多了，去书店取预订的书再也不要靠灯做联系方式了。

如果说，书是人类进步的阶梯，那么书店则是一座城市的思想会客厅。书店里的灯光散发着浓浓的文化气息，耐人寻味，让人留恋，鼓励我多读书，读好书，深读书。现在即使我忙碌了一天，但到了夜深人静时，在灯光下，也会悄悄地倚桌或拥被而坐，在小小的一方明亮下静静地读书。融入进去，放下焦躁的心，心绪澄静得如同一泓秋水，不染纤尘。触目那些或发黄或簇新的书籍，那睿智的灵光会将我们的眼睛映照得鲜亮而炯炯有神。翻着一页页纸张，走进五彩缤纷的思想丛林，书中曼妙的情节涤荡着灵魂和思想，人便会顿觉异香弥漫。沁人肺腑总能和着油墨的芬芳渐渐地融合进一种深远的思绪境界中，让人感悟到那旷古幽远的哲思。古人云"书中自有千钟粟，书中自有黄金屋，书中自有颜如玉"，那劝人读书悟理的词儿已微微泛黄，发出一股陈腐之味。而如今，面对纷繁复杂的社会和纷至沓来的诱惑，矗立在心灵中的航标会有迷茫、动摇和浮躁，但一回到书里，回归于自己的精神领域里，就会找回自己。能和古今中外的大师圣贤们平等地进行思想上的交流，进行心灵的对话，感受他们高尚而昂扬的人格力量，产生逾越疆域、民族、语言、信仰的默契，还有什么不知足的呢？

　　伴随着读书的感悟和体会，淡淡的喜悦在心头漾起，浮荡的灵魂也就渐归平静。于是心境也变得豁达开朗：跌倒没什么，爬起来继续朝前走；失败没什么，一切再从头开始；伟大没什么，离开平凡一切都很渺小；成功没什么，未来不会到此结束。当我们与书中那形色各异的人和事交融在一起的时候，我们便会发觉生命曾经隐忍的种种深义，才会领略人生境况中的真谛和内涵蕴藉。面对纷繁复杂的社会和纷至沓来的诱惑，书籍，无疑是精神食粮中极主要的一种，"饥读之以当肉，寒读之以当裘，孤寂而读之以当朋，幽忧而读之以当金石琴瑟"。愿你我常常给自己辟一处幽境，置身一方有书的天地，常常沐浴书的灵光，轻轻地安抚我们迷失的灵魂，让我们的心灵在得到寄托的同时，也得到重塑。

　　二十多年过去了，我始终怀念那书店里的灯光，它像少儿时代所看过的电影，时常在我眼前出现。书店里的灯光，给了我智慧，给了我憧憬，给了我光明，给了我希望。

二十里山路

　　现在有些城里人在闲暇时候，喜欢邀上三五好友去爬山、走山路，说是为了锻炼身体。我也经常被一些朋友相约去爬山和走山路。实际上，对爬山和走山路，我是轻车熟路的，几十年的职业生涯，我走过很多山路，路程有多少？无法统计。二十世纪八十年代，我在湖南东南部的一个县里工作，这个县是一个"六山一水三分田"的农业大县，我的足迹几乎遍及了这个县的山山水水。记忆中的山路，犹以去看望一位山区退休的教师，走的那二十里山路映象最为深刻。

　　那是一个星期天，一大早，我们几个驻乡镇"七五计划调查工作队"成员便接到县里一个领导的电话，要我们代他去一所山区小学看望一位退休的老教师。这位老教师是一个为人师表的楷模。本来星期天是休息日，大伙儿想躺在床上睡懒觉，可是县领导交办的任务又不能不完成，大家只能匆匆忙忙吃完早餐，早早赶路去往目的地。

　　山区小学位于牛牯岭，距离我们所驻乡政府的地方有二十里山路。那里没有公路上山，只有一条弯弯曲曲大约两米宽的小路通往学校。路从山脚一个村落开始铺陈，然就沿着山脉的走向一路蜿蜒，我们一路曲曲折折爬上去，一步一挨与它厮磨。我们中有人曾经尝试骑单车上山路，结果是不可行，因为它一路向上的态势叫人打消了念头，让实现成了不可能。我当时年轻体力充沛，不信骑单车上不去，便试着骑，但车比蜗牛还慢，不止逊于步行，并且消耗体力，只好放弃。大伙儿都开始步行上山，也好，步行就步行，可以加深我们对山区的印象，能将沿路的事物一一记在心里，哪里弯道，哪里有坑洼，哪里可歇息，都了然于胸。路途多了期待，少了茫然，再不是茫无目的的焦躁。清晨的大山，弥漫着淡淡的氤氲，慢慢地拨弄着水的滋润，将这一团湿润发挥得如出水的芙蓉，一点一点地泼墨渲染，无情地挥霍，醉酒一酣，淋漓尽致地抒发情感，无拘无束，让这具皮囊得一时自由。

  我们走着走着，太阳已经照射山岭，云雾折射着金黄的光芒。蓝链子、常叶草上的小水珠吸收了太多的湿意，就那么顺着茎叶滚了下去，好像有点仓皇而逃的韵味，难道害怕太阳的亲吻？山路两旁低垂的茅草，像喝酒醉了的样子，垂得更低了，还滴滴答答地滴着小珍珠。周围的云杉，高高地耸立着，在云雾里若隐若现。空气中蔓延着云杉、五针松、青松的清香，不安分的牵牛、温暖的郁金花、紫艳艳的薰衣草、无名的小花，沾染着这个山谷，那个山坡，而我，躺在青翠的草地上，抚摸着慵散的蓝链子，蒲公英随风散成漫天的小伞，在"轻纱帐"里悄悄旅行。

  我们在中途看见了一股小清泉从一块大大的悬崖上坠落来，虽不像大瀑布那样地惊涛拍石，激起碎玉飞花，但也有泠泠之音，似古琴弹奏。悬崖下是一汪碧绿碧绿的小水潭，从悬崖峭壁上坠落来的落水声，仿佛是大山的心跳脉搏，随着柔软的草地，冲刷着小青石、泥沙，一路欢快地奔向河流里，踏入主流。幽静的山谷中时不时传出几声鸟鸣，时而清朗，时而低沉，时而悠扬，时而激越。我想要是我一个人独自在山间小路上悠然漫步，几疑有飘飘欲仙之感，不谛世间顶级享受。路边的小草为独自的我而摇曳，野间的鲜花为独自的我而绽放，山坡的青松亦会为独自的我和风而奏。弯弯曲曲的山间小路上，每过一道岭，便映显出一幅画，每转一个弯，便展开一轴卷。自然的美感就躲在一个个山坳的后边，时不时地送出一个惊喜，让我不能不沉迷其间。山路把世俗的丑恶都扔出了山外。走在大山的深处尽可以仰天长啸狂吼，尽情地发泄出淤塞在胸间的烦闷与尘世的污浊，而无人嘲笑我的失态和疯癫。山有情，水有灵，山水是天地间最美的两种事物。闭目凝神，感山之静，觉水之清。山清水秀，冥然兀坐，凡尘俗世尽随山风而去。故古人云，念与山野同寂，悲喜何由上眉梢。山间之机曲何其多也，闲来坐忘磐石上，天地尽属蜉蝣。尘心顿华，心与自然同在，身与天地共存。山之久，其与天地共存；山之美，其自然无尘垢；山之静，其无欲无求。山，吾爱之，敬之，友之。

"哎哟，梧桐树，梧桐树！"同行的同事当中，不知是谁发现了山路的两边有几十棵梧桐树，大叫起来。同事的大叫声，打断了我的遐思。在牛牯岭这么高的山上还生长着这么多的梧桐树，令人惊奇！不知是人工种植的还是野生的，一时也没办法去考证。山路两边的梧桐树，树顶上盛开着一簇簇的白花，明媚的阳光被这些花朵过滤，似乎有了一种别样的光辉照射下来，照在身上，竟然感到有一种别样的温暖。站在山路上，抬头看那些梧桐花，由枝头飘落，在空中悠然地飞翔，带着对梧桐的情感，纷纷坠落，覆盖在崎岖的山路上。我伸出手，接住一朵飘然而至的梧桐花，感觉到了花朵的温度。这是阳光给予的还是梧桐花的余温呢？花朵安静地躺在我的手心，是如此地恬静、安然，仿佛完成了一段艰辛的旅程，可以停下匆匆的脚步，可以安静地休息了。我凝视着那朵梧桐花，在阳光底下，花瓣是多么地洁白，花蕊是多么地娇艳。一阵微风起，手心的梧桐花微微地颤抖，像是感觉到自己的生命终将结束，在为自己微微叹息。

可山里的天气，真是小孩的脸，说变就变。刚才还阳光明媚，转眼间就下起了毛毛雨。我们都没有带雨具，工作组的组长老刘幽默地说："大伙儿坚持住，离牛牯岭小学不远了，大约还有一公里路程，老天爷，也真是的，我们走了半天的山路出了一点汗，还没到目的地，就急于帮我们洗脸。"我们被老刘幽默的说笑所打动,他似乎天生就是乐观主义者,对工作、对生活都是乐观看待。走着走着,不远处,出现了一块平地和几栋房子。老刘告诉我们,那就是牛牯岭小学,快到目的地了。大伙儿的心情轻松了许多。我看看天空中丝丝雨水抽打着世间万物,山路两边出现了葱茏的地瓜、碧绿的大豆、苗壮的花生叶与挂满枝头的山桃,它们收拢起颗颗晶莹的水滴,洗涤出清新的模样。一块面积较大的山坡上呈现出丛丛的鲜红,老刘说那是野草莓,采摘山野草莓可是不容易的,需要手拽藤蔓,脚跐杂草,湿身沾泥,方可到手。

终于,响午时分我们到达了牛牯岭小学。小学的校长和几位老师正在办公室里等候我们,我们走进老师们的办公室,校长一眼就认出了老刘,因老刘曾经在教育局工作过十多年,大家交谈了几句,校长就带我们直奔那位退休的老教师家。老教师家很简陋,三间平瓦房,一间是卧室,一间是书房,另一间是多功能房既是厨房餐厅又是卫生间。所有家当除了几件老掉牙的旧家具外,就是书。老教师有一个儿子,恢复高考那年,考入了北京一所大学,毕业后又分配在上海工作。他儿子三番五次地动员老教师夫妇俩退休之后跟他一起去上海定居,可老教师却一推再推,说等学校里的老师不缺时,再去上海。老教师听校长介绍说我们受县领导的委托来看望他们时,心里十分激动,并多次说谢谢领导的关心。老刘代表县领导向老教师送上几百元的慰问金,老教师拿着慰问金,手有一点发抖。我见此情景,心里十分感动,但感动之余还有一种说不出的滋味。

我们在学校简单地吃了中午饭,六个人,校长和另外一位老师,加上我们四个人,五个菜,其中一碗红薯叶、一碗水豆腐、一碗油炸豆腐、一碗红薯粉和一份辣椒炒鸡蛋。老刘给校长四元钱,说是交伙食费。起初,校长死活不肯收,后来,老刘发脾气了,说不收就是害了我们工作队。这样,校长才收下这四元钱伙食费。我们匆匆吃完饭,已是下午两点多钟了,因为要赶在天黑之前到达乡政府,晚上八点钟还有一个工作会议,又要往回赶山路。二十里山路,走得快要四个多小时,走得慢就要五个多小时。

我们一行几人告别了老教师和校长,急匆匆地往回赶。常言道,上山容易,下山难。大伙儿都感觉腿有点痛,不能走得太快。上山的山路是爬坡,下山的山路是下坡,一天之内往返山路四十里,说不辛苦那肯定是在说假话。好在我们几个除老刘外,都还比较年轻,年龄都是二三十岁左右,五十多岁的老刘都没有半句怨言,我们年轻的几个还能够说什么呢?大伙儿跟在老刘的身后,脚踏实地地往回走。

上午下的毛毛雨不见了,此时,太阳光又射进了山里。山路两边虽没有旖旎的景物,但沿途还是幽静的,因为山体高大、杂木丛生,将炽热的阳光阻挡在枝叶之外,也将外界的一切喧嚣和尘沙阻隔。

傍晚时分的山里略显寒意,清凉的冰心草掠过脚踝,透心的凉,夜露悄悄滑落在山里的树木草丛中安家。丛密的树林,显得漆黑,夜狸子呜呜地叫着,猫头鹰也发着凄森的叫声,扑棱棱地飞走,像是害怕。我们几个就像是一个童话里的小兽,悄悄地在山间行走。走着走着,离我们所驻的乡政府所在地也越来越近了,所以心情也轻松了一些。我行走在山路上,不断地思索着。生活始终是一条只可独行的山路。这山峦沉稳,任你质问、动怒,它守口如瓶。你可以随人潮走坚实的水泥路,即使是条老路了,因个人不同的心境,别样的视角,各自眼里都会有一番别致风景。山林间的蛇形小道洁净清新,泥土松软得恰如人心。被古树垂帘流水似的枝条裁剪过的阳光是恰到好处的温柔,透明如醇蜜,倚着古树的野花安逸地重复着盛放与凋零,无人问津。你顿了顿,若有所思。林间的路会轻松得多吧,我这样想。同等份量的困苦成形为野兽、荆棘隐匿在条条蜿蜒至山顶的路旁。没有捷径的登山，遥遥无期的终点，漫漫无边的旅途，有的人望而生畏，心生一份对山峦的敬重；有的人望而却步，在山脚兜兜转转匍匐一生。为自己择路吧，以此决定未来的风景。

起点在山上，往往忽略上山的风景。山那边还是山，山下是一个小平原。面对弯弯曲曲的山路，我们应该心怀坦然，用淡薄和平静去感受山路的崎岖和艰险，领略人生的真谛。

泉水叮咚响

年少时在家乡，我去过了不少不知名的山岭。那些山岭的名字，我至今也叫不出。成年后，我又走过了一些知名的山岭，如华夏五岳、庐山、黄山、三清山等。我觉得，这些知名的和不知名的山岭，都有着清新的空气、动听的鸟叫声、灿烂的山花、茂盛的树林，还有清澈的山泉水那清脆、悦耳动听的叮咚声。

在那些我去过的充满绿色生机的山谷中，我的目光总爱寻找那无拘无束盛开的烂漫山花，并在花丛中找到那缓缓流淌的山泉细流。山泉水从高处流向低处，发出清脆的叮咚声，流水夹杂着山石泥土的芳香，辉映着花草树木的婀娜倩影，闪烁着太阳耀眼的光芒。昆虫在溪旁低吟，鸟儿在水边歌唱，一派鸟语花香的迷人景色。那水是日积月累沉淀多年的无根之水，经过千万层岩石的过滤，滤去一切天上人间污浊，化作纯净清泉水，一滴一滴从石缝中渗出，汇成涓涓细流，弹起叮咚叮咚的琴声，在花丛中缓缓流过，终年不知疲倦地向前挺进，挺进。它的目标是冲出大山，跨越平原，奔向广阔的海洋。我留恋山泉水，爱听她那清脆的叮咚声，因为山泉水与我有一段"不了情"。

二十世纪八十年代，我在县委打击经济犯罪办公室工作期间，奉命去查处一个经济案件。那时查案远没有现在方便，不论是通讯工具还是交通条件都比现在落后多了。查案分内查与外调取证两部分，因我年轻，外调取证的任务就自然落在我的肩上。我与另一位同事乘火车、搭汽车，路途辗转，还是没有办法到达目的地。因为目的地在一个交通闭塞、山路狭窄的偏僻小山村，最终我们只能选择步行。三十多公里的山路，我们足足走了六个小时，从上午十点出发，到达小山村时已是下午四点多钟了。六个多小时的步行，其间困难多多，山路崎岖，消耗体力不说，山林里迷雾重重，稍不留神的话，就会迷路。这个问题还不是最重要的，最困难的是口渴，去哪里找水？那时候没有矿泉水，我们又没有随身带水，走五六个小时的山路，不喝水肯定是做不到的。我们走了两三个小时的山路后，喉咙干得直冒烟，水、水、水，水在哪里？正当我们为水发愁时，我听见远处传来"叮咚、叮咚"的声音。这时我想起在学校读书时，校园里流行的一首题为《泉水叮咚响》的歌曲。"叮咚"声里有泉水，有办法了，有救了。我跟同事说，我们顺着"叮咚"声，就会找到泉水。果真，我们跟着"叮咚"声，在大约二十多米处的一个地方发现了山泉水，只见一股清澈的山泉从山崖上流下来，到半山腰处又分成几股小支，几股泉水又似雨珠般地往下掉，掉进下面的水潭里，发出清脆的"叮咚"声。我们迫不及待地走到水潭边，用双手捧住清凉的泉水，痛痛快快地往嘴里直灌，咕噜咕噜地喝个不停，直到喝饱为止。正是有了山泉水，我们才得以顺利地完成了外调取证的任务。山泉水成了我们的救命之水。从此，山泉水、泉水叮咚响，便深深地烙在我的脑海里。

在山泉经久溅落的地方，岩石也会被涓涓细流砸出很深很深的洞。那不是神话，不是奇迹，不是鬼斧神工之作。那是前仆后继持之以恒滴水穿石的力量，是坚持不懈精诚所至的精神显现。试想，如果我们学习工作中也有这种不达目的决不罢休的精神，还有什么困难不能克服呢？

在泉水溅落的地方，还会积水成潭。深深的潭水清澈见底，展示着山泉冰清玉洁的高尚品质。其实，山泉水不仅仅是洁净如玉，还含有多种矿物质，对人体有极高的营养价值。在山间，如果你鞠一捧潭中的清泉水喝下去，会感到无以伦比的甘甜、无以伦比的清爽。也许它能够净化你的心灵，让心中的污浊无地自容。

数九寒天，朔风怒吼，雪花飞舞，气温骤降，此刻，山泉依旧从容不迫，穿透冰封雪冻，欢乐地流淌。此时，如果你看到山中冉冉升起的水汽，你自然能找到活泼可爱的山泉水，找回尘封的记忆，找到昂扬的激情。

夏日里，烈日炎炎，烤得大地火热，山泉的涓涓细流在干旱的山谷中一次次被饥渴的植物吸收殆尽，但它雄心不改。前面流水渗入土壤，后面的水流又涌上来，前仆后继，日夜不停地向前开疆拓土。

如到雨季，群山之中山泉的涓涓细流由于众多兄弟姐妹的加盟声威大震，更逐渐演变成强大河流，跨平原，越沟壑，奔腾而下，一泻千里，势不可挡，汇入海洋。

水是生命的源泉，泉是江河的起点。千百年来，风沙吹不尽，泉水流不息。泉的起源在山间，点点滴滴、逐渐汇集、积少成多，形成潺潺清泉石上流。它清澈婉转，顺势而下。她的爱汇集在心田，她用激情拥抱大自然，使大地充满勃勃生机。你看，山间的小路崎岖蜿蜒，清泉的思绪缠缠绵绵；你听，叮咚的泉水声，像在演奏一曲欢快的乐章，悦耳的声波弥漫在广阔的天际。遇大山大河，她激昂拥抱，舒展心中的坦然，吐泄心中的意念。山泉一直梳理着人生波澜，其情怀归依大海。

我赞美山泉，山泉养育出生命！山泉创造出旅游盛景！山泉培育出人们的品格、精神！山泉造就出和谐优美神秘的大自然。我爱听泉水叮咚声，因其悦耳动听，她跳下了山岗，走过了草地，时常地来到我的身旁，来到我的脑海里。清澈、甜美的山泉水哟，你带着情怀，带着关爱，走向远方，走向大海。清脆、悦耳的泉水叮咚声哟，像悠扬的琴弦、像动听的歌声，给人回味，给人力量。

心动雪景

冬至节的前几天，一位北方的朋友打电话给我，说他们那里下了一场大雪，邀请我去他们那里看雪景。对于北方朋友的盛情邀请，我表示万分感谢！但由于公事私事缠身，一段时间内难以清闲，面对朋友的邀请只能作罢，很遗憾地错过了2015年的雪景，待以后有机会再去弥补吧。

由于少见和稀罕，雪景对于生于南方的我，自然有着一种莫名的欣喜和心动。二十多年前，我在湘南老家生活和工作，虽然不是年年见到雪景，但在多数年份还是能看到的！我老家不常见雪，在没有下雪的年份，大家都期盼下雪，而当真见到时，则又会缺少那份欣赏的心境，有的甚至埋怨下雪天给生活带来的不便，诸如寒冷、出行困难等。二十世纪九十年代初，我由于工作调动，携妻儿定居珠三角。这些年身处一个冬天无雪的地方，有时候梦里都会去雪地里流连，感觉没有雪的冬天，就好像缺少了一些什么。

记得上小学时我曾经请教过语文老师，"忽如一夜春风来，千树万树梨花开"是什么意思？那时老师没有详细地给我解答，只是说这是一句唐诗，描述的是雪景。雪景对于我来说，并不陌生。从出生到现在，少说也见过几十回。雪是大自然万千色彩尽情变化之后，归之于更高一级的纯洁原貌，雪的情景总是展现给我们茫茫无瑕的回眸。当绿色的原野呈现出变化不尽的竞争时，缓解一切浮躁和喧嚣的冬天，会适时地张起这无限的帷幕，霎时间回归的自然会在温柔的飘飞中将休憩的催眠曲吟唱完毕。雪花飘飘，是冬天的一种美丽。雪花片片随风舞，寒枝点点梅花香。纷纷扬漫天皆白，飘飘然行人匆匆。风卷门檐扰残梦，雪落窗台落闲花。

孩提时代渴望下雪，心动雪景，一群小伙伴们可以自由地在雪中嬉戏，堆雪人、打雪仗、吃冰凌等。虽说可以自由自在地玩耍，但家中的大人们还是会千叮咛万嘱咐，不要去江边、鱼塘边，以免发生危险事故。我们一群小伙伴们，面对的是雪花铺千里，一片纯白的世界，在雪中嬉戏，不亦乐乎！有时候还会在田埂的某个小洞穴里，逮住一两只田鼠。此时的小伙伴们，高兴得会跳起来。有时候，还会拿着一根长长的竹竿，敲打那些悬挂在屋檐下的冰凌，一个人敲打，下面一个人拿着竹篾制的米筛，装接住被打下来的冰凌，然后，小伙伴们便拿着冰凌往嘴里塞，尽管天寒地冻，可孩子们依然吃得津津有味。孩提时代渴望下雪，心动雪景，还有一个重要的原因，就是下雪之后，离过年就越来越近了。在老家有一句俗语"大人盼莳田，小孩盼过年"，意思是大人期望早一点播种，早一点收获，而小孩就盼望早点有新衣服穿，早一点拿压岁钱。那时候，一般人的家庭经济都比较困难，平时没有钱给小孩添置新衣服，也很少给小孩零花钱，孩子们只能期盼春节快点来临，有新衣服穿，有压岁钱花。

成年之后，我也还残留着多多少少的一点童趣，诸如堆雪人、吃冰凌，但对雪景的心动似乎有了一个提升。在下雪天，往往会发出一些感叹！风飘雪舞，犹是天女散花的纷纷零乱。漫天的雪飘混沌了天地，浪漫了人间，落寞了旅途，寂寥了归人。"风里闲竹摇凤尾，雪近冬青闪白凌。仰首时白雪满眉眼，俯首时飞絮盈白头。"那些凋落的树叶，在寒风中微微颤栗；那些逝去的年华，在冷冬中变得萧瑟不堪。捻起一段流水时光，静待佳年华，雪上空留斑然印记，那些易老的风花雪夜，是等待千年的不归之客。如果是一场鹅毛大雪，大朵小朵千朵万朵，雪压寒枝低，风卷林木啸，好不壮观。"风催雪舞寒江远，雪里浪荡乌蓬船。寒江水冷人罕至，万籁寂静只闻雪。"曾经我也与朋友白天赏雪景,夜晚"绿蚁新醅酒,红泥小火炉。晚来天欲雪,能饮一杯无"?雪夜围炉沏茶待朋至,消雪煮酒惶论谁英雄,一起探讨柳宗元写雪天的诗句。"千山鸟飞绝,万径人综灭。孤舟蓑衣翁,独钓寒江雪。""偎火闲散听雪落,围炉执樽絮江湖。暖酒半盏人不醉,耳热酒酣颜春风。"这样的雪夜,不谈经不论道,咬文嚼字凡夫子。抚琴雅余兴,弹筝怡深情。也曾经诗书重读伴雪夜,疏怀淡淡平常心。"春风东来忽相过,金樽渌酒生微波"。洁白的雪,沉沉的夜,一群俗人,磨浓墨,附会风雅描丹青。挥毫泼墨,如行云流水。老叟在旁捋须笑,七脚八爪如鸦戏。拿去长街贾铜板,估量抹不来二两米。古来多寒生,柴门无常客。抚琴三更弹冬韵,雪夜红梅梦里春。雪景是苍天赋予大地洁白的礼物,白皑皑的大地像一张白纸,随你去书写最美的文字去画最漂亮的水彩画。雪花漫天,景色无边。"帘外雪初飘,翠幌香凝火未消。"说不完千般旖旎,道不尽万种风情。且不说把酒一盏,拥炉自坐,饮酒赏雪时那份快意,更不论那"孤舟蓑笠翁,独钓寒江雪"的诗情画意,单单踏走在那厚厚的白雪上,听那脚下踩雪发出的"吱吱"声,你就陶醉了。漫天雪花纷纷扬扬,扫去世间一切烦恼与忧伤,洗去你所有懊恼和悔恨。这种意境不由你不重新整理思绪,重新看待整个世界。

鲁迅先生说:"雪,是雨的精魂!"没错!雪是雨的精魂,雨没有雪的坚强,没有雪的谦让。雪,又是冬日之灵。飞雪漫舞,舞出了一个素雅、洁净的银色天地,让人们一下抛却了入冬以来曾有过的沉闷和压抑。"一夜北风紧,开门雪尚飘。"一个玉色乾坤扑入眼帘,一个冰雪世界忽降人间。"不知庭霰今朝落,疑是林花昨日开。"冰天雪地里,任纷飞的雪花飘落在头发上,飘落在衣服上,捧一把雪细细把玩,全然忘却了双手已被冻得通红。或品味"谁将平地万堆雪,剪刻作此连天花"之雅韵,或感悟"六出飞花入户时,坐看青竹变琼枝"之情调,品之,赏之,别有一番韵味在心头。

雪是洁白的，白得发亮，白得一尘不染。人生何不如此，生命短暂，倘若能像雪一样清清白白做人，无私无畏奉献，就一定能给他人、给社会，留下些美好的记忆。我喜欢这上天赐予大自然的珍贵白雪，即使短暂，却足以美化一次受过污染的世界，净化一回曾蒙尘垢的心灵！

母亲的坛子菜

我很喜欢吃母亲所做的坛子菜,离开家乡湘南二十多年了,每次回家,母亲都要从坛子里拿一些坛子菜给我吃,待返回工作单位时,母亲又要我带坛子菜回来,大包小包,有干的也有湿的。我总说:"够了,吃不了那么多。"母亲却说:"这些都是你小时候最喜欢吃的,你们吃不了,可以送一些给左邻右舍吃。"在她眼里,家乡的坛子菜还是一种送人的好礼物。坛子菜不仅仅是我,也是村里其他在外地工作、求学的家乡人,返程时必携之物。寻常人家喝粥下酒,也以坛子菜佐之,这些都是习以为常的事。

坛子菜是一种古老的中国传统的制作酱菜方法,在浙江、湖南、四川等地流行。用坛子腌制的咸菜,脆、咸、辣、酸、甜,营养丰富,极易刺激食欲,具有助消化、消油腻、调节脾胃等作用。坛子菜源于远古时代,古人选用陶罐封存鲜菜,以备应急之用。经过数千年的口传心授,推陈出新,坛子菜慢慢发展为一种风味独特、品种多样的地方特产。坛子菜不同于泡菜、酱菜等腌菜,它突出的是坛子,坛子越老菜越香,而新置的坛子,只有经过严格的技术处理才能使用。蔬菜不但能制成坛子菜,而且花样百出,以萝卜为例,就有酒浸萝卜、豆腐乳萝卜、盐水萝卜、甜酸萝卜,达数十个品类。坛子菜味酸而爽口,助消化,开胃、消暑,可单独炒食,也可配菜用。每一个品类风味不一,却是佐粥、拌饭、下酒的佳品。

事实上,母亲所做的坛子菜的确好吃,不单我喜欢吃,其他几个在外工作的兄弟也喜欢吃,甚至来我们老家做客的亲朋好友也喜欢吃,临走时还要带一些走。母亲做的坛子菜主要有萝卜干、辣椒酱、水腌菜、腌豆腐、泡辣椒、泡竹笋、萝卜丝,都是比较下饭的咸菜。另外,还有酸萝卜、酸豆角、酸辣椒、酒浸蒜子、酒浸辣椒、酒浸萝卜等。最为出神入化的是那一坛豆腐乳,开坛,已经是香气四溢。有古诗云:"才闻香气已先贪,白褚油封由小餐。滑似油膏挑不起,可怜风味似淮南。"只可惜现在已经吃不出原来那个味了。

二十世纪七十年代,我上初高中时,家离学校远,便在学校寄读。因家里经济条件差,吃不起食堂,每个星期回家一趟,从家里带坛子菜去学校吃,坛子菜是用一个玻璃瓶装的,一个玻璃瓶的坛子菜,我要吃一个星期。尽管时间比较长,可带去的坛子菜,却不会变味。那时候,家乡的饮食习惯是早晨用坛子菜喝粥,中餐炒菜吃米饭,晚上大多家庭都是用坛子菜下饭。这样的饮食习惯,逼迫那些当家的妇人们想方设法制作各种可口的坛子菜。

记忆中的少儿时代,母亲是在一间旧屋里做坛子菜。锅碗瓢盆看似随意摆满一地,可母亲顺手就拿得起。而就在那眼角的余光才会扫到的墙角,则有一排大小不一的陶坛默默待着。看得出,它们都有些年岁了,有的坛子边沿甚至已经缺了一块。它们身量不大,腹部圆鼓,戴有一个平顶圆帽,脖颈处则围着一领飘浮着白浆的水,静静地栖身在这阴潮昏暗处,日升月落,星移斗转,却不言不语。它们就是厨房里一样特殊的小型容器,作用是用来腌制一种叫"坛子菜"的吃食。

母亲比较能干。那年月,家里较穷,无钱买大鱼大肉,但一家六七口人每餐要吃的菜却不少,所以母亲只能在自留地里种出来的蔬菜深加工方面下工夫,多做一些花样较多的坛子菜,以此来满足全家人餐桌上的需要。母亲所做的坛子菜分为三种,即水坛子菜、干坛子菜和湿坛子菜,做法上,体现了农耕时代对富余食物的处理艺术。原始农耕时代,可食之物并不多,为度过饥荒,必须对鲜菜进行加工储存。我的少儿时代,正是物质匮乏的岁月,母亲所做的坛子菜,帮全家人度过了那段艰难困苦的岁月。

  做水坛子菜，母亲要先将买来的坛子用火薰干，然后将以往留下来的"老酸水"放置坛内，再将那洗净晾干的刀扁豆、架豆、蛾眉豆、萝卜、藠头、辣椒、蒜苔、生姜、洋姜等蔬菜统统丢进坛子里，再盖上坛子盖，在坛沿上倒上一圈水将坛盖淹住密封，放置角落，过上十天半月或个把月就好了。水坛子菜易存，哪怕放上一年也不会坏，只不过倒是会过于酸透。如果我们想吃嫩点的，两三天便可以拿出来吃，只是这样不如陈年老酸菜好吃。陈年酸萝卜若将其切丝炒辣椒和猪肉，特别开胃，一家人的饭只怕被一个强壮的人就会吃光了。

  而干坛子菜的做法则比较简单。只要把刀扁豆、苦瓜、雪里蕻、萝卜丝等蔬菜洗净切好，放在太阳下曝晒，晒得越干越好。晒干后直接放入坛中，再盖上坛子盖，倒上一圈水密封，一个月后拿出来时，香气便会扑面而来。时间放得越长，其香味就越浓。干坛子菜有神奇之处，只要记得加水换水，里面的菜就永远也不会坏。

  由于湿坛子菜不必晒干，又不用酸水浸泡，介于水坛子菜和干坛子菜之间，如杂菜、榨菜、霉豆豉、剁辣椒等，所以就将其归类为湿坛子菜。它们的制作方法多样，如杂菜又分干菜和湿菜两大类。杂菜就是将各种蔬菜（如刀扁豆、苦瓜、藕乃至冬瓜皮、芋头杆、南瓜花等）切碎晒干，再伴以豆豉、姜丝、辣椒粉、胡椒、盐等一干佐料，放入坛中既成。因其成分复杂，所以名为杂菜。

  我父母亲十分勤劳，除了要做好大集体时代生产队的农活之外，还要苦心经营自家的那一两亩自留地。春夏秋冬，各季蔬菜轮番种植，一年四季从没有让自留地荒芜过。因为他们知道，家里没有什么钱给正在上学的孩子们在学校买新鲜菜吃，几个孩子上学，都需要带坛子菜。于是，他们只能在自家的自留地里，多种蔬菜，种好蔬菜，以此满足孩子们上学的需要。

春天是播种的季节,但也是青黄不接的季节。虽然菜地里还没有什么菜长出来可做坛子菜,但由于冬季里母亲多做了几个坛子菜,如豆腐乳、酸萝卜、腌辣椒、辣椒酱等,几个坛子也可供全家吃一春了。

盛夏时节,是腌制酸豆角、酸辣椒的最好时节。气候炎热,酸水易制。豆角挂满藤蔓,阳光充足;禾坪里、墙头上到处是摊晒的豆角,只要暴晒一日,那些本还鲜活的豆角到傍晚时候就都奄奄一息。晚上,母亲把豆角用毛巾擦干净,五至六根豆角扎成一只,整整齐齐码好,放到酸水坛子里,加盖,坛沿边上水,密封一个礼拜,就是酸爽的咸菜。再用如此手法,浸酸辣椒、酸萝卜。这些坛子里的酸菜,就是我们夏天夜晚下饭的主菜。

到了秋天,母亲会酿制湖子酒。秋日里的湖子酒比夏天酿造的湖子酒更清亮、更甘甜、更醇厚,腌浸各种咸菜而不至于浑浊。初秋,辣椒成熟老道,母亲便会选出品相好、籽多肉薄的长辣椒,洗净,风干,然后在辣椒根部用针扎几个针眼,放到酒浸坛子里,到了深秋,就是美味的酒浸辣椒。

冬日的菜园并不如人们想象的萧条,遇着阳光晴朗的日子,母亲就会拔来一大袋水灵灵的大白萝卜,洗净泥沙,切成细条,又挂在一根长长的绳子上,迎风晾晒。在蒸发掉五六成的水分后收入大盆中,拌入足量的盐和辣椒,再放上生蒜粒添味,即是脆爽萝卜条。每一季,餐桌上都可供一碗清粥一碟萝卜,尤其当夏日酷暑厌食时,这是顶顶醒胃的好菜。

深冬时节,寒风凛冽,尽管如此,但这可是做豆腐乳也就是老家人称之为"霉豆腐"的好时机。母亲将雪白的豆腐放在一个或几个用竹篾编织成的"麻沙""米沙"里发酵,一边风干一些水分,一边慢慢长出真菌,没过几天,这些发酵的豆腐便开始发酵,不易破碎且有韧性。待豆腐发酵成熟时,母亲会用陶缸一层一层垒好,撒上盐和辣椒粉,待盐味、辣味深入到豆腐之中,再上坛,加些湖子酒和茶油,然后在坛沿边上水,加盖,密封一个月左右,就可以出坛吃了。而到这个时候,恰是过年"出节"之后,过年时候的大鱼大肉已经吃完,正是吃豆腐乳的好时节。另外,母亲的坛装大头菜也做得很好吃。父辈那一代人的口味都偏重,许多年长的亲戚很爱一道菜,即"大头菜炒猪肉",下饭最香,当然这肉若是农家腊肉则更佳。而方正嫩滑的霉豆腐块压住了大头菜香味的散开,在使大头菜保持干脆的同时又能使自身不水掉,它们正是物能传情,两相得益。

三湘四水的农家,几乎家家都有一溜坛子,有的坛子传了几代,即使只将菜简单地处理一下就放入这些老坛子,也可腌出独特的味道,而如果精心加工,其味更妙不可言。因此坛子菜不是简简单单地叫咸菜,咸菜只是坛子菜中的一个种类。从某种意义上来说,坛子菜从做法到吃法,都带有一种原始部落的遗风。坛子越老菜越香,新置的坛子,要经过非常严格的技术处理后才可使用。湖南人炒菜煮面,吃粉喝粥,都少不了这个菜,真正会做家常菜的人,往往一碟坛子菜就已是朴中见巧。

二十世纪的六七十年代,坛子菜是居家必备之物。特别是青黄不接时,几个坛子可供全家吃一春;干活歇息时,一碗白水几根咸菜可让人恢复元气;闲来无事时,坛子菜下湖子酒,神仙也会跟着走。每次回老家我都要吃母亲做的坛子菜,每次回家也都要带一些坛子菜回来,在吃坛子菜时,我又似乎回到故乡,回到那个不繁华却很热闹的时代。近几年来,母亲由于年事已高,已近八十岁,且体弱多病,无法再给我们做坛子菜了,想吃母亲亲手做的坛子菜,似乎是一件不可能的事了。现在也有医生忠告人们,尽量少吃坛子菜,吃多了有损身体健康。可我还是喜欢吃,虽然吃不到母亲做的那种纯手工的坛子菜了,但有时也要去超市买一些机械化生产的"坛子菜",解解馋,哪怕其味道远没有母亲做的好吃。

坛子菜，的确是让我们这一代人留恋。坛子菜，特别是母亲所做的坛子菜，能让我细细地品味到家乡那份纯天然无添加的美味，细细品味到清贫年代女性那种平凡而细致的母爱，细细品味到那种乡邻之间既攀比较劲又真诚往来的淳朴。坛子里有老味道，老味道里，有老生活……还有那挥之不去的一份乡愁。

扫帚笔记

人们每天行走在干净整洁的大街小巷或者公园、车站等公共场所时，大概只会留意周围环境的整洁情况，却没有去注意在那偏僻角落里的扫帚。因为扫帚没有婀娜多姿的体态，它平凡而朴实，对大多数人来说，它没有任何吸引力。

扫帚是扫地除尘的工具，貌不惊人，勤勤恳恳，无私奉献。它多用竹枝扎成，比笤帚大，源于中国，一般用来打扫院子及面积大的场地及马路。早在四千年前的夏代，有个叫少康的人，一次偶然看见一只受伤的野鸡拖着身子向前爬，爬过之处的灰尘少了许多。他想，这一定是鸡毛的作用，于是抓来几只野鸡拔下毛来制成了第一把扫帚。这亦是鸡毛掸子的由来。由于使用的鸡毛太软，同时又不耐磨损，少康即换上竹条、草等，把掸子改制成了耐用的扫帚。扫帚在文学作品比较少见，但还是有，如《南齐书·刘休传》："令休於宅后开小店，使王氏亲卖扫帚皂荚以辱之。"《隋书·五行志上》："金作扫帚玉作把，净扫殿屋迎西家。"《二十年目睹之怪现状》第十六回："猛抬头看见他檐下挂着一把破扫帚。"

有很多人将笤帚和扫帚混同一起。虽然它们都是用来扫除的工具，有共同点，其实也有差别。家里扫地绝大部分用散穗的高粱糜子制成的笤帚，还有地肤、棕丝、芦苇、椰棕丝、塑料丝等材料的，一般比较软，常在室内或很近的室外使用。扫帚原材料有高粱穗、金丝草、扫帚草、竹梢等，北方以前三种为常见，南方由于竹子多，第四种更为常见。一般说来，扫帚比笤帚更硬一些，大量使用在室外环境中，如马路上。

小时候，父母吩咐我做家务活时，扫地是其中的一项主要内容。有一天放假在家里，按常规，我开始打扫室内卫生，可抬头看见天上乌云密布，好像要下雨的样子。天空中有许多蜻蜓飞舞，突然有一只蜻蜓一下子飞到门口晒衣架上，我想捉住它，又飞走了，这可着实吓了我一跳，不过我已经有一个好"计划"——捉蜻蜓。我从墙角拿起父亲那把平时用来扫院子的大扫帚，吃劲地举了起来，冲着天空挥来挥去，可这些小蜻蜓却个个凭着矫健的身体从我的扫帚下逃走了，还一个个都冲着我做"鬼脸"。气死我了！总会打到一只吧！我这样想着。我冲着天空乱挥一阵，可是结果一个也没有打到。我沮丧地把扫帚一扔，坐在地上不起来了。休息了一会儿，我的目光落在一只趴在门口晒衣架上的蜻蜓，它正用爪子在那"梳妆臭美"呢！我拿起扫帚悄悄走过去用力挥了下去。我以为捉到了，一声惊呼，可我找遍整个扫帚也没有找到它的踪影，晒衣架是被我打倒了，可蜻蜓却不知道飞到哪里去了。我不甘心，于是，又拿着扫帚追着蜻蜓跑，却一不小心摔了个四脚朝天。那日最后，我捉到了一只小蜻蜓。

　　另外，有一年冬天，天气特别寒冷。冬至那天下了一夜的大雪，第二天早晨，我一觉醒来，一切都是银白的世界，地上像铺了一层白地毯，树上被雪点缀得像开满了梨花，屋顶上也被雪包裹得严严实实的，煞是好看。父亲叫我赶快起床，下去扫雪了！快过年了，又下了这么大的雪，真是瑞雪兆丰年！我们拿着铁铲和扫帚来到了门外，先用铁铲铲除门口的雪，再用扫帚将一些残雪扫在一边。开始，扫起来还真有点手冷，但是，过了一会儿就不冷了，身上还发热呢！父亲说："体力劳动有利于人体的新陈代谢，促进血液循环，增强体质。再冷的天儿，只要活动一会儿，就不会冷了！"这次扫雪真是个有意义的活动，我不仅打扫了卫生，也从中明白了一个道理。

　　扫帚是一个很平凡的工具，随处可见它的身影，它总是默默无闻地工作着。扫帚,其貌不扬,扁扁的大头,总贴着地,几根铁丝还捆着它细胳膊细腿的身体。身上还有几束未脱尽的干高粱穗,它告诉人们,自己曾经也有过在田野里高扬花穗,喜结米粒的辉煌和骄傲。可人们用不到它的时候,就会把它放到最不起眼的地方。它踏踏实实奋不顾身地辛勤劳动,将灰尘、垃圾一扫而尽,曾经又乱又脏的厕所、厨房、阳台变得整洁干净,它终身的心愿就是为人们将脏地打扫干净。可它只要在我家没有工作了,它就会被我们"请"到最偏僻的地方,也即门后、墙角,但它没有一句怨言。虽然有的家庭用吸尘器取代了扫帚,但是吸尘器也有局限性,它只打扫价格昂贵又精美的地毯和木地板。扫帚的差事十分艰苦,它总要在那些最脏、最乱的地方挺着腰,伸着头,直到磨开了头,折断了身。它鞠躬尽瘁,用生命换来环境的整洁。个头高大的竹扫帚天天早起,在每个城市的马路上,都有勤勤恳恳的清洁工挥动着它们的情景。春天,蒙蒙细雨连绵不断,是它把污黑的积水扫进下水道;夏季,各种各样的垃圾袋、包装纸在马路上横行,是它把垃圾扫成一堆,再和撮箕合作送上垃圾车;秋末,暗黄色的落叶从树上飘然而下,是它把厚厚的落叶扫到一起,为大地"整容";隆冬,深深的积雪盖满了大街小巷,又是它把积雪扫到路旁,为路人、车辆提供了方便,清除了障碍。

　　五湖四海,天涯海角,只要有人烟的地方,就有扫帚。它勇敢、它不怕臭不怕累,不争名,不争利,像任劳任怨的清洁卫士。

旷野里的露珠

许多年之前的一个夏天,为了做好全县"七五规划"工作,县委组建了"七五"工作队,我被选中,抽去与其他几个来自县直机关的同志一道,负责全县山区的乡镇社会经济发展状况的调研工作。首站便是全县最边远的一个村庄。由于这个村庄比较偏僻,属"老少边穷"的地方,没通公路,汽车不能进入,骑单车又因为小路坡陡弯曲,消耗体力不用说,还极容易出事故。为此,我们只能将小车停在山下的乡政府,步行进山村。我们选择在清晨进入山村,这样,一方面是因为早晨凉快,避开一天最炎热的时候,另一方面,也是主要的原因,应被调查方之约,尽量早点结束调研工作。

夏天的清晨,东方的鱼肚白慢慢地出现了,月光留恋嗔怨地隐去了身形,天光放亮,驱赶雾霭,融融暖意又开始当仁不让。山区旷野里,空气特别新鲜。此时,好像一切都未混进动物的信息,一切都纯净得让人心旷神怡,仿佛是一幅淡淡的水墨画,水墨画里,弥漫着诱人的青草香味。山林里有很多树木,枝叶繁茂,每片叶子上都有几滴晶莹的小露珠,它们像顽皮的小孩子似的,在圆盘上滚来滚去。叶子轻轻地摇动了几下,几颗小露珠就调皮地躲进了草丛,再也寻找不到它们了。起初,我对这旷野里的露珠还没有怎么留意,但当我们走过一片较大的草丛时,我便被它们吸引了。我看见了聚在那鲜绿叶片上的一颗颗小露珠,晶莹剔透,像一颗颗小珍珠撒在那翠绿的叶子上。山林里,时常透露出一道道霞光,露珠反射着霞光,所有的植物都变得格外有活力,连那些衰老的花草树木也都显现出生机。但凡雾气亲吻过的地方,留下了它的点点踪影,山林滋润,花草沾衣,大地潮湿,匍匐在大地最底层的草,身形渺小，最惧怕太阳的炙烤，凉爽的叶儿扯住了雾气不肯撒手。草与雾的肌肤相亲了，于是，凉热交替发生反馈了，一滴滴露珠挂在了草的身上，晶莹的露珠出现了。

经过几个小时的跋涉，上午十点左右，我们终于到达了这个小山村。此时，村干部早已经在村委会等我们，说是村委会，其实就是借村主任的一间旧房办公，极为简陋，连一张像样的办公桌都没有。虽然说是通了电，可是由于用的是水电，秋冬枯水期是无电可用的。村支书很惭愧地对我们说："不好意思，条件太差，让你们见笑了。"村支书这样一说，我心里似乎有一种隐隐约约的"伤痛"之感，农村基层干部真苦，特别是像这些"老少边穷"的地方。我们的调研工作很快就切入了主题，两个小时的座谈调研，我们取得了"老少边穷"农村的第一手材料，真实、准确。响午时分，我们在村支书家里吃了饭，原本村支书的老伴要杀鸡给我们吃，被我们阻止了。我们吃过中午饭，就急匆匆地往山下赶，还要到乡政府撰写调研材料。

说实在话，我对露珠一点也不陌生。童年时期，为减轻家里的一些负担，我时常帮助父母干一些力所能及的家务活，比如牧鹅、打猪草、上山砍柴等，经常很早起床，或赶着鹅群走向田野，或提着竹篮来到河边，或肩扛扁担走进山林。细小、微弱、透明的露珠，在树叶上、草丛间，都能够寻找其透彻的足音，蔓延渗入内心动感的乐曲。

旷野里的露珠时常在清晨被人发现，但其实，露珠在夜晚就开始等待了。依偎月亮一夜的大地，把白日积攒的蒸腾，化作了郁闷的潮气，尽情地向外宣泄着，弥漫着。于是，天地间朦胧渐起，月光羞答答地忽隐忽现在浓雾间，山川大地被月光时断时续地扫描，房屋树影愈见模糊。只有大地在做着深呼吸，深情地沐浴着月光之精华，万物在静谧地吸纳着天地之灵气。在享受了月光的一夜温馨后，到了晨曦微露、少许凉意袭来的时候，也就到了尽头。当启明星告知世间万物，太阳快要升起来了，这时的雾气急匆匆地规避着、稀释着自己，四散淡去。露珠，为了给我们一品清新的思念，于是比我们任何一个人到得都早。

"露水浓，太阳红"，这是人们总结出的农谚，朝霞异彩，又是一个艳阳天。趁着太阳还没有发威，一切都在潮热中起始。沾满露珠的草，知足的摇曳着，都说雨露滋润禾苗壮，草儿何尝不是如此呢？把"雨"暂且放到一边，有"露"就足矣了。颗颗露珠在草叶上闪着晶莹，仔细看，露珠有大有小地分布着，谁也不挤谁。当草叶轻微摆动时，其中的一颗露珠倾斜站不稳了，顺势拥抱了另一颗，那么这颗露珠就胀大了。随着惯性，露珠相互间碰撞了，体积愈发地胀大，顺着草尖向下滑落到地上。有的则不忍离开草叶的庇护，静静地坠止在草尖儿上。这是自然造化的结晶，这是不忍被蒸发离去的一滴滴清泪。

在乡村，每当天刚蒙蒙亮时，勤快的村民便开始了日出而作的日子。他们吸着晨间的清新，望着耀眼的霞光，牵着心爱的耕牛，走在藏在草丛中的小路上。役使耕牛的农家人都知道，即使在机械遍布的今日，水网滩涂、层层梯田、大山深处，牛的作用是替代不了的。有经验的农家都懂得，沾着露珠的草，是牛儿最爱吃的，能起到清热败火增膘长肉的作用。我在牧鹅时，也发觉鹅特别喜欢吃那些有露珠的小草。青草蹭着牧牛人的裤脚，须臾就被露珠打得湿漉漉的。老牛四条腿上的毛贴得紧紧的，颜色暗黑，可它不管这些，低头贪婪卷食着挂满露珠的草，起劲地咀嚼着，几只蚱蜢欢快地跳出草丛，惊得老牛眨了眨眼，继而恢复了平静。太阳越升越高，露珠被很快地蒸腾，迎着阳光望去，有些看不透的，还有些飘渺的白茫扶摇直上，这是露珠的魂魄飞到天上去了。抬头远眺，天边有一丝云，那缕白茫径直向着云儿飞去。可能明日下的一场雨里，说不定就有露珠的魂魄在里面，是的，肯定有。那滴滴降下的甘露，不就是晶莹的露珠吗？它到天廷得到了悟化，接受派遣又回来了，回来了。沉沉的夜气造就了它的躯体，点点的繁星孕育了它的

旷野里的露珠　>>>

灵魂，最后，在晨曦微露的时候，它们跳上了小草的叶尖。初阳升起的一刹那，它忽儿放射出千万条霞光……朝阳升得更高一些了，露珠渐渐消融，渗透了枝叶，拂去了尘埃，滋润了整个世界。可它越来越小，直至消失，悄无声息！阳光和雨露本是自然造化，它们是那样地和谐，那样相得益彰，共同给予这个世界温暖和力量！

　　露珠身体很小，生命也极其短暂，但它却把一生都奉献给植物。当夜幕笼罩的时候，它像慈母用乳汁哺育婴儿一样滋润着万物；而每当黎明到来的时候，它又最早睁开那不知疲倦的双眼。为了小草不再胆怯黎明前的黑暗，露珠照亮了乡间田园；为了晨曦舒爽，小草快乐成长，露珠变成了美味的营养，就算泪水淹没天地，也要执着下去。小小露珠却有如此执着的奉献，体现了价值，赢得了尊严。诚然，生命的长短固为重要，但更重要的是看你是否去执着地追求。只有踏踏实实走过的路，才有最充实的过程，最美丽的风景。

第三辑

松树的品格

上中学时，我看过一本散文集，具体是什么书名我忘记了，但我记得散文集里收集了老一辈革命家陶铸同志所写的一篇散文《松树的风格》。我对松树有点朦朦胧胧的认识，但真正认识、了解松树，关注松树，懂得松树的品格，还是从自家庭院鱼池边所栽种的两棵松树开始的。

我家的鱼池边种有两棵松树，一棵是盆景里移栽过来的山松，另一棵是从一树木园艺场买回来种的黑松。从盆景里移栽过来的山松，经过人工二十年将其弯曲，好似一条龙伸向鱼池；而从树木园艺场买回来的这棵黑松，没有任何人工的痕迹，直挺挺地移栽在鱼池边。两棵不同种类、不同形状的松树，郁郁葱葱地生长在鱼池边，一高一低，相得益彰。几年来，它们常常引得来访的亲朋好友赞不绝口，我听着亲朋好友的赞叹，心里边似乎还有一点骄傲。

三四个月前，那棵挺拔的黑松，突然间出现了一个干枝。起初我还没有当一回事，后来，干枝的面积越来越大，我心里开始紧张起来，连忙打电话给市林业局有关部门。市林业局的同志问了我这棵树的的症状，说是得了虫害，比较麻烦，并向我推荐了一个专门给树治病的树医生公司，说看看树医生公司的医生能不能治。后来树医生公司派人来看过，认为没有什么希望了。可正当我为这棵松树是否有还能生存下去愁眉苦脸的时候，一个经营花木场的朋友路过我家，他看见这棵黑松有干枝现象，便跑到鱼池边一看，断言："黑松出现干枝，是由于种植黑松时，地势低洼，没有考虑黑松怕水多，如果一遇长时间下雨，雨水积累太多，就会出现干枝的现象，最后整棵树枯死。"为此，他建议我，赶紧采取抢救措施，可试用这种办法，即找人把松树抬高，重新栽种一次、枯枝要剪掉，并要给树打点滴（即输营养液），至于是否有效，那就要看这棵松树的造化了。听花木场的朋友这么一说，我立马就找人将这棵松树重新抬高栽种，剪掉枯枝、打点滴。经过一段时间的抢救，这棵松树还真又焕发了生机。它的生命力真够顽强的。

其实，松树是一种很普通的树种。小时候，我在老家与村里的小伙伴们上山扯竹笋、打柴禾就经常从松树底下过。与其他小伙伴们一样，我似乎没有怎么样留意松树，只知道它生命力极强。松树多是作为一种建筑材料和家具材料，松脂可作为化工原料，松子是重要的中药材，常食可以健身心、滋润皮肤、延年益寿……除经济用途外，由于松树树姿雄伟、苍劲，树体高大、长寿，其实具有重要的观赏价值，是中国很多风景区的重要景观成分。在中国，从皇家古典园林到现代居民家中都能见到松树的倩影，如北京北海、颐和园中的油松或白皮松，树桩盆景中广泛使用的五针松等，一些名山胜地，更是山以松壮势、松以山出名。黄山的迎客松、华山的华山松、长白山的美人松，另外辽宁千山、山东泰山、江西庐山都以松树景色而驰名……无一不令游人赞叹。安徽的黄山，松、云、石号称"三绝"，而以松为首；北京北海团城有一株800年生的古松，传说曾被清乾隆封为"遮阴侯"；泰山"五大夫松"传说是秦始皇登山在此避雨而被封以官爵的。中国人民把松树作为坚定、贞洁、长寿的象征。松、竹、梅世称"岁寒三友"，喻不畏逆境、战胜困难的坚韧精神。

世界上松树的种类有将近80多种，虽然种类繁多，但叶形都细长似针，通称为松针，针叶多数由一枚叶或几枚叶成束生在一起。松树，是极其普通的一种树，普通到能够适应各种环境，能够落地便生根，但它也注定是一种不普通的树，笔直的干，茂密的叶，还有那凌寒向上的心。松树的叶子像针一样，一簇簇向外伸长着，每一个都尖锐有力，好像有一种精神支撑着它们。微风吹过，松树会发出淡淡的清香，虽然没有鲜花那样美丽芬芳，但是也能沁人心脾。松树的果实也很有特点，一个椭圆形分成一层层的花瓣。它没有夏天里梧桐那硕大的叶片，更没有秋天银杏树的一身金色的外衣，只是始终穿着那朴素的绿色外套，静待风雪来临。它那笔直的树干，绝不以旁出虬干为奇，而以正直、朴素、坚强为美。这种美要比只在表面上婀娜的美和在温室中娇生惯养的名贵树种要高尚得多。因为它具有顽强的生命力。你看它，不管是在悬崖峭壁还是在贫瘠的土地上，只要有一粒种子，它就会生根、发芽，顽强地生长起来。在悬崖峭壁的石缝里，别的树木难以扎根安身，唯有它能傲然屹立；在北风呼啸的隆冬，冰封大地的北国，百花凋零，草木枯萎，唯有它还生机勃勃。干旱的土壤上，松树长得郁郁葱葱；待暴风雨袭来，其他树木被连根拔起，可又只有松树安然无恙。别的树以旁出虬干为美，它却以正直、朴素、坚强为美。这种内在美要比只在表面上的美和在温室中娇生惯养的名贵树种要高尚得多。

四季的青松具有不同的风采。阳春三月，万物复苏，原野呈现出一片新绿，青松吮吸着大地母亲给予的甘露，在微风的轻拂下愉快地生长；夏日酷暑，太阳炙烤着大地，许多草木都被晒得直不起腰，但青松依然挺拔，一根根松针绿得发亮；金秋十月，是收获的季节，许多树叶都开始枯黄，青松却依然浓绿，在粗壮的松枝上，还点缀着一个个宝塔似的松果；寒冬腊月，北风萧萧，许多树木都失去了昔日的风采，而青松却不畏严寒，与狂风暴雨顽强"搏斗"，固守着自己的阵地。

松树被赋予革命英雄主义的色彩，我童年时，正是全国数亿人高唱——要学那泰山顶上一青松，我也会经常哼唱几句革命样板戏《沙家浜》里的词。现实生活中，松树是具有正面意义的树种。中国人视松为吉祥物，把她视作"百木之长"，称作"木公""大夫"。松树是凌霜不凋、冬夏常青的。苍松劲挺，饱含风霜而生机勃勃！因此，古人视松作为长青之树，有长生不老松之说，人们赋予其长青不老的吉祥寓意。松也是吉祥的梦兆。唐代皇甫松《古松感兴》中写道：皇天后土力，使我向此生。贵贱不我均，若为天地情。我家世道德，旨意匡文明。家集四百卷，独立天地经。寄言青松姿，岂羡朱槿荣。昭昭大化光，共此遗芳馨。于是又有人或给松树赋予很多使命，或把自己及他人与松树相提并论，旨在为自己抑或是为他人歌功颂德，祈求与松柏齐名流芳百世万古长青。古往今来，不乏有文人墨客，用美妙的词句、感人的情怀，讴歌过巍然屹立、笑傲苍穹的青松！宋代诗人苏轼的一句"高处不胜寒"，折射出多少达官贵人内心的孤独与失落。尤其是那些忤逆、贪婪、枉法者，更是终日生活在私欲膨胀和噩梦连连的矛盾中。外面风光，内心惶恐，害人损己。而青松则不然，它是高处更胜寒。就因其不贪图荣华富贵，不计较功名利禄，所以活得踏实，活得自在，活得有价值，活得受人敬仰。清朝陆惠心《咏松》："瘦石寒梅共结邻，亭亭不改四时春。须知傲雪凌霜质，不是繁华队里身。"陈毅元帅也有一首大气磅礴的诗，生动地描绘了青松傲雪的深刻意境："大雪压青松，青松挺且直。要知松高洁，待到雪化时。"一曲情真意切的肺腑心声，一句无所畏惧的钢铁誓言，袒露出革命者锲而不舍的人生追求，淋漓尽致地表达了积极向上的乐观主义态度和胸襟坦荡的优良品德。

松树正是以它那傲然屹立的姿态和愤然向上的精神，被人们视为楷模。人和树一样，做像松树一样有内在品质坚强的人，要比在"温室"中生长的花朵伟大得多了。我喜欢松树，喜欢它那种无私奉献的精神；我喜欢松树，还因为它刚直不阿的品格。你看，它根植于泥土之中，无论是狂风暴雨，还是寒霜雪压，它都不会低头；无论环境多么恶劣，它都无私无畏、宁折不弯。松树的这种正直、朴素、坚强的许多内在品质，这种永不屈服于恶劣环境，永不为困难所吓倒的精神，值得我们每一个人学习。

牡丹抒怀

　　每年的春节，按照珠三角的习俗，我们家都会购买大量的年花，如菊花、山茶花、牡丹花、桃花、水仙等，摆放在院子里，各种各样的花，五彩斑斓，耀眼夺目。家人赏花、品花，对待花的喜欢是"萝卜青菜，各有所爱"。妻子喜欢菊花，儿子喜欢山茶花，我喜欢牡丹花。各人有各人喜欢的理由，我喜欢牡丹花并不仅是因为其是"花中之王"的缘故，而是其数千年历史的牡丹文化。

　　牡丹花，色泽艳丽，玉笑珠香，风流潇洒，富丽堂皇，素有"花中之王"的美誉。在栽培类型中，根据花的颜色，可分成上百个品种。牡丹品种繁多，花色亦多，以黄、绿、肉红、深红、银红为上品，尤以黄、绿为贵。牡丹花大而香，故又有"国色天香"之称。牡丹花被拥戴为花中之王，有关文化和绘画作品很丰富。她是中国固有的特产花卉，有数千年的自然生长和两千多年的人工栽培历史。其花大、形美、色艳、香浓，为历代人们所称颂，具有很高的观赏和药用价值。自秦汉时以药用植物载入《神农本草经》始，散于历代各种古籍者，不乏其文。包括植物学、园艺学、药物学、地理学、文学、艺术、民俗学等多学科在内形成的牡丹文化学，是中华民族文化和民俗学的一个组成部分，是中华民族文化完整机体的一个细胞，透过它，可洞察中华民族的一般特征，这就是"文化全息"现象。牡丹文化兼容多门科学，其构成非常广泛，包括哲学、宗教、文学、艺术、教育、风俗、民情等诸多文化领域。牡丹文化中所提供的文化信息，可以反映出民族文化的基本概貌，符合宇宙间的"全息律"。牡丹是中国特有的木本名贵花卉，有数千年的自然生长和1500多年的人工栽培历史，在中国栽培甚广，并早已引种世界各地。在清代末年，牡丹曾被当作中国的国花。1985年5月牡丹被评为中国十大名花之二，后更是中国洛阳、菏泽、彭州、铜陵、牡丹江市的市花。

记得二十世纪八十年代有一部电影《红牡丹》，风靡一时。其中由著名的男高音歌唱家蒋大为演唱的那曲《牡丹之歌》，热情、奔放地倾诉了人们对牡丹的喜爱，歌词的作者形象、艺术地再现了牡丹的容貌和性格，《牡丹之歌》也成为民间广为流传的歌曲。我看过那部《红牡丹》的电影之后，也经常会哼唱《牡丹之歌》，尽管有时候会走调。那时候，我还没有见到过真正的牡丹，只是在电影里或者是书籍报刊里见过，对牡丹的了解十分肤浅。

二十世纪九十年代中期某个仲春，我出差到河南洛阳，并在那里小住了几天，这期间我才真正接触到牡丹。仲春，不仅仅是大自然最热闹、最繁华、最令人眷恋的季节，更是洛城牡丹盛开，令游人乐不思蜀、流连忘返的季节。洛阳，这座充满着浓郁的历史气息，充斥着浓浓的诗情画意，充溢着浓厚的旅游氛围的古城，那马路边、街心公园、各大园林此起彼伏绽放着的万紫千红、蓉荣富贵的牡丹，早已把成千上万的游人魅惑得"举步维艰""力不从心"了。这令人朝思暮盼的牡丹究竟有什么样的魅力令这座城市走向了世界，闻名于世界了呢？牡丹，在四月的洛阳绽放，火红的模样，似烈火状，烧伤了生命的渴望。牡丹，不愧被称为百花之首，在众多缤纷的春花之中，没有一种花能像牡丹那样绚丽、雍容华贵。它几十片、上百片花瓣组成的花朵硕大、娇媚，引人驻足，令人赞叹。它的花色缤纷艳丽，黄的庄重矜持，红的如火如荼，粉的娇柔婀娜，紫的、白的一尘不染。而花型更是俊秀婆娑，荷花型娉婷娇美，绣球型花团锦簇，菊花型舒展妩媚，皇冠型富贵典雅。牡丹花的开放，把春日人们赏花的高潮推到了顶点。看牡丹，仿佛看见丰腴的唐代少妇，看牡丹，看那艳而不俗的色彩，仿佛看见少妇高贵的表情；看牡丹，看那各样的花型，不禁使人想到牡丹仙子顾盼的眸子和飘逸的裙裾。在牡丹丛中漫步，犹如与美丽而娴静的少妇同行，更似和清纯而矜持的少女结伴，在牡丹花下与漂亮的人儿合个影，虽然有当配角的感觉，却也是短短旅途一个美丽的片断！在牡丹花丛中漫步，慢慢品味它们高贵的表情，仿佛看见不可一世的武则天无奈且无助的眼神。在洛阳，无论是龙门的佛光、香山寺的儒风、白马寺的梵音，还是古城的雕梁画栋、灰瓦青石，都令人沉醉，醉于往事悠悠，醉于衣冠成丘的古人。一次洛阳之旅，使我真正认识到牡丹"国色天香"的含义。欧阳修曾有诗云："洛阳地脉花最重，牡丹尤为天下奇。"

传说中的牡丹，是被武则天一怒之下逐出京城，贬去洛阳的。昔日唐朝武则天皇后，于冬日之间，要游上苑，写出四句诏来，道："明朝游上苑，火速报春知。花须连夜发，莫待晓风吹。""不想武则天原是应运之主，百花不敢违命，一夜发蕊开花。次日驾幸上苑，只见千红万紫，芳菲满目，单有牡丹花有些志气，不肯奉承女主幸臣，要一根叶儿也没有。则天大怒，遂贬于洛阳。"谁料洛阳的水土最适合牡丹的生长，于是牡丹重新焕发了生机，没有一层一层的院墙的阻拦，牡丹连生长都演得那么疯狂。于是洛阳人种牡丹蔚然成风，渐盛于唐，极盛于宋。每年阳历四月中旬春色融融的日子，街巷园林千株万株牡丹竞放，花团锦簇香云缭绕——好一座五彩缤纷的牡丹城。所以，看牡丹是一定要到洛阳去看，没有看过洛阳的牡丹就不算看过牡丹。

牡丹色、姿、香、韵俱佳，花大色艳，花姿绰约，韵压群芳，固然惹人喜爱，但能打动我并使我最为倾情和珍重的，不是其雍容华丽的花朵，而是拥有数千年历史的牡丹文化。牡丹文化的起源，若从《诗经》牡丹进入诗歌算起，距今约3000年历史。秦汉时代作为药用植物将牡丹记入《神农本草经》，牡丹已进入药物学。南北朝时，北齐杨子华画牡丹，牡丹已进入艺术领域。史书记载，隋炀帝在洛阳建西苑，诏天下进奇石花卉，易州进牡丹二十箱，植于西苑，自此，牡丹进入皇家园林，涉足园艺学。唐代，牡丹诗大量涌现，刘禹锡的"庭前芍药妖无格，池上芙蕖净少情。唯有牡丹真国色，花开时节动京城"，脍炙人口；李白的"云想衣裳花想容，春风拂槛露华浓"，千古绝唱。到了宋代，洛阳牡丹号称天下第一，每到花期，买花观花成风，豪门权贵开筵延宾赏牡丹，文人学士舞文弄墨咏牡丹。据欧阳修的《风俗记》载，当时，在牡丹盛开之际，洛阳城中不分官民贫富，都有插花的习惯。"士庶竞为遨游"，"笙歌之声相闻"。陆游的"吾国名花天下知，园林尽日敞朱扉"说出了人们观赏牡丹时的狂热情景。除牡丹诗词大量问世外，又出现了牡丹专著，如欧阳修的《洛阳牡丹记》、陆游的《天彭牡丹谱》、丘浚的《牡丹荣辱志》、张邦基的《陈州牡丹记》等，宋代就有十几部。另外，元姚遂有《序牡丹》，明人高濂有《牡丹花谱》、王象晋有《群芳谱》、薛凤翔有《亳州牡丹史》，清人汪灏有《广群芳谱》、苏毓眉有《曹南牡丹谱》、余鹏的有《曹州牡丹谱》。由于牡丹花花型优美，颜色绚丽、清雅，因此是当代画家们经常表现的题材，如余致贞、吴玉阳等。其散见于历代种种杂著、文集中的牡丹诗词文赋，遍布民间花乡的牡丹传说故事，以及雕塑、雕刻、绘画、音乐、戏剧、服饰、起居、食品等方面的牡丹文化现象，数见不鲜。牡丹脂粉艳丽，明明净净，不为尘染。有醉人的娇红，有冷艳的素白，有恬静文雅的淡黄，有贵气逼人的雅紫，无论哪一种，都远胜于那些逐水飘零的杏白桃红。牡丹是花中王后，地位尤尊。曹植的梦中，出水的洛神翩若惊鸿，相思三千东流水，只取一瓢。一代情圣李商隐更惊叹于洛阳牡丹的天香国色。据说当时隐居于龙门香山寺的白居易读了李商隐的文章，相见恨晚，希望可与其共赏牡丹，同品诗茶，话古道今一番。只可惜香山老人早逝，李商隐命运多磨，郁郁而终，辜负了一世才情。当年被逐出长安，流放洛阳，牡丹也没输半点狂妄，说她是顽强中带一点倔强，懂得反抗，也懂得安放。

对信仰的渴望，原来可以这么有力量。是谁乱了谁的浮生？是武皇，是谁欠了谁的苦等？是牡丹，是牡丹的一眼痴望，让富贵落地，生根发芽。"蓓蕾抽开素练囊，琼葩薰出白龙香"，牡丹是种有个性的花朵。当年敢于违抗旨意，笑对武则天的勃然大怒，无惧烈火的焚烧。来年春时，带着焦痕累累的枝叶依然盛开。辉煌如白驹过隙一样，拥有和失去之间都是短暂的。牡丹之美，不仅仅只是一种情致美、入画美，更是一种气度上仁和宽博的美，气质上优雅不失高贵的美。人的一生、人的青春、人的财富，都是短暂的。我们在欣赏牡丹和牡丹文化的同时，还应学习牡丹花自信自强的气度，笑对名誉地位，淡泊个人得失，做个意志坚强，有信仰、有追求的人！

啊！牡丹，百花丛中最鲜艳。啊！牡丹，众香国里最壮观。你娇美的生命中隐藏着坚强的意志，你富贵的气质里折射出不畏权贵的品格。我爱牡丹花，更喜欢牡丹文化！

爬满小屋的紫藤

暮春初夏，我应约回访朋友，几位文友一道同行。朋友是一位古董商人，是属于改革开放先富裕起来的那部分人，家住市郊，自建房，依山傍水，占地面积有三亩多，中间建有一幢中式别墅的主楼，别墅两旁各建一幢副楼，朋友说用来作存放古董的仓库和展览厅，东南角建有假山、鱼池，鱼池不远处建有一间小屋，朋友称之为茶馆，专门用来会客。朋友引我们来到了他的茶馆，令人惊讶的是，他这间号称茶馆的小屋四周都种植了紫藤，除了窗口和门，其余的地方都被紫藤所覆盖。

紫藤，我以前也见过，但并没有怎么在意，可这次所见到的紫藤，却给了我一个震撼。说实在的，我还从没见过这样有生命力的紫色，深深浅浅的紫如瀑布如水银一路倾泻而下，没有源头没有终级。紫藤花的花瓣顶端是紫色的，越往下越淡，到了底部，就成了乳白色，像牛奶一样；花冠是蝶形的，像一只只翩翩飞舞的蝴蝶，又像在下一场纷纷扰扰的花瓣雨。阳光下点点银光跳跃，似在欢笑，似在吟唱，明晃晃地刺痛了我的眼睛。但见一根根柔条紧紧缠绕在灰白的墙壁上，一直顺延至屋顶，灰褐色的枝蔓龙形蛇步，一路蜿蜒，一直延伸至密密的花海。串串硕大的花穗挂在枝头，沉甸甸的似葡萄初熟压弯了枝条。那开得密不透风的紫色之间，绿叶依稀，鲜嫩明艳。原本只是衬托鲜花娇媚的叶片，大抵也是物以稀为贵吧，在这大片的紫色中显得灵动可爱起来，给紫藤花们添了风情，宛如一个个紫衣绿裙的婉约女子，低眉回首间羞怯可人。我蓦然觉得，纵然是姹紫嫣红开遍，三春好处尽现，也及不上眼前这春色如许。天哪！朋友的这间小屋，哪里是间茶馆，分明就是一个用紫藤做成的大花篮。

正当我对爬满小屋的紫藤"想入非非"时,朋友发话啦:"哎哟!我们这位大学者,是不是又在构思什么大作呀!"朋友的话提醒了我,这次来的主题是品茶,而不是赏花,我赶紧调整自己的心思,连忙说:"对不起,对不起,是你家爬满小屋的紫藤太富有创意了。"说完随即同大伙一起步入了茶馆。虽说是小屋茶馆,实际上却不小,面积有一百多个平方米,里面陈设豪华、高档,而又不显俗气,摆放的几件明清青花瓷器,悬挂的几幅近现代名人字画,足以显露出主人的文化素养,特别是沏茶的用具,更是让人羡慕不已,这是一套从清代宫廷里流出来的紫砂茶具,有壶、杯、碗等器具,价值不菲。我们边品茶,边聊天,聊着聊着,话题就转移到紫藤上来了。我问朋友:"为何在小屋四周种植紫藤,让紫藤爬满小屋?"朋友笑了笑,回答说:"这是受二十世纪八十年代,湖南老乡古华作家的一篇短篇小说《爬满青藤的小木屋》的影响,他读了之后,不但对小说的故事情节、人物很感动,而且还萌生了一个理念,就是等他什么时候有了钱,他也要建一幢爬满什么藤之类的房屋,于是,就有了这样的创意。"看来,我这个做古董生意的朋友,不但是一位通晓文物的商人,还是一位有一定文化素养的文人。

谈到紫藤,古董商朋友打开了话匣子。紫藤是一种落叶攀援缠绕性大藤本植物。干皮深灰色,不裂;春季开花,青紫色蝶形花冠,花紫色或深紫色,十分美丽。紫藤为暖带及温带植物,对生长环境的适应性强。紫藤为长寿树种,民间极喜种植。一是它具有较强的观赏性。成年的植株茎蔓蜿蜒屈曲,开花繁多,串串花序悬挂于绿叶藤蔓之间,瘦长的荚果迎风摇曳,自古以来中国文人皆爱以其为题材咏诗作画。在庭院中用其攀绕棚架,制成花廊,或用其攀绕枯木,有枯木逢生之意。还可做成姿态优美的悬崖式盆景,置于高几架、书柜顶上,繁花满树,老桩横斜,别有韵致。培养紫藤开花后会结出形如豆荚的果实,悬挂枝间,别有情趣。有时夏末秋初还会再度开花。花穗、荚果在翠羽般的绿叶衬托下相映成趣。一般情况下，盆栽紫藤应及时剪去残花，避免营养消耗。紫藤系落叶藤木，在其休眠期可结合修剪调整枝条布局，以保持姿态优美。紫藤寿命长，管理粗放，只要保证充足的阳光，水肥适当，可保年年花繁叶茂。二是它有一定的环保价值。紫藤对二氧化硫和氧化氢等有害气体有较强的抗性，对空气中的灰尘有吸附能力，在绿化中已得到广泛应用，尤其在立体绿化中发挥着举足轻重的作用。它不仅可达到绿化、美化效果，同时也发挥着增氧、降温、减尘、减少噪音等作用。三是她有食用价值。在河南、山东、河北一带，人们常采紫藤花蒸食，清香味美。北京的"紫萝饼"和一些地方的"紫藤糕""紫藤粥"及"炸紫藤鱼""凉拌葛花""炒葛花菜"等，都是加入了紫藤花做成的。把紫藤花当作下酒菜，这可是与彼时的餐饮习俗相互契合的。金朝学者冯延登称赞，在斋宴之中，紫藤花堪比素八珍的美味——食用紫藤花的风俗绵延传承至今。民间紫色花朵或水焯凉拌，或裹面油炸，抑或作为添加剂，制作"紫萝饼""紫萝糕"等风味面食。四是紫藤还有药用价值。以茎皮、花及种子入药。紫藤花可以提炼芳香油，并可以解毒、止吐泻。紫藤的种子有小毒，含有氰化物，可以治疗筋骨疼，还能防止酒腐变质。紫藤皮可以杀虫、止痛，可以治风痹痛、蛲虫病等……

  紫藤的花语是："醉人的恋情，依依的思念。"曾经有一个美丽的传说，从前，有一个喜欢穿紫色衣服的美丽女孩，每天真诚地向天上的月老祈求，希望自己遇到一个能够珍惜自己的人。终于有一天，月老被女孩的虔诚感动了，在她的梦中对她说："当春天到来时，在后山的槐树林里，你会遇到一个白衣男子，那就是你期待很久的情缘。"女孩默默记住了，目盼心思等了好久。等到春暖花开的日子，痴心的女孩满心欢喜地如约独自来到了槐树林，紧张而又激动地等待着属于她的美丽情缘——白衣男子的到来。可一直等到天快黑了，那个白衣男子还是没有出现，女孩在紧张失望之时，一不小心被草丛里的蛇咬伤了脚踝。女孩不能走路了，家也不能回了，夜色下，女孩心里开始害怕恐慌。就在女孩感到绝望无助的时刻，白衣男子出现了，女孩惊喜地呼喊着救命，白衣男子上前用嘴帮她吸出了脚踝上被蛇咬过的毒血，女孩从此深深地爱上了他。可是白衣男子来自他乡，他们的婚事遭到了村里人的强烈反对。可女孩心意已决，非白衣男子不嫁。最终两个相爱的人双双跳崖殉情。后来，在他们殉情的悬崖边上长出了一棵槐树，那树上居然缠着一棵藤，并开出朵朵花坠，紫中带蓝，灿若云霞，美丽至极。后人称那藤上开出的花为紫藤花，紫藤花需缠树而生，独自不能存活，便有人说那女孩就是紫藤的化身，槐树就是白衣男子的化身，紫藤为情而生，为爱而亡。

中华文化，源远流长。自古以来有许多文人墨客对山水景观、花鸟鱼虫都留下了许多名作，对紫藤也不例外。比较著名的有唐代李德裕的《忆新藤》："遥闻碧潭上，春晚紫藤开。水似晨霞照，林疑彩凤来。清香凝岛屿，繁艳映莓苔。金谷如相并，应将锦帐回。"大诗人李白有诗云："紫藤挂云木，花蔓宜阳春，密叶隐歌鸟，香风流美人。"美人于归，宜室宜家啊。这清丽的、可爱的小小藤花，让人如何不爱它？李白的诗，当真洒脱。一句"紫藤挂云木"，让人想起他的"飞流直下三千尺""轻舟已过万重山"等，"云木"二字，不经意间便让人心动不已，这植物的灵气、仙气、不染尘俗呼之欲出。但整首诗却并非不食人间烟火，有"色"有"香"，让人回味，可谓色香味俱全。"紫藤"二字，已然着了色，"阳春"更增添了明丽的色彩；"挂"字彰显飘逸，"云"字倍添仙气；"蔓"字袅娜，"香"字醉人；良禽择木栖，香风留美人，而美人又黏住了谁的目光，久久不忍离去？诗仙的诗，了了廿字，令人心旷神怡。其他的文学作品还有黄岳渊、黄德邻《花经》，杜审言《都尉山亭》，许浑《紫藤》，宗璞《紫藤萝瀑布》等。

吾辈挚爱紫藤缠绕的意象，紫藤花，深情把心事缠绕。她婉转柔媚，是垂蔓曼妙妖娆的剪影；她眼波明艳流转，隐隐有暗夜悄然绽放的不张扬的华丽。紫藤花的颜色是紫色，高贵典雅，华而不俗。中国的皇帝崇拜明黄色，那是皇家之色，而欧洲的宫廷则崇尚紫色，紫色包含了激情的红色和沉静的蓝色，它秉承了红的激越与蓝的平静，并演绎出一种高贵与神秘。紫藤花颜色靓丽而不妖冶，欢快而又含蓄。紫藤的缠绕和存在于紫藤花中那生命高贵的紫色，紫藤花的淡淡的清香让我留恋，我在记忆中刻录下了这些紫色花与阵阵清香。这花的生命虽然很短，但这花的生命似乎又很长。因为自然生命的短暂，无法掩盖留存在喜欢花木人的记忆生命里。生命在记忆中成长，生命都是珍贵的，千姿百态五颜六色的花都有着自身的美丽与灿烂，只不过这紫色的花朵在千娇百媚中显现出一种特殊的高贵气质，一如在众多美丽的女人中乍现出一个温柔多情、高贵典雅、秀外慧中的女人。生命，贵在一直保持着朝气，即使白发苍苍又如何，只要保持一颗年轻的心，也依旧充满活力。身体里充斥着不灭的生机，掌心里握着不忘的勇气，步伐里带着永不言弃坚持到底的毅力。迷雾重重，终会消散；路途茫茫，只是短暂。我们应该以如同紫藤花般充满朝气的姿态，风雨无畏，勇往直前。

　　紫藤倔强而又坚毅，紫藤花清香而又明丽。紫藤花的香，香在品质，香在灵魂，香在传说里。我爱明丽而高贵的紫藤。

杨梅酸　杨梅甜

日前，家居浙江的亲戚来访，带来了一箱杨梅，大约有二十来斤。杨梅呈紫红色，甜中带酸，酸中有甜，的确好吃。我们全家大小五个人，一下子没办法吃完，只好一部分送给朋友，一部分放在冰箱里冷冻，留着以后慢慢吃。浙江亲戚很健谈，讲了许多吃杨梅的好处，儿子插话说，杨梅最大的好处是止渴，理由是他上初中时，老师讲的"望梅止渴"的典故。儿子说的虽有一定的道理，但比较片面，杨梅还有一些药用价值，还可以做工业原料。

杨梅属于杨梅科乔木植物。杨梅，又名龙睛、朱红，因其形似水杨子、味道似梅子，因而取名杨梅。杨梅是中国特产水果之一，素有"初疑一颗值千金"之美誉，在吴越一带，又有"杨梅赛荔枝"之说。杨梅果实色泽鲜艳，汁液多，甜酸适口，具有很高的药用和食用价值，在中国华东和湖南、广东、广西、贵州等地区均有分布。杨梅原产中国，浙江余姚境内发掘的新石器时代的河姆渡遗址发现杨梅属花粉，说明在7000多年以前该地区就有杨梅生长。该属有50多个种，中国已知的有杨梅、毛杨梅、青杨梅和矮杨梅，经济栽培主要是杨梅。

我国栽培杨梅的历史，已有几千年，并见于古籍记载。如汉代东方朔的《林邑记》云："林邑山杨梅，其大如杯碗，青时极酸，既红，味如崖蜜。以酿酒，号梅香酎，非贵人重客不得饮之。"所谓"大如碗杯"，不知何所见而云然。晋代嵇含的《南方草木状》说得较为确切："杨梅，其子如弹丸，正赤，五月中熟时似梅，其味甜酸。"杨梅，有别于桃、李、杏等水果，不仅多食无伤脾胃，且有解毒祛寒之功效，可与西瓜媲美。杨梅富含多种营养。著名医药家李时珍在《本草纲目》

中介绍："杨梅可止渴、和五脏、能涤肠胃、除烦愦恶气。"据说，采梅人上山采梅，虽日晒雨淋，也不会生病，说明杨梅确能除湿、消暑、止泻。人们还有用烧酒（白酒）浸泡杨梅的习惯，暮夏苦热，吃上几颗烧酒杨梅，会顿觉气舒神爽。杨梅不仅果实可以鲜食、罐藏，还可榨酒、制酱或加工成糖水罐头及蜜饯等。

小时候，我在老家也吃过杨梅，只不过那种杨梅没有浙江亲戚带来的好吃。说到吃杨梅，就会勾起我对往事的回忆。那是二十世纪七十年代初期，家里经济比较困难，烧火做饭没有钱买煤，更谈不上烧液化气，只能靠上山砍柴解决做饭的燃料问题，也正是因为上山砍柴，才认识杨梅。那年我刚满十岁，一个星期天的早上，东方才露鱼肚白，我和几个小伙伴，为了帮助家里人减轻负担，相约一起去砍柴。砍柴的地方离我们村有十几里路程，山路弯弯，砍一担柴，来回要大半天时间。我们身挂砍柴刀，扛着禾枪即担柴用的类似扁担，一路向目的地猴古岭进发。走着走着，天空渐渐放晴，湛蓝的天空显得无比地澄澈与可爱。几朵各种形状的白云在悠闲地飘荡，太阳热情地洒落着光线，黄澄澄的色彩惹人喜爱。微风轻轻地拂动，迎面吹来，吹走了我们的疲倦。大约过了一个多小时，砍柴的目的地猴古岭到了，几棵硕大的野生杨梅树便呈现在我们的眼前。树上，一大片的杨梅已经熟透了。红艳艳的果实勾引着我们幼小的、纯真的和渴盼的眼睛。它们活像一颗颗红樱桃，红得让你沉醉，让你忘记了周围的一切。我们几个小伙伴，有两个便迫不及待地像猴子一般，爬到了杨梅树上，摘下的杨梅，他们先自己吃了几颗，才摘给我们吃。一颗颗红得发黑的杨梅触动舌尖，使人感到细腻柔软。新鲜的、细嫩的和红艳的果肉放进嘴里，染满了鲜红的汁水，成熟的杨梅丹实点点，烂漫可爱。

可爱的杨梅触动思维。那时，食物极度缺乏，平常家长们难得买好吃的零食和心爱的水果。他们舍不得花少得可怜的、珍珠般贵重的人民币，水果常常与我们擦肩而过。而这更让我们对珍稀的杨梅百般不舍，万分沉迷。我们贪婪地咀嚼着果肉，然后使劲地一口喷出一颗颗小粒的种子，像射子弹一般喷出老远。在童年，这也算一种来之不易的奢侈，是我们渴盼已久的滋味。我们不由得一阵喜悦，一阵欢欣，一阵兴奋。我们似乎忘记了自己来猴古岭的任务，狂吃了一顿杨梅之后，才想起此行的目的任务。于是，小伙伴们便快速地寻找自己要砍的薪柴，砍完一担柴，将柴捆绑好，此时太阳已经偏西了，回到家中已是下午五点，砍一担柴，平时只需大半天时间，可这次却因为吃杨梅，花费了一天时间。不过，小伙伴们还是认为值，以至于若干年之后，我们几个砍柴吃杨梅的小伙伴们相见时，还感慨万千，说这是人生中不能忘记的一件事情。

此后，家里的经济条件逐渐好转，父母也会买些杨梅给我们兄弟姊妹吃。那时候吃杨梅，比较怕酸，母亲就会弄些花样来吸引我们，一会儿像落雪似的，在紫红的梅子上倒上白砂糖，溶出玫瑰色的甜汁。一会儿，又点霜似的在梅子上撒一些细盐。我总是浅尝既止，不能忍受杨梅叫人呲牙咧嘴的酸溜溜味道。虽说一开始，会被杨梅的美色诱惑，欺它绵软的质感，忍不住大方地咬下去。结果，它便尖酸地直钻进牙根去，叫你瞬间失掉反搏之力。酸中有甜，甜中带酸，叫你欲罢不能。

不单是我们现代人喜欢吃杨梅，古代喜欢吃杨梅的也大有人在。《剑南诗注》说，太白《梁园吟》中有这样的诗句："玉盘杨梅为君设，吴盐如花皎白雪。"可见唐代已知以盐渍杨梅，并以之作为待客的佳品。现在南方有些地方，还保留着吃杨梅蘸细盐的习惯，我老家就是这样。宋代大诗人苏轼赞杨梅道："南村诸杨北村卢，白花青叶冬不枯。垂红缀紫烟雨里，特与荔枝为先驱。"诗人勾画出一个极美的农村风光。南村里栽培众多的杨梅，在寒冬来临时仍然浓郁葱绿；北村栽种的枇杷（卢桔），冒着风雪开着白花。在夏季的烟雨中，它们垂红缀紫，先于荔枝而上市，成了打先锋的佳果供人品尝。此外，陆游的《六峰项里看杨梅》："绿荫翳翳连山市，丹实累累照路隅。未爱满盘堆火齐，先惊探颔得骊珠。斜簪宝髻看游舫，细织筠笼入上都。醉里自矜豪气在，欲乘风露捐千珠。"杨万里的："玉肌半醉生红粟，墨景微深染紫囊。火齐堆盘珠经寸，醴泉浸齿荐为浆。"宋人描绘杨梅，多言其红。其实，它的果实有红、粉红、白、紫等各色。明人有诗云："有红有白紫者佳，大如弹丸圆可握。"说的就是杨梅色彩各异，大小不一。陶醉在酸甜醇浓味香的杨梅之中的人们，咬一嘴，酸在口中，吃上它，甜在心里。

　　杨梅酸，杨梅甜。我想，它就像人生，有酸涩也有甜蜜，有暗淡也有亮丽，铺满了生活的每一个角落。

旷野里的露珠 >>>

大漠中的胡杨

上中学时，地理老师在上课时讲过，胡杨是一千年不倒、一千年不死、一千年不朽的沙漠树种。那时，对胡杨的认识不深。真正使我感兴趣的是，1999年，举办的一次题为"祖国新貌"的摄影作品展览，其中一幅名为"大漠中的胡杨"引起了我的关注，这幅作品拍得很好，其拍摄者是我报社的记者朋友。晚霞漫天，残阳如血，沙丘绵延，朔风飞扬。漠漠黄沙前龙骨虬枝的胡杨，仿佛是在羯鼓羌笛伴奏下沉默的胡杨。渲染的背景，强烈的色彩，作品里的胡杨充满着既有视死如归、感天动地的悲壮气概，又有仰天高歌顺其自然的浪漫情怀。据说，后来这幅作品在一次摄影比赛中获得了金奖。从此，在我的心灵深处也有了一个胡杨的心结。

2005年的冬天，市有关部门组织我们基层文化工作者去新疆参观学习，从广州乘飞机去乌鲁木齐，经过四个多小时的空中旅行，终于顺利地到达了目的地，但我们都领略到了北方寒冷的威力。根据日程安排，我们在乌鲁木齐市几个单位考察学习两天，有三天时间是去南疆阿克苏、库车、库尔勒等地考察，行程十分紧凑。在乌鲁木齐学习考察完了以后，我问新疆的一位朋友："去南疆是否可以看到胡杨？"这位朋友笑了笑说："可惜你们来的不是时候，现在不是旅游的季节，去南疆是可以看到胡杨的，但这时候的胡杨光秃凄凉，不像夏秋时节的胡杨长满了金灿灿的树叶，似蘑菇状的树冠又似烟花般的绚烂。有点遗憾！"遗憾就遗憾，总比在文字里、照片里看胡杨好吧！

按计划去南疆，我们先到阿克苏住了一晚。次日天刚蒙蒙亮，领导就通知我们快速洗漱，准备出发。早餐是前一天晚上准备好了的，在大巴上解决。上天保佑！这天是一个好天，天空放晴，虽然天气寒冷，但大伙儿的心情看上去比刚到时要好很多，一路上，车厢里充满了欢歌笑语。快到中午时分，一位女士指着前方尖叫了一声："胡杨林，胡杨林！"大伙的注意力全部集中到前方的胡杨林处。此时，有人向领导建议，给大伙去胡杨林拍拍照，大伙随声附合，领导吩咐司机，在靠近胡杨林的路边停车，让大伙下车拍照。车刚停下，大伙欢呼雀跃地向胡杨林奔去。

我也快速地拿起相机，"咔嚓、咔嚓"地对着胡杨林拍个不停。不一会儿，我望着沙漠中各种姿势的胡杨，却陷入了深深的沉思。人往往如此，以为借助间接的经验，对某些事物可以了然于胸。然而，事实反复证明，间接的经验只是了解表层，只有身临其境，才有可能懂得内在。影像、文字的表现力再强，也仅仅是作者个人的审美角度。就像我的文字，无论我怎么写，总觉得未能尽情地表达视觉冲击的强烈感受和内心波涛汹涌的真实情感。

胡杨，它孤独地承接荒漠的风刀霜剑，用无悔的守望，执着地生长生命的渴望。它努力地深扎根系，努力地繁衍梦想。它高昂着枯竭而扭曲的肢体仰天高歌，与自然，与生死较量。用自己感天动地的悲壮，昭示生命的律动，生命的坚强和生命的歌唱。

你也许在为患得患失黯然神伤，你也许在奔波的路上迷失了心海的方向，你也许在物欲横流中浮躁了深邃的思想，你也许在世俗的纷扰中无法抑制膨胀的欲望，那你就来大漠，来看一看寸草不生的戈壁滩，看一看生长在戈壁滩上高傲的胡杨。你会瞬间悟出生命不在于日短夜长，而是每个章节都要尽显英雄气概，尽显精彩和辉煌，都要活得筋骨铮硬，都要活得凛然豪放。

看见塔克拉玛干沙漠的胡杨，我的心情可以用"大吃一惊"和"惊心动魄"来形容。"大吃一惊"，是因为我看见了在茫茫的沙地上，尽管自然条件十分的恶劣，但部分胡杨依然昂首挺立，千年不倒。"惊心动魄"，是有的胡杨或曲膝跪地，或躯体断裂，或枝干破碎，扭曲着，一圈一圈地扭曲着，扭曲变形得失去了原本的模样。那些已经脱离生命主体的枝条，经年的风吹日晒，仿佛累累白骨，残骸遍地。这是一曲何等壮烈的悲歌啊！大义凛然，前仆后继！

封冻于心中的苦海，永远射不透厚厚的冰层。嘲笑天堂的嘴唇，却把无边的苦难关紧。胡杨，大漠深处的胡杨，为什么有许多心酸你没有唱过？为什么有许多心事你没有吐露？穿越地狱的过程，让我知道：活着，你可以千年不死；死后，你可以千年不倒；倒下，你可以千年不腐。

"同志们，快上车吧！这里离库尔勒还有几个小时的路程，还要赶到前面的小镇吃中午饭啦！"领导的一阵吆喝，打断了我的沉思。只见大伙儿都自觉地向大巴车走去，我也随大伙儿上了车。

到底是从事宣传文化工作的人，对任何事物都有自己的看法。坐在大巴车上，大伙儿很自然地讨论起胡杨来了。有的说"胡杨这种树不简单，在大漠深处这样恶劣的环境里还能生存"，有的说"现代人缺乏胡杨那种坚韧不拔的抗争精神"，有的说"能不能从改变生态环境方面着手，引水救济胡杨林"；等等。

现代社会，相当一部分人缺失信仰和毅力，遇到挫折就垂头丧气，甚至放弃做人的原则，走"捷径"或搞歪门邪道，直至走上犯罪的道路。我们应该从胡杨树与恶劣生态环境的抗争中，受到启发。胡杨它以一种绝美的姿态，在大漠中站立成一道绝世的风景。不倒的胡杨透露出坚韧和刚毅，让人崇敬和仰望，震慑着万物和生灵。我内心深处在问，现代人不正是需要胡杨这种精神吗？

庭院里的龙眼树

在我家的庭院里生长着两棵龙眼树，大的那棵种于二十世纪九十年代，稍微小的这棵种于二十一世纪初。两棵龙眼树各有特点，大的那棵果实小一点，稍微小的这棵果实较大，肉厚。近几年来，庭院里的这两棵龙眼树所挂的果实越来越多，多得家人吃不完。每年的七八月份，龙眼成熟的季节，我都会邀请亲朋好友前来采摘、品尝，并送一些给周边的邻居，剩余的老婆会把它晒成干龙眼。

龙眼为中国南方水果，多产于广东、广西、福建等地区，与荔枝、香蕉、菠萝同为华南四大珍果。龙眼叶长而略小，开黄白色花，成实于初秋。秋时，果实累累而坠，外形圆滚，如弹丸却略小于荔枝，皮青褐色。因其去皮则剔透晶莹偏浆白，隐约可见内里红黑色果核，极似眼珠，且是皇室喜爱的贡品，故以"龙眼"名之。但龙代表皇上，在后来忌讳犯上的年代，龙的眼睛又岂能吃呢？因为吃"龙眼"有吃"龙眼睛"的嫌疑，因此龙眼又有了别的名称，如桂圆、福圆等。

据史料记载，早在西汉年间，皇宫就有习惯，每年都要南方各地向朝廷进贡龙眼、荔枝等热带水果。汉武帝更亲自下令种植龙眼、荔枝。据《三辅黄图》记载，汉武帝尝到了龙眼、荔枝的滋味后，便下令要从广东移来龙眼、荔枝各一百株，并专门在长安城外修建了一座富丽堂皇的扶荔宫，专种龙眼、荔枝。可惜这两百株龙眼、荔枝，终因气候、土质不适而腰折。事后，汉武帝大怒，诛杀了数十名守吏。宋代大文豪苏东坡写了一首著名的诗《荔枝叹》，诗中虽写的是荔枝进贡的情形，但原诗作者却自注："进荔枝、龙眼。"荔枝和龙眼都是深受广东、广西、福建一带人民喜爱的果树。汉代的时候人们就经常将龙眼、荔枝两种水果并称,其中缘由包括这两种水果的产区是一致的,它们的树型和树叶也十分相似。宋代科学家、药物学家苏颂在他的《图经本草》中就描述到,龙眼,"出荔枝处,皆有之"。这两种伴生棵树,为什么会是这样?世人似乎还没有从深层次上解释清楚。

龙眼树还是一种"风水树",在珠三角的乡村,人们的屋前及路边都种有龙眼树。一般人家在屋前和院子里种植龙眼树,意味着家里儿孙满堂,而如果家中有孕妇,便就祈祷能生个男孩。

龙眼树属常绿乔木,高能达20余米,胸径能达到1米,板状根较明显;树皮黄褐色,粗糙,薄片状脱落。一般情况下,龙眼树种植4—5年即进入丰产期,维持时间长者达20—30年。龙眼树很少不结果,龙眼树不结果一般有两个原因。一是品种问题,品种不好或者品种退化会导致不结果;二是管理水平的问题,肥料投入、疏花疏果、授粉受精、结果母枝培养、冬梢控制、病虫害防治等方面管理不善导致不结果,或是多种原因综合导致的。

我家庭院里的这两棵龙眼树,一棵是我自己亲手种植的,另一棵是我与妻子两个人合种的。这两棵龙眼树经过十多年的风风雨雨,已经长得枝壮叶茂,而且树型都十分标准,似两把大伞撑立在庭院里的左右。每年三月,春暖花开的时候,龙眼树就会开出许多许多细小的黄白花,引来许多蜜蜂和一些不知名的蜂,在小黄白花上翩翩起舞。三四月份常刮春风,常下春雨,一阵风雨过后,龙眼树会掉下一些小黄白花,我会不厌其烦地把它们清扫干净,倒在龙眼树底下做肥料。我还常常伴随着那绵绵的春雨,走到这两棵龙眼树旁,细细地品味这两棵龙眼树,心中升腾起一种无比的快乐。在雨水的浸润下,浓绿的龙眼树显出勃勃生机。曾经满是小黄白花的树梢上,铺上了许多小颗粒,我知道,那是她饱含果实的开始。盛夏时节,骄阳似火,人们常规避太阳,躲避在荫凉的世界里,可龙眼树正享受着太阳光的抚摸,果实渐渐地变得丰满甜美。采摘完龙眼，我一般会把树上多余的枝杈、树叶去掉，一方面为了壮枝，另一方面是确保来年的果实丰满。秋天来临，龙眼树会掉下许多老叶子，过不了多久，又会长出许多嫩绿的新叶，让人仿佛回到了万物复苏的春天里。寒冬腊月，岭南的冬天虽不及北方寒冷，但有时候也会冻死一些农作物，可我还从来没有听说过龙眼树被冻死的，可见，它的抗寒能力还是比较强。

　　哦！龙眼树，你那虬曲的枝干，是在展示你体态的婀娜多姿，也是在倾诉时间的流逝和岁月的沧桑；你那茂密的树叶，是在诉说生命的绚烂，也是在展示一种奋发向上、充满生机的活力；你那丰满甜美的果实，给人们带来的不仅是一种口福，更多的是对美好生活的追求和向往！

夹竹桃开盛夏来

早几天,一位大学同学打电话告诉我,说他去了一次母校,发现我们原来经常散步的那片夹竹桃树林不见了,取而代之的是两栋高楼,还说母校被合并之后,已面目全非。我听到这个消息,感到十分遗憾!近年来,高校大跃进,似乎越大越全就越好,搞得很多学校失去了自己的特色。当然,我对这个话题不感兴趣,我关注的是母校那片夹竹桃树林,她给我们的大学生活带来一些温馨的回忆。

每当夏天来临,我同几个"臭味相投"的同学,如果没有特殊的情况,在吃完晚饭以后,会相约到夹竹桃树林散步、"吹牛",直到深秋夹竹桃花凋谢。久而久之,对夹竹桃有了一种较好的印象,甚至是好感。每当我看到夹竹桃,就会想起那充满青春活力的校园生活。

盛夏时节,夹竹桃开着五颜六色、斑斓多彩的花朵,如一片片红霞,似一团团白雪。她有青竹的潇洒姿态,又有桃花的迷人风情,苍翠可爱,艳丽无比。一树一树,有红彤彤的,红得热烈似火;白皑皑的,白得清丽如玉。太阳一烤,浓烈香味,熏得人血脉喷张。夹竹桃六月开花,花事一直到十月才结束,次第花开,妩媚悦目。仲夏夜也会偶尔地浮现一些幸福的梦想,秋风落叶亦是沧海桑田的拥有。

夹竹桃又名柳叶桃,夹竹桃属常绿灌木或小乔木。《花镜》上说:"夹竹桃本名枸那,自岭南来。夏间开淡红花,五瓣,长筒,微尖。一朵约数十蕚,至秋深犹有之。因其花似桃,叶似竹,故得是名,非真桃也。性恶湿而畏寒,十月中宜置向阳处,以避霜雪。最喜者肥,不可缺壅。冬逢和暖日,微以水润之,但水多者恐冰冻而死。分法在春季,以大竹管套于枝节间,用肥土填贮,朝夕不失水,久之根生,截下另植,遂可得种矣。今人在五、六月间，以此花配茉莉，妇女簪髻，娇袅可挹。"宋代范成大的《桂海虞衡志》上说："枸那花，叶瘦长，略似杨柳。夏开淡红花，一朵数十萼，至秋深犹有之。"可见，夹竹桃（枸那）在我国宋代以前就有栽培了。

夹竹桃，其性喜光，喜温暖湿润气候。它对水分要求不严，对土壤适应性强，和那些身居闺楼的名花不同，夹竹桃对土壤要求不严，很少需要精心护理。但它却花期很长，一年春、夏、秋三季花开花落，此起彼伏，迎风雨、顶烈日、冒霜寒，争艳吐芳，它的骨子里注满执着的无穷力量，凭着自身毕生的韧性，和自然界玩强地抗衡，是那些富贵花所可望而不可及的。能抵抗烟尘和一些有毒气体。夹竹桃叶似竹叶，花似桃花，且在夏季少花时开花，花期又长，尤其树性强健，是街头、绿带、工矿等土壤条件较差地方的重要绿化树种。

夹竹桃是我国的传统名花，历代文人墨客都对其留有一些脍炙人口的文章或诗句。如宋代李觏的《弋阳县学北堂见夹竹桃花有感而书》云："暖碧覆晴殿，依依近水栏。异类偶相合，劲节何能安？同时尽妖艳，无地容檀栾。移根既不可，洁心诚为难。外貌任春色，中心期岁寒。正声尚可听，谁是伶伦官。"明代王世懋写了许多有关夹竹桃的诗，其中一首《咏夹竹桃》读来十分爽朗："名花逾岭至，婀娜自成阴。不分芳春色，犹余晚岁心。绛分疏翠小，青入嫩红深。本识仙源种，无妨共入林。"现代大学者季羡林在他的《夹竹桃》一文中，是这样描述夹竹桃的："然而，在一墙之隔的大门内，夹竹桃却在那里悄悄地一声不响，一朵花败了，又开出一朵，一嘟噜花黄了，又长出一嘟噜。在和煦的春风里，在盛夏的暴雨里，在深秋的清冷里，看不出有什么特别茂盛的时候，也看不出有什么特别衰败的时候，无日不迎风吐艳。从春天一直到秋天，从迎春花一直到玉簪花和菊花，无不奉陪。这一点韧性，同院子里那些花比起来，不是显得非常可贵吗？"

夹竹桃是有毒植物，叶、茎皮、根毒性强，花的毒性较弱。人误食中毒以后，初期以胃肠道症状为主，常见的有头痛、头晕、恶心、呕吐、腹痛、腹泻等，进而出现心脏症状，心律不齐，严重的还会休克甚至死亡。但同时，它又具有药用价值，夹竹桃属于强心类中药。味苦、性寒、有毒，归心经。主要功能为强心利尿、祛痰定喘、镇痛、祛瘀。临床用于治疗心律衰竭、喘息咳嗽、癫痫、跌打损伤、经闭、斑秃。因此，服用夹竹桃一定要谨遵医嘱，且必须在医生的密切观察之下。夹竹桃还有其他的作用，比如，它的种子含油量58.5%，可榨制润滑油。它的茎皮纤维为优良的混纺原料。最重要的是，夹竹桃有环保作用。夹竹桃有抗烟雾、抗灰尘、抗毒物和净化空气、保护环境的能力。夹竹桃的叶片，对二氧化硫、二氧化碳、氟化氢、氯气等对人体有毒、有害气体有较强的抵抗作用。夹竹桃即使全身落满灰尘，仍能旺盛生长，被称为"环保卫士"。

我忘不了大学多年的校园生活，老师、同学和那五颜六色的夹竹桃花，都深深地印在我的脑海中。而在五颜六色的夹竹桃花中我又偏爱白色的。有人说，白色的夹竹桃象征着纯洁的友谊。我喜欢竹桃花，把它当作友谊的使者，我希望友谊之花的芬芳永驻我的心田。

左公柳情思

盛夏的一天,我与几个文友来到了久负盛名的历史名城敦煌。在敦煌的几天里,除了赫赫有名的莫高窟、鸣沙山外,给我印象最深的就是鸣沙湖边的几棵左公柳。

我来到一棵比较大的左公柳树旁,细细地观察这棵两个人才能够合抱的左公柳,粗大树干虽然皮爆体裂,疮痍昭昭,然而却苍劲虬韧,铁骨铮铮。每到夏秋时节,绿荫匝地,它固守绿洲的顽强生命力尽显。我站在这棵左公柳树下,脑海里来了个时空穿越,耳边响起了左宗棠部下杨昌浚将军的名诗:"大将筹边尚未还,湖湘子弟满天山。新栽杨柳三千里,引得春风度玉关。"左公柳因清朝名臣左宗棠率六万湖湘子弟收复新疆,途经大西北时,沿途种下柳树而得名,人们为纪念这位民族英雄、环保功臣,将这些柳树尊称为"左公柳"。

左宗棠是晚清重臣,作为一个历史人物,他在收复新疆失地的军事斗争中建树了卓越功绩,一直受到新疆各族人民的敬重。十九世纪晚期,当清政府面临内忧外患的危机时刻,是当时身为陕甘总督的左宗棠,不顾个人安危面对外寇入侵挺身而出,同投降派抗争,终于赢得了朝野的广泛支持。继而又接受重任,他挂帅西征,亲赴一线,指挥清军一举剿灭了入侵新疆的阿古柏,并坚持斗争抗拒了沙俄的侵略,使大片沦陷的国土重新回到祖国的怀抱,为维护祖国的统一,做出了不可磨灭的贡献。与此同时,他看到各族人民由于连年战乱,流离失所,大面积的田园荒芜,大片的果园、树木被砍伐,生态环境受到严重破坏,四野满目疮痍,让人不堪忍受。河西地区"赤地如剥,秃山千里,黄沙飞扬"的严酷景象,令左宗棠忧心如焚,他要求凡大军过处必植树,军士人人随身带着树苗，一路走一路栽。他与军士一样，亲自携镐植柳。六万湖湘子弟沿甘新古道，在凡有水源能到的路边荒野广种榆柳，造福后人，改善边疆的面貌，以表达湖湘子弟对祖国山河的一片热爱之情。据说当时湖湘子弟在栽种树木时，每棵树上都挂有栽种人姓名的牌子，由其负责保栽保活。在道路两旁新栽的树上每隔一段距离就挂一盏灯笼，免遭晚上车辆撞坏。

我们认为，左公大力种植柳树，其用意在于，一是巩固路基，二是防风固沙，三是限戎马之足，四是利行人遮凉。凡他所到之处，都要动员军民植树造林，并且制定保护树林的措施，严加执行。据左公自己记载，光是从陕甘交界的长武县境起到甘肃会宁止，种活的树就达26.4万株。自古河西种树最为难事，可是在左公倡导督促下，泾州以西，竟然形成道柳连绵数千里绿如帷幄的塞外奇观。

左宗棠的绿色情节也远远不只是沿途栽植柳树。他的雄心壮志是想要让大西北贫瘠的土地披上绿装。史料记载，左宗棠在取得西北战事胜利的同时，狠抓植树造林，他的《楚军营制》（楚军即湘军）规定，"长夫人等（指后勤人员）不得在外砍柴，但屋边、庙边、祠堂边、坟边、园内竹林及果木树，概不准砍"；"马夫宜看守马匹，切不可践食百姓生芽。如践食百姓生芽，无论何营人见，即将马匹牵至该营禀报，该营营官即将马夫口粮钱拿出四百立赏送马之人，再查明践食若干，值钱若干，亦拿马夫之钱赔偿。如下次再犯将马夫重责二百，加倍处罚"。他实行的是严格的责任制。左宗棠每到一地必视察营房旁边是否种了树。在他的带领下，各营官兵竞相种树，一时成为风气。他不但要三千里路绿一线，还要让万里河山绿一片。他从江南带去了几百株桑树，在军部驻地酒泉试种，成功后立即推广，一时甘肃、陕西、宁夏等许多地方种桑养蚕成风，有力地推动了西北地区的丝纺织工业发展。他十分注重城镇绿化建设，美化环境，听说外国有树木葱茏、鸟语花香的让公众随便出入的"公园",便下令将总督府的后花园修治整理,定期向社会开放,不少大小官员也效仿左公,城镇绿地面积越来越多。由于左宗棠纪律严明,身先垂范,大西北生态建设卓有成效。西北十多年,当时他初入西北时"土地荒芜,人民稀少;弥望黄沙白骨,不似人间光景",到他离开时,中国这片最干旱、最贫瘠的土地上竟奇迹般地出现了一条绿色长廊和一个个充满生机活力的绿洲。

古往今来,文人墨客对于垂杨柳的吟咏可谓是絮絮喋喋,自然杰作也是不少。尤其是诗人情怀,或咏柳喻人,或借柳缱情,或缘柳幽思,使"柳"成了中国风情风物诗歌作品中的一大靓点。

唐代诗人贺知章的《咏柳》,就是老少皆知的一首:"碧玉妆成一树高,万条垂下绿丝绦。不知细叶谁裁出,二月春风似剪刀。"这首诗形象地描绘了柳树嫩绿轻柔的绰约风姿,赞美了春风神奇的力量。

唐代诗人唐彦谦的《垂柳》中有"绊惹春风别有情,世间谁敢斗轻盈?"的诗句。诗句虽然没有细致的外貌描写,也没有渲染浓重的色彩,但却写出了垂柳的婀娜多姿,无限柔情。

"柳"不仅形态轻盈,色彩新奇,构织了诗情画意,而且豪迈、凝重,彰显了仁人志士的干云豪情。清朝大将杨昌浚本不是一个诗人,但他为左公心忧天下,敢于担当,抬着棺材收复新疆的壮举所感动;为左公种树造林,为民造福的不朽功勋所折服。灵感一动,遂写下了一首脍炙人口的诗篇:"大将筹边尚未还,湖湘子弟满天山。新栽杨柳三千里,引得春风度玉关。"杨昌浚虽不是诗人,但就凭他这一首诗便足以让他跻身诗坛,流芳百世。

自西汉以来,多少文人墨客在描述大西北的绿色与春天的文学作品中,都感叹道"春风不度玉门关",自左宗棠收复新疆,在大西北种柳种绿之后,在文学作品中,春风终于度过了玉门关。自古河西种树最为难事,可是在左公倡导督促下,竟然形成道柳"连绵数千里绿如帷幄"

的塞外奇观。前人植树，后人乘凉。人们为纪念左宗棠为民造福的不朽功绩，将左宗棠和部属所植柳树称为"左公柳"，乃实至名归也。我轻抚身旁的"左公柳"，尽管它好像一个历经风雨、饱经苍霜的白发老人，满脸皱纹，却神采奕奕，仿佛在向后人说，祖先留下来的疆土一寸也不能丢失，一寸也不能糟蹋。

"左公柳"是一本岁月的天书，让人容易读懂又难以读懂；

"左公柳"是一座生命的雕塑，让人感觉生生不息，代代相传；

"左公柳"是一部鲜活的历史，让人回味无穷。

"左公柳"，我抚摸你，我记住你，我敬佩你！

石榴花开别样红

去年五月，正是石榴花盛开的时节，按约定，我要去回访一位二十多年前相识的老乡。

五月，草青着，树绿着，唯石榴花红着。百花争艳的春天已经远去，留给大地一片郁郁葱葱的绿。石榴花开了，茂盛的枝叶里藏有无数颗红星星。鲜艳！热烈！如霞光耀眼，极富火热的青春气息。蝶舞满身粉，蜂绕一树香。那些红探出脑袋，睁大眼睛看这多彩的季节。给人的视觉更带来了巨大冲击力的，便是这种花开得特大又特多，枝枝丫丫全是，大得让人惊奇，多得让人叹服。有的站在枝头，是这个季节最美的裙，满眼的裙在风中微微颤动，使得蝶儿、蜂儿为之倾情；有的躲在叶间，是这个季节最美的眼，闪闪烁烁望着叶外的世界，眸间全是粉，轻轻地将这个季节覆盖。

我回访的老乡，是我曾经住过的房东老李家。二十多年前，县委成立农村工作队，帮助乡镇解决农村经济发展问题。我是工作队的成员之一，由于年轻，被安排在离县城较远的一个乡。当时乡政府住房十分紧张，乡干部自身住房不够，少部分人在外面租房子住，我们工作队两人也要到老乡家里租房，乡政府帮助安排我租住在一位李姓的老乡家里。老李全家五口人，他和老伴抚养着三个小孩，大女儿高中毕业后没有考上大学，在家里帮助干农活，二女儿正在上初中，儿子正在上小学，老伴长期有病。祖上传下来有上下两层八间砖瓦房，庭院面积较大，一千多平方米，房屋后面还有二十多亩山地，家里的居住条件相对村里其他人来说还是比较好的，但由于老伴有病，又要供三个小孩上学，经济则很困难。庭院里种了一些树木，其中有两棵直径为二十多公分的石榴树,给我的印象最深。这两棵石榴树,树高大约有六七米,每年的五月是石榴花开的季节。当初夏的微风,轻轻掀起了石榴花的盖头,露出了娇艳的容颜,它便又开始了新一轮的娇艳。

去回访老乡家的车行驶在弯曲的公路上,二十多年前这还是一条十分简易狭窄的沙石路,坑坑洼洼、崎岖不平,两车相会一不小心就会碰撞,五十多公里的路程要走三个多小时,现在已变成一条拥有四车道的柏油路。司机说去老乡的那个村一个多小时,我们的车行驶了大半个钟,距离老乡家越来越近,我让司机关闭空调,摇下车窗,想呼吸一下山里的新鲜空气。果真,迎接我们的不仅是新鲜空气,还有那伴随着泥土气息的微风,将沁人心脾的一阵石榴花香也带进车里,熟悉的味道让我不禁闭上了眼睛。刹那间,二十多年前在老乡家租住的情景,像电影一样在我的脑海里不断涌现。

说到当时房东老李家经济困难,我便思索着帮他寻找解决贫困问题的办法。虽然这个问题不在我的工作之列——我的工作重点是帮助乡政府发展集体企业,可多少尽点绵薄之力。我建议他充分利用自身拥有二十多亩山地的资源优势,种植石榴,因为当时我了解到石榴在周边农村没有什么人种植,而在邻近的几个城市好卖。我查阅了有关石榴的资料,了解到它是一种落叶灌木,果实像个球状,内有很多籽儿,不仅籽儿的味道鲜美,而且籽儿上面的肉还可以吃,其根和表皮还可以入药,有止泻治痢的特效。起初,老李还有一些犹豫。他家的庭院里虽然也种有两棵石榴,但不是他种植的,是祖辈们种的。他担心自己的种植技术不过关,担心种出来之后卖不起价钱。我对老李说这两个问题都不要担心,我会帮他想办法解决。在我的一再鼓励下,老李才下定决心,种了十多亩石榴。我帮他联系了树苗,从县林业局请来了专业技术人员,手把手地教他种植技术。几年之后,老李家的石榴硕果累累,呈现出一派丰收的景象。有一年老李家单卖石榴就收入三万多元,全家人心里乐开了花。为此，老李还专门进城来到我家，向我致谢。我对老李说，不用谢我，是他们全家努力的结果，并要他一定要让他家的老二、老三好好念书，想方设法读大学，有什么困难我能帮助解决的我一定会帮助解决。老李点了点头，说一定会按照我的意思去做。之后，由于我工作调动，与老李的联系就中断了。要不是上次参加原办公室几个同事的聚会，有人告诉我老李家的情况，还真没有此次之行。

我们的车到了村的牌楼门口，老李在那里等候我们，我下了车向老李走过去。只见老李满头白发，如果不仔细看，几乎认不出来了。老李见了我，赶紧走过来握住我的手，说："想不到过了二十多年，你还来看我，你真是我一生中遇到的大好人、大恩人。"我马上纠正了老李的说法，说我不是什么大好人大恩人，我只不过是做了自己应该做的一点事。我们边走边聊，不知不觉地到了一幢中式别墅处。老李告诉我，这是他家，是在原来旧房子拆掉的基础上重新建的。二十多年来依靠种石榴，他家走上了致富之路，建了新房子。对此，我大吃一惊，这样的房子就是在县城也要超千万元，要是在大中城市，那就更不得了。老李引我们走进客厅，他的老伴忙着倒茶水，我们坐了一会儿，也不见有其他人，于是，我便问了一下他家三个小孩的情况。老李说，老大在家帮他种了几年石榴便去深圳打工，后来赚了一点钱在省城开了家服装店，老二、老三相继考上了大学，大学毕业后，老二在省城工作，老三在上海工作，家中只有他们夫妻二人。我对老李说，你这家庭很不错了，我们都很羡慕。时光过得很快，几个小时一眨眼功夫就过去了，因为次日我要回中山，我们在老李家吃了晚饭，就要往县城赶。老李夫妻两人则执意要我留下来，在他们家里住上一晚，后来我拿出已购买好的火车票给他们看，这样他们才放我走。临行前，老李往小车上塞了很多土特产，如石榴、腊鱼腊肉、香菇、木耳等，我说带不了，老李说带不了也要带，没办法只得听老李的，返回县城再将部分土特产转送亲戚朋友。告别时，我坐在车里，老李走上来，眼眶里闪动着泪花，紧紧地拉住我的手说，一定要抽空来看看他，多走动。我点了点头说一定会的。司机起动了发动机，小车慢慢地向前滑行，车走了有几百米，老李和他的老伴还在向我招手，我感动得不知说什么才好。

五月为榴月，五月石榴花盛开，艳红似火，有着火一般的光辉、火一般的性格，据说，石榴是汉代张骞出使西域时带回的。"人间四月芳菲尽"，而到了五月，也只剩下了这"榴花初染火般红"了。遥望，在青青欲滴的翠绿中，一朵朵鲜红的小花迎风而动，像一个个小精灵，惹人地可爱。石榴花最显著的特征是红，在众多红花中，可以说它是最娇艳动人的。看到这娇人的红，我想起了古代几位诗人描绘石榴花的诗词来。梁代以《别赋》著名的江淹，其《石榴颂》写道："美木艳树，谁望谁待？缥叶翠萼，红华绛采。"元代马祖常的《赵中丞折枝石榴》："乘槎使者海西来，移得珊瑚汉苑栽。只待绿荫芳树合，蕊珠如火一时开。"元代另一诗人张弘范的一首《榴花》更是将这如火的红写到了极致。诗曰："猩血谁教染绛囊，绿云堆里润生香。游蜂错认枝头火，忙驾熏风过短墙。"尤其后两句妙不可言，红不说红，说成"枝头火"，连采蜜的蜜蜂都认错了，慌忙的逃过短墙。可见，石榴不愧为人们的寄情之物。宋代韩愈的《咏张十一旅舍榴花》诗云："五月榴花照眼明，枝间时见子初成。可怜此地无马车，颠倒青苔落绛英。"他在其诗中解释了石榴花为什么"照眼明"，因为它在绿叶丛中，开得如火如荼，红绿对比鲜明，叫人眼花缭乱。韩愈的这首诗给我们描绘了在五月的初夏石榴花开的烂漫景象。在锦簇的翠绿中就会露出点点火红的花。含苞待放的就像可爱的小喇叭，喷薄怒放的就如一团燃烧的火焰。那一抹夺目的鲜艳，那一份蓬勃的生机，怎不令人心生振奋呢？另一位不知名的诗人是这样描写石榴花的，"似火山榴映小山，繁中能薄艳中闲。一朵佳人玉钗上，只疑烧却翠云鬟"。石榴，不愧为人们的寄情之物。每到五月，石榴花开了，茂盛的枝叶里藏有无数颗红星星。鲜鲜艳艳！热热烈烈！

石榴花并不妖娆，但它豪放不羁的性格更贴近自然。在花开的短暂时间里，它毫不吝啬地舒展着，任凭狂风暴雨，也要从怀里捧出一颗红火的心来，以向人们展示来年的丰收希望。石榴花，能够经得起风吹雨打，在雨中依旧绽放，片片花瓣错落又紧致，不像玫瑰，缺了一片花瓣整朵花也会很轻易的"散"了。石榴花瓣围绕着花蕊紧致的排列，她们个个忍受着风雨的摧残，仍坚定地不留出一丝的缝隙。

二十多年前在房东老李家，虽然租住只有短短的一年多时间，但我对这位朴实、善良、勤劳、遇到困难绝不低头的农民，有了很深的了解。现在，每当我看到石榴花，我就会想起房东老李，想起我在山乡做工作队员的日子。

石榴花开别样红。火红的五月，是石榴花盛开的季节，是燃烧的季节，是美丽的季节，也是孕育希望的季节。

稻花飘香的时节

一位事业有成的朋友邀我去他的家庭农场看看，我欣然受邀。那是一个深秋的星期天上午，我带上几个文友，驱车前往朋友的家庭农场，经过一个多小时的路程，我们来到了位于一座大山脚下的朋友的家庭农场。首先映入我们眼帘的是家庭农场路旁的那一大片鲜艳的一串红，一串红的叶子并不引人注意，引人注意的是一串红的花，那鲜艳的小花，开得娇巧别致，一簇足有数十朵，长在翠绿的茎上，就像一串串用绿线连起来的红铃铛。他们一朵朵紧密排列，整齐划一，就像一个纪律严明紧密团结的集体。仔细观看，花儿里面还藏有像头发一样的小花。微风拂过，玲珑别致的花朵轻轻摇曳着，向你点头，好像一个个小朋友正张着笑脸朝你笑着呢！

朋友的家庭农场依山傍水，空气清新，面积有600多亩，其中山林果树面积300多亩，鱼塘面积150亩，蔬菜面积50亩，红薯、玉米等杂粮面积50亩，水稻50亩。山林里树木青翠欲滴，果园里柑桔丰满得压弯了树枝；偌大的鱼塘鱼儿掀起阵阵涟漪，五颜六色的蔬菜错落有致，红薯、玉米等杂粮已经熟透，等待人们采收。最让我们惊奇感动的是那一片稻花飘香的水稻，望着充满泥土气息的稻花，这让我想起了宋代诗人董嗣杲著名的《稻花》诗。"四海张颐望岁丰，此花不与万花同。香分天地生成里，气应阴阳子午中。顷顷紫芒摇七月，穰穰玉糁杵西风。雨旸时若关开落，歌壤谁摅畎亩忠。"

朋友的家庭农场种植水稻让我感到意外，岭南一般的家庭农场是不种植水稻的，特别是像我朋友这样不以农业谋生的人，通常也就是种种蔬菜、养养鱼或者是种植花木之类，极少有人会种植水稻。我问朋友为什么种植水稻，朋友笑着答说："种植水稻是一种情节，小时候在农村看见父辈们在稻田里耕耘，是多么地艰辛。现在我虽然事业有成，经济上这辈子已没有什么后顾之忧，体验一下农夫生活，一方面能锻练身体，磨练意志，另一方面又能吃到真正安全健康的有机粮食，何乐而不为呢？"是啊！劳动艰辛，当农民不易，"锄禾日当午，汗滴禾下土，谁知盘中餐，粒粒皆辛苦"。朋友的这番感慨，让人深思。这是一种富而思进的精神境界。

我站立在朋友的稻田边，望着那一片细细的白色稻花，闻着那淡淡的稻花香味，心里陷入了深深的沉思。

稻田是一张铺开的大网，网住了农民的许多时间和他们对丰收的期待。大片的稻田，是乡村的希望。炊烟袅袅，是因为水稻的滋养；睡梦沉沉，是缘于水稻的馈赠。水稻仰起面庞，是为了祈盼风调雨顺；水稻俯下身子，是为了追求丰满。乡村与水稻融合在一起，让人们脸上绽放出灿烂的笑容。稻田、农民、炊烟、乡村等构筑成一幅美丽的田园风景。

每当秋风吹拂着你的双颊，稻田里，那一株株饱满的稻穗充满着成熟的喜悦，弯着腰、躬着背，低着头，好像是成功者谦虚的楷模。秋高气爽，硕果累累，一股成熟的气息扑面而来，这一切都是那神奇的画布——大自然，精心用粗细不一的线条，五彩缤纷的颜料，勾画出一幅又一幅美得动人、色彩斑斓的图画，让人心旷神怡。

秋收时分，稻子骨肉分离，被分割成稻茬、稻草和稻谷。稻谷脱胎换骨变成一种称作米的物质，空气一般滋养着人类和人类源远流长的历史。一粒米置于手掌上，无论凸立于哪一条纹路，都可以温暖我。一粒米是稻子献给人类的庇荫；一粒米是一种温暖的光泽；一粒米营养着人类的肉身和灵魂。

水稻紧贴土地，以谦卑的姿态呈现在土地上，稻花不艳丽，却朴实芬芳；稻穗不高悬，却默默地滋养着城市与乡村，滋养着人们平静的生活。年复一年，光阴流逝，乡村的容颜已改，只有谦卑的水稻，依旧在农田里淡淡地飘香。

  水稻以其谦卑的身段，养育着人们，却从不向人们索取。水稻有隐忍和含蓄的品格，汲取天地的灵气，浓缩自然的精华，彰显生命的本质。我从水稻这种基本的农作物中，感悟到我们应该选择一种谦卑而真实的生活方式，保持内心的淡定和从容，坚守自己的信仰和尊严，珍惜平平淡淡的每一天。

桂花温馨桂花香

我家的院子里种有几棵桂花树,品种为银桂、四季桂与丹桂,还有一棵结籽桂,不知其属于哪一类。往年,桂花在农历八月十五前后就开花,可今年快到重阳节才开花,引得妻子老是问我,这是怎么回事?个中原因其实我也不能准确地解答,只好含糊地说,可能是气候变化的原因吧!中秋节期间,珠三角气温突然下降,淅淅沥沥下起小雨来,被雨淋湿的大院里残留着片片落叶,一场秋雨一场寒,不知不觉,秋已深,早起的行人也穿上了秋装,不经意间,秋意已无声而来。虽然还看不到落叶飘飞之景,却已经感知了秋的清冷。一夜之间,便由炎热的夏季转换为凉爽的秋天。

这几天,院子里的桂花树竞相盛开,桂花开得很温馨,引得家里人,不管是大人还是小孩都很开心,好像过节一样。这几棵桂花树,没有鸣笛声的打搅,也没有灰尘的玷污,一树一树的,金黄的、淡黄的,米粒大小的桂花,密密麻麻地缀满枝头。一朵朵金黄色的花瓣在翠绿叶子的映衬下,显得有些小家碧玉,却又不失大气。远远望去,一片金光闪闪,好像是许多灵动的星星。它没有牡丹的国色天香,也没有水仙那清新淡雅的姿色,可它那娇小的身躯简直神奇极了。颜色淡一点的是银桂,既开花又结果的是结籽桂,最美的要数那丹桂了。好几个圆圆的小脑袋挤在一起,结成一束。有的像个高傲的公主,昂头挺胸,用尽全力,释放出所有的香气;有的像没睡醒的孩子,扭扭捏捏,紧紧地团着枝丫;还有的似乎有点害羞,悄悄地往处看了一眼之后又躲到了叶子后面,好不可爱……在每年的夏过秋来之时,无私的赠与着芳香。中秋节前后是桂花开的最盛的日子,微凉的秋风下,将枝矮的桂花香播散得处处清怡，衬托着旧日的黄昏晚霞，总有种魔力，让记忆的思绪在现实的光景下流转不停。淡黄色的花蕊团簇在青长的树枝上，沾着朝露，显出一番惹人喜爱的样子。总藏在不为人注意的地方，没有春花般的娇媚，却朴实得让人难忘。

桂花的香不似梅"暗香浮动"，也不似莲"清香四溢"，它像一个正热恋的女子，热烈、芬芳，吐露着最浓烈的情思。我想，这就是人们常说的芳香馥郁。微风拂过，我家满院子里尽是桂花香，花香如蜜糖般香甜。在秋天这个满是果实的时节，桂花香是来之不易的珍赐。桂花的香是特别的，因为它藏匿了无数的心事。它熬过了炎热的伏天，才在无人注意的角落里露出了花蕊，它不如春花夏木般幸福，因为它纵然散发出了美，也无法得到蜂蝶的青睐，只能默默地香尽花落。也许未到冬风飘过，它就已在深秋中萎萎而逝。在桂花飘香的早晨，我漫步在自家的大院里，不为迷人的风景，只为清新的朝气与经过夜露洗浴过的桂花，想再次感受桂花那淳朴迷人的香味。如同月宫上那斩不断的桂花树，这存在记忆里的香味也是从来没有断过。不论你走得远远，还是靠得近近的，这花香味还是那般地不离不散，既不会因你旁鹜了它而失落，也不会因你亲昵了它而献媚。这一枝枝的桂花，配着绿叶一点儿都不嫌多余，一点儿也不显得通俗。花虽不如牡丹、秋菊、月季般硕大华贵，叶也不似糖枫、白桦、苍松样精致，但淡淡花蕾间却总不是娇柔做作，悠悠翠叶里都绿得生机勃勃。

桂花，高雅而不阿，平凡而不俗。桂花的香，时浓时淡，能飘很远，经久不散，世上的花，若以香论，没有能比过桂花的，金秋八月，桂花开放时，远远近近都是花香，所谓"桂子月中落，天香云外飘"，往往只闻桂花香，并不见桂花树。如若能寻一静地，盖一草庐，庭院里种几棵桂花树，花开的时候，一个人静静地，泡一杯清茶，就着月亮，品着花香，让桂花的清香把忧愁释淡，把快乐增浓，让清茶里和心里也慢慢地充满芬芳，那可真是人生的一大快事。桂花以香闻名，因为香，才有了无数脍炙人口的诗词。桂花自古以来都被骚人墨客所赏识，宋人吕声之有诗赞曰："独占三秋压众芳，何夸橘绿与橙黄，自从分下月中秋，果若飘来天际香。"宋代作家朱淑真有诗说："弹压西风擅众芳，十分秋色为伊忙，一枝淡贮书窗下，人与花心各自香……"就是对桂花最好的描述。宋代描写桂花的诗很多："月待圆时花正好，花将残后月还亏，须知天上人间物，同禀清秋在一时。"其中指出了桂花开花的基本规律，即每年农历八月十五日月圆时，桂花盛开，半个月后花凋谢了，月亮也亏缺了。"人间植物月中根，碧树分敷散宝熏。自是庄严等金粟，不将妖艳比红裙。""人间尘外，一种寒香蕊。疑是月娥天上醉，戏把黄云搂碎。"诗词太美，念着诗词便叫人有种被桂花熏醉了的感觉。恍惚间，又好像看到月中嫦娥赴蟠桃宴，醉酒把黄云搓碎，嬉戏洒向人间。瞬间，这些黄云又变成了粒粒金灿灿的桂花，散发着幽香，飘落下来，这就是人们俗称的"桂花雨"。"叶密千层绿，花开万点黄。""清香不与群芳并，仙种原从月里来。""何须浅碧深红色，自定花中第一流。"

自古，颂扬桂树的诗词和传说大都和月宫、嫦娥、玉兔有关。"不是人间种，移从月中来。广寒香一点，吹得满山开。"诗句很美，让人充满幻想，又好像看到满山桂树，花香扑鼻而来。"遥知天上桂花孤，试问嫦娥更要无。月宫幸有闲田地，何不中央种两株。"在现代园林中，充分利用桂花枝叶繁茂、四季常青等优点，用作绿化树种。其配置形式不拘一格，或对植，或散植，或群植、列植。传统配置中自古就有"两桂当庭""双桂留芳"的称谓，也常把玉兰、海棠、牡丹、桂花四种传统名花同植庭前，以取玉、堂、富、贵之谐音，喻吉祥之意。

桂花树是高贵的树，有很多美好的名字，如仙树、月桂、丹桂。历代诗人赞的大都是南方的桂花，只有南方才有大片桂花树林。桂花，习惯上分为四个大类,即金桂、银桂、丹桂和四季桂,但通过多年的栽培,已发展到近六十多个品种。全国出名的桂花产地有桂林、成都、杭州、武汉等地,杭州和桂林更是把桂花作为市花。而北方很少看到桂树林,即便是单株的桂树也比较少,所以那些优美的充满传奇描写的桂花情景,北方人是体验不到的。

桂树、桂花往往和食品连在一起,桂花是一种神奇的花,能观、能品、能实用,但最迷人的还是它的香,因为香,才有了桂花糕,因为香,才有了桂花酒,桂皮是中药,也是调味品。桂花糕,虽然开始咬一口只是淡淡的桂花香,但仔细回味起来,却又尝到了香甜的滋味,这味道一直在口中徘徊,迟迟不肯散去,最后深入内心……在桂花盛开的季节,南方很多家庭都会储藏桂花,用桂花做桂花饼,味道美极了。桂花也可以酿酒,屈原的《九歌》中便有"援北斗兮酌桂浆""奠桂酒兮椒浆"等句子。可见我国以桂花酿酒的年代,已经相当久远了。吴刚伐桂的故事,更在我国民间广泛流传。传说月中有桂树,高五百丈,汉朝河西人吴刚,因学仙时,不遵道规,被罚至月中伐桂,但此树随砍随合,总不能伐倒。几千年过去了,吴刚总是每日辛勤伐树不止,而那棵神奇的桂树却依然如故,生机勃勃,每临中秋,馨香四溢。只有中秋这一天,吴刚才在树下稍事休息,与人间共度团圆佳节。"问讯吴刚何所有,吴刚捧出桂花酒"就源出于这一典故。

桂花还可以提制名贵的桂花浸膏,用以配制高级香精,应用于化妆品和食品之中。桂花树的木材,"纹理如犀",俗称"木犀",是雕刻的好材料,诚如白居易所言:"纵非栋梁材,犹胜寻常木。"

桂花同其他花儿比起来,总显得特别团结,无论什么时候都亲热地挨在一起,把自己那沁人肺腑的香气献给人们。看见人们舒心的笑容,再辛苦也值了。花中之王的牡丹,虽比桂花娇艳,可若独枝开放,也只能释放一点光彩,既不美丽,又显得十分孤独。可是桂花一盛开,便是一簇簇的，分外灿烂夺目，香气怡人。我想人们如此地喜欢她，除了她的香气怡人之外，她的那种抱团的团队精神也是个中缘由吧！

"何须浅碧轻红色，自是花中第一流。"桂花的生命虽然短暂却没有一丝遗憾，因为在它结束生命前，它把自己的全部奉献给世界。这样自己也活得充实、饱满。其实人生也正是如此，每一件事都尽心尽力，少点私心，多一点奉献，我们的生命才会变得有价值！

桂花树，是崇高、贞洁、荣誉、友好和吉祥的象征。桂花，香气怡人，沁人心脾，香出一片明净、美丽的天地，香出一个和谐温馨的家园。

第四辑

眼镜先生

春节回了一趟老家，听人聊起了眼镜先生。眼镜先生是我少年时期比较崇拜的人之一，今年应该有八十多岁了。几十年未见面，不知他近况如何？

"眼镜先生"是村里人对戴眼镜、有文化的人一种尊称。这位眼镜先生姓廖，早年是长沙一间重点中学的老师，后来因为变故回了家。眼镜先生住在我爷爷家的隔壁，我常常见到他。他高高的个子，白皙的皮肤，清瘦的脸庞上架着一幅近视眼镜，说话细声细语的，像个未出嫁的大家闺秀。他的住处大约四十多平方米，分成三间小房。他的房子虽然不大，但是很干净整洁，人走进去有一种舒适感。他卧室里摆放了很多书，还有几份报纸，像《参考消息》《湖南日报》之类，书籍以文史类居多。我当时正在上小学，那年月学校的教材比较简单，老师在课堂上讲的我都能很快就记住。书本上的东西无法满足我的需求，有许多自然现象和社会知识我不懂，但问爷爷奶奶、母亲，他们由于文化水平低，有些问题也无法解答，而父亲虽然有文化却常常不在家，我很郁闷。有一天，我见到眼镜先生，便壮了壮胆，问了他一个问题，"太阳为什么从东边出从西边落？"他先是感到很吃惊！问我怎么会提出这样的问题，我回答说好奇，他摸了摸我的头，笑着说："细伢子，老师在学校没有教吗？"我说："没有""不懂就问，以后肯定会有出息！"他慢慢地讲解了这一天文现象。他讲得非常好，很生动，从此我对天文地理产生了浓厚的兴趣，以至于我当年参加全国高考，地理科百分制我考了八十七分。从那之后我常常去他家，向他请教不解之题，并在他的允许下翻看一些我能看懂的书籍，像白话版的《西游记》《三国演义》等四大名著。有时他也会给我讲一些做人的道理。我把他当作一个很有学问的长者，十分尊敬。

后来，眼镜先生返回省城长沙，仍然在他原来教书的中学当老师。我也参加高考去外地求学，之后参加工作。一晃眼，已几十年未与眼镜先生谋面。听人说眼镜先生回省城后娶妻生子了，而且其妻年轻貌美，比眼镜先生年轻二十岁，看来眼镜先生还真有福气。

裁缝师傅

　　早几天妻子跟我说她想买块布料做件旗袍，问我到哪儿去找裁缝师傅，我便说了一句："这年月谁还去找裁缝师傅，到商场去买，商场不是什么衣服都有卖吗？"妻子急了，说："商场里的衣服都是机器加工的，哪有手工做的好啊！"说来也是，现代社会都是机器化、自动化大生产，要说手工生产也只有在偏僻的农村，农民进行农业生产时还停留在手工生产年代。如今妻子说到找裁缝师傅，倒让我想起了小时候老家的乡村裁缝师傅。

　　小时候，我家里经济比较困难，少食缺衣，一年到尾也就是过年时才有新衣服穿。那时，供销社、集市都没有成衣卖，每到快过年了，乡村裁缝师傅便忙得不可开交，村民们拿着到供销社或集市上买的各种布料去找裁缝师傅做衣服，五六百人的村子，就一位姓廖的裁缝师傅。廖师傅很年轻，三十多岁，不像普通的村民，白皮嫩肉、手脚纤细如女人，看上去像个教书的先生或者是唱戏的演员，清瘦的脸庞，深沉的眼睛，缺少青壮年男人的阳刚之气。但就是这样的一个裁缝师傅不知道是什么原因，却很讨村里女人们的喜欢，他的裁缝店生意一年四季都很红火，后来实在忙不过来，就带了一位徒弟帮忙打理。

　　说到请裁缝师傅做衣服有几件事我印象最深刻。有一年的夏天母亲托人从供销社搞到几个从加拿大进口的肥料包装袋，上面印了一些英文字，母亲把包装袋拆开，洗干净以后拿到裁缝师傅那里，准备给我们兄弟几个做短裤。裁缝师傅看了布料以后大笑起来，说把花花绿绿带外国字的布料给男孩做短裤，还不如给女孩做裙子，为此他建议我母亲把这些布料染上青色或者其他颜色，才适合给男孩子做短裤。又有一年的秋天，村里的供销社举办类似现在的商品交易会，那天村里的戏台坪里人山人海，热闹非凡，乡亲们从四面八方赶来，有卖山货的，有卖蔬菜水果的，有卖工艺品的，最热闹的是供销社卖布料的摊位，拥挤不堪。我们兄弟几个也跟着母亲去凑热闹，母亲好不容易从供销社的摊位上买了八九尺灯心绒布料和几尺卡其布，准备给我们兄弟几个做过年的新衣，母亲把这些布料送到裁缝店。裁缝师傅说，过一段时间做好了会通知母亲来拿衣服的。

离过春节还有两个多月，我就开始盘算着过年有新衣服穿，经常问母亲新衣服做好了没有？母亲总是笑着说："急什么，离过年还早着呢！到时候会给你们新衣服穿就是了。"裁缝师傅的店子离我家较远，裁缝店不大，位于村的旧街中间，面积大约二十平方米左右，店内摆着一块与裁缝师傅腹部齐高的木案板，木色油亮光滑，那是裁缝师傅的手和布年复一年抚摸的结果。案板的一旁放着两台缝纫机，案板上面摆着剪刀、尺和画线用的粉笔在靠缝纫机的一旁还堆放着一些碎布。每次我去上学时经过裁缝店，总会朝裁缝店看看，总想进去问裁缝师傅过年的新衣做好了没有，但是又没有胆量去问。从远远地望直至近距离地瞧，心始终像被裁缝店牵着走似的。直到快到放寒假时，我们过年的新衣终于做好了。我是一件四个口袋的解放装，两个弟弟的是两个口袋的学生装，为此，我很不高兴地跑去问裁缝师傅，裁缝师傅笑着说，我年龄大一点穿解放装好看，而且解放装比较时髦。我没有办法驳斥裁缝师傅的观点，只好闷闷不乐地回到家里，要母亲来年做新衣时也帮我做一件学生装。

三年前我回老家，偶然在村头的一个路口遇到三十多年前的裁缝师傅，觉得很惊奇。裁缝师傅已远非三十多年前的裁缝师傅了。他的脸庞比以前丰满了一些，但脸色苍白，头发也柔软了许多，有少量白发，背开始有点驼了，脸上多了几道深深的皱纹。

时光流逝，世事变更。经过时间和情感的浸润、发酵、沉淀，乡村那些人和事，便像陈年老酒，让人留恋，难以忘怀。乡村的裁缝店、裁缝师傅也许会成为历史，但我真的很希望乡村里还能见到裁缝店和裁缝师傅！

考牌记

香港回归那年,我也赶了一回时髦,虽然没钱买车,但在朋友的一再鼓动下,加入了"考牌族"。

我初学驾车时是没有教练的,只由一个司机朋友做技术指导。经过两个月的勤学苦练,我居然也能够独自一人驾车行驶在乡村公路上。但要正式考牌了,按照规定是要有专职教练的,无奈只好托朋友在长江练车场找了一个专职教练,交了一千多元挂靠他处。考了笔试以后,又练了一个多月开始考桩试,顺利通过了桩试后,还有最后一关:走长途考路试。

那天,天刚蒙蒙亮,朋友就开车送我去长江考场,与其他"考牌友"会合。到了考场,大约过了半个多钟头,五个"考牌友"都集中好,坐在一辆面包车上,我们一同出发,先由教练开,再由我们五个"考牌友"轮流开,向考试地点阳江闸坡而去。

去闸坡的路真是漫长,两百多公里的路程,居然走了五个多小时。路况差不说,教练专拣路面复杂的地段通行,一会儿是村庄、学校,一会儿是农村集市,这对我们这几位考生来说却是难题,公路上,拖拉机、自行车、人,甚至还有一些动物如牛、猪、鸡、鸭、鹅等行走,稍有不慎就会发生意外。还好我们五位考生经过几个小时的煎熬,历经心跳加速、教练指责、舒气开怀等过程,终于到达了目的地。

闸坡的傍晚是美丽的。远处的海上,天空中点缀着几朵模样可爱的晚霞,有几十艘渔船正在向渔港走来;洁白如净的沙滩上,游人如鲫。男的、女的、老的、少的,泳客们三五成群地嬉戏在大海中,一会儿冲浪、一会儿游泳,好不得意。虽然居住的酒店也是临海,可我们可没有这份心情，总是挂着第二天的考试。教练要我们几位早点休息，以良好的状态迎接考试。也只能这样了。要是明天考砸了，那可糟了，多花冤枉钱不说，最麻烦的是又要花许多时间准备考试。尽管早早地上床休息，但是睡不着，辗转来、辗转去，最后才进入梦乡。

第二天早上，吃完早餐就开始考试了。路试是在闸坡的一座山头上举行的。道路弯曲、陡峭。我们五位考生抽签，我抽到最后一个考试。考试的内容为斜坡起步、不断换挡、定点停车等，前面四位考生，只有一位通过。啊，惨了！轮到我考试了，我心里直打鼓、心跳加速，比当年参加全国高考还紧张。考官核对了我身份证，我坐在驾驶室里，定了定神，等待考官的指令。第一个考试的内容是斜坡起步，考试车停在比较陡峭的半山坡上，我按照教练平时训练的要求，慢慢松离合、松手刹、加油。考试车向后退了一点以后，顺利地向前迈进，之后就是不断地换挡。大约行驶了三公里，考官指定我在一棵大树旁停车。说来也奇，尽管心情紧张，我却还是把车准确无误地停靠在这棵大树旁，然后听考官说了一声"通过"，我才长长地舒了一口气。考官和其他考生已经下车了，我还坐在车上，回想考试。

据说这次路试的考官全部来自深圳，考试严格、纪律严明，当中，曾经有人拿"红包"去疏通，没有成功，这样的考官威严、可敬。真幸运，五个考生，第一次考路试只有两人通过，而我是其中一个。这兴奋程度不亚于高考中榜。

铭记母亲

  母亲节，是一个感谢母亲的节日。这个节日最早出现在古希腊，现代的母亲节起源于美国，是每年五月的第二个星期日。随着西方的文化流传，中国民间也把每年五月的第二星期天定为"母亲节"，这一天，人们会选择各种形式问候或纪念自己的母亲，祝福自己的母亲，赞颂母爱的伟大。母亲们在这一天通常会收到礼物，康乃馨被视为献给母亲的花，而中国的母亲花是萱草花，又叫忘忧草。我原来对母亲节，是一概不知的，但近年来，我也与时俱进，每逢母亲节这天，都会打电话给母亲问候一下。记得第一次在母亲节打电话给母亲时，母亲似乎有点不习惯，问什么是母亲节，我在电话里笑着解释了一番。母亲听了后，似乎明白了我在母亲节这天专程打电话给她的原因，便说："你好好工作，就是妈最大的心愿。"

  世人都敬佩、爱戴自己的母亲，这是一种自然的最亲情的爱。因为母亲给予的爱，是无私的、伟大的，她不求任何的回报，愿用自己的一生去爱孩子，这种爱即叫"母爱"。母亲是世界上最爱孩子的人，母爱是世界上最博大最无私的爱。

  "丝丝白发儿女债，道道深纹岁月痕"，转瞬几十年，我年过半百，母亲也已年逾古稀。随着岁月的流逝，母亲已是丝丝白发，饱经风霜的脸上早布满了道道深纹。曾经，我对母亲说，我要她幸福，不要她掉一滴眼泪。可如今，每见母亲娇小瘦弱的身影，我就无比愧疚。我实在想不起来自己为母亲做过什么。

  一个婴儿呱呱落地，一个宝宝快乐玩耍，一个学子踏上征途……这其中涌着多少热烈而含蓄的亲情！当甜梦温馨美好时，当月亮皎洁迷人时,当花季斑斓溢香时,当前程锦绣坦荡时,母亲引领着倔强的我在求知路上拼搏;当无情的风、无情的浪突然袭来,也许,只有悲观失望,只有忧愁叹息。是母亲让我看见敢上青天的雄鹰,看见敢下大海的巨龙。母亲告诉我,风雨之后依然是晴天,月缺之后依然是月圆。是母亲一次次带我走出了生命的困境,教会我向困难挑战,让我在失败中重新扬起生命的风帆!

当年的我像雏鹰面对蓝天,一无所知,心里藏满解不开的迷。如今,我凭借着强劲的翅膀翱翔天空,去寻找未知的答案。但不管我飞得多高,飞得多远,一定不会忘记我温暖的家,一定不会忘记生我养我的母亲,一定会感谢母亲给予我的爱!

母亲,是我人生的第一任老师。曾经有人问我,还记得母亲和你说的第一句话吗?还记得母亲第一次教育你吗?那无数的第一次,几多付出,几多收获,我记得。在人生的十字路口,是母亲向我伸出了热情的手。那手是路标,让我在彷徨中坚定,在思索中清醒。是母亲让我看见了广阔无际的天空,是母亲让我看见了碧波荡漾的大海,是母亲的谆谆教诲化作我脑中的智慧、胸中的热血、外在的行为!在人生旅途中,是母亲丰富了我的心灵,开发了我的智力,为我点燃了希望的光芒,给我插上了理想的翅膀,让我翱游于蓝天。因为有母亲一片爱心的浇灌、一番耕耘的辛劳,才会有稻麦的金黄,才会有我的绚丽。当我变成翱翔在天空中的雄鹰,当我变成游动在大海里的蛟龙,这都是母亲的功劳,所以我要感恩母亲!

在我的心目中,母亲为人正直,善良本分,是节衣缩食、勤俭持家的典范。二十世纪五十年代后期,母亲在一间供销社工作,同我父亲结婚以后,才随父亲来到了农村老家,过着艰苦的生活。她从一个基本上未干过体力劳动的单位职工,蜕变成样样农活都要干的农村妇女,其中的艰辛常人难以想象。父亲家里比较穷,爷爷没有给父亲任何家当,母亲来到父亲家之后，二人完全是白手起家，连居住的地方也都是借亲戚家的，当时的困难可想而知。虽然母亲有点怨言，但还是克服了那些困难，坚持抚育几个儿女健康成长。她的四个儿女中，培养出一个博士生、一个本科生，这引得老家村民羡慕不已。母亲坚守自力更生、艰苦奋斗的原则，依靠自强不息、诚实劳动，逐步改变了家中贫穷落后的面貌。从借居亲戚家的房子到自建土墙屋，从拆掉土墙屋到建砖瓦房，再到建钢筋混凝土结构的楼房，单建房就经历过四五次，这对于一个没有任何家当，白手起家，还要供四个儿女上学的农村家庭来说，如果没有母亲那勤劳、节俭、本分的品德，是不可能发生的。二十世纪七十年代，父亲受县、公社的派遣，常年在海南、广西从事杂交水稻制种工作，因此家中的农活和家务全部落在母亲的身上。我们几兄妹虽然也帮助母亲干点活儿，但由于年龄太小，其实也帮不了多少。那时，母亲干完大集体的活儿，还要干自家自留地的活儿，回到家还不知疲倦地做着家务活儿。母亲爱劳动的习惯我看在眼里，使我在以后的工作岗位上，从不懒散怠惰，对待工作总是任劳任怨，向来尽心尽力、尽职尽责。母亲胸怀宽阔，从不计较个人得失，面对任何事情都表现得落落大方，母亲的良好品质熏陶着我，使我养成淡泊名利的品质，在行事上表现出智圆行方的本领。

母亲只上过几年小学，但是，对我们兄妹几个要求十分严格。她教我们怎样做人、怎样为人处世。她从不放松、从不间断对子女们在学习上的唠叨。小时候，我放学回家后母亲第一件事情总是问我在学校里的学习情况。现在，我已经年过半百，参加工作三十多年了，母亲仍旧念叨着让我继续学习。活到老学到老，向书本学、向社会学，要树立终身学习的良好习惯，在母亲的叮嘱下，我养成了不少好习惯。工作之余拿起书本，是我每天的最好享受。我从小就养成了藏书的习惯。目前，我的藏书已达上万册，参加工作至今，已在全国各地报刊杂志发表文章数百篇。每当我在工作上有所成就时，便会立即联想到母亲对我们学习上的严格要求。现在，我和其他兄弟姐妹也把母亲的这种唠叨和心愿，传承到自己的儿女身上。薪火相传，感激伟大的母爱啊！

儿行千里母担忧，那浓浓的牵挂永远都是难以割舍的。母亲虽然年老多病，但心中仍然挂着在异乡工作的儿女们，母爱是天涯游子的最终归宿，是润泽儿女心灵的一眼清泉，它伴随儿女的一生一世，丝丝缕缕绵绵长长地延伸。于是，在儿女的笑声中泪眼中便融入母爱的缠绵。

我虽然远离老家，远离父母，可心总仍牵挂着父母。我曾经尝试要接父母同我们一起住，可母亲说，在老家住惯了，其他地方住不自在。所以，后来尽管路途遥远，我每年坚持回家与父母小住一段时间。每次回到农村的老家，母亲总是千叮咛、万嘱咐，叫我出门在外，做人做事都要中正平和、恭和谦让、谨慎行事。在我离开老家返城时，母亲总是会站在那条乡村公路旁送上我一程。我乘上汽车，车子渐渐远去，很多次，透过窗玻璃，我清晰地看见母亲举起那只粗糙而皲裂的右手，向我挥别，目送我渐渐地消失在远去征程中。每次，我都带着感激而辛酸的泪花凝望着母亲伫立的身影。当我在工作中遇到困难和挫折时，总是情不自禁地忆起母亲送别我那催人泪下的一幕。"谁言寸草心，报得三春晖。"母亲的一言一行凝聚而成的精神，是我战胜困难和挫折，取得成功、走向胜利的保证。

当我推开记忆的窗，回想起那美丽的曾经与温暖的过往，母爱的点点滴滴，是人生最美好的珍藏，是人生最难忘的时光，是人生最美好的回忆；是刻骨铭心的印记。回忆是眼中的泪，回忆是心里的暖，回忆是美的忧伤。无数片段，在脑海中播放，一切如烟、一切如梦、一切如昨，让我们心情荡漾，回味悠长。爱如潮水，把我的心灌醉；爱如阳光，深深烙在我的心里。我爱您，母亲！我想您，母亲！"慈母手中线，游子身上衣。"每当想起这首诗，我的泪不知不觉已落下，情感波涛汹涌。母亲是我一生的感动。

感谢母亲给了我生命，让我来到这个世界。世界上最美妙的声音，那便是母亲的呼唤；世界上最暖的手，那便是母亲的爱抚。母爱是人类亘古不变的主题。母爱是一本书，需要我们细细地品读，我将用一生去解读。

母亲，我永远都记得，您在我肩上的那双手，风起的时候有多么温热！我永远都记得，您伴我成长的背影，用沧桑的岁月，换我一生的幸福、快乐！我永远都记得，在您的日历里只有春天，在您的人生里，只有为我成长而萌生的喜悦！我感谢您，感谢您给予我生命，感谢您给予我绚丽多彩的人生，感谢您让我拥有了一颗拼搏、热忱、感恩的心！母亲，此时，就让我对您说上一句："妈妈，谢谢您！祝您安康！"

母爱，像一缕阳光，永远照耀我前行；像绵绵春雨，永远滋润我成长；像一首赞歌，婉转悠扬，千古传唱。母爱是最纯洁、最无私的爱，在母亲的眼里永远都只有自己的孩子。母亲为儿女操劳一生，含辛茹苦但从不抱怨。缕缕的青丝变银发，满脸的皱纹刻画着岁月的痕迹。母亲的手粗了，腰弯了，岁月无情，斑驳了她的容颜。母亲把青春给了儿女，平凡伟大的母爱是世界上最暖的亲情。无论时间怎样流转，岁月怎样变迁。在我们心目中，母亲永远是最美的。

人生的岁月是一串珍珠，漫长的岁月是一组乐曲，而母亲对我的爱则是我人生中最璀璨的珍珠，最精彩的乐章！母亲节的这天，是感恩母亲的一天。每个人都在心里珍藏母亲的关爱与哺育。我们都应感谢母亲，祝福母亲，孝顺母亲。我景仰母亲伟大的、圣洁的品质。在我的心目中，每天都是母亲节。母亲，你辛苦了！在这美丽的季节，送上一束漂亮的康乃馨给母亲，芳香悠长。愿天下的母亲，快乐吉祥，幸福安康！

又到清明

岁岁清明，今又清明，清明时节春更明。

年年祭祀，思念先人，浓浓哀思寄深情。

清明荡秋千，清明观桃李，清明赏油菜花，最令人感动的还是清明雨。仿佛千年的约定，清明节，春雨往往会适时降临。有时清明前一天，还是一片艳阳天，仿如夏天一般炎热，可到了清明日，老天便会愠色骤起，不见了昨日那一脸温馨、满面春风，凌厉寒意从天而降。清明时节，桃花开了又落，杏花谢了匆匆，霏霏细雨将斑竹梨树凝固在青灰色的空气里，蓑衣拌雨剪影于阡陌桑田中。

清明节和寒食节时间相近，是以移植了寒食节很多习俗，固千年后两节已融为一体。苏东坡曾写一帖《寒食帖》，这帖虽非为清明节所写，但跟清明节能粘上一点关系我就喜欢上了，"小屋如渔舟，蒙蒙水云里。空庖煮寒菜，破灶烧湿苇"。连病也要病得有诗意，于苦雨中卧闻海棠花。可惜现在这屋大小虽如渔舟却不漏雨，不免遗憾了点儿。清明节里也应吃泡菜寒菜才对，但家里还是鱼肉满桌。

东方传统节日情与景交融不可分割，只有有了空庖煮寒菜的心方能体味那形式与内容的高度统一。似有似无的细雨里，天空抑郁，纵使天性乐观的人也会低头前行，默默烧香。国家将传统的清明节列入法定的节假日已经有好几个年头了，这是传承中华文明的一个重大举措。"清明时节雨纷纷，路上行人欲断魂"，清明是一个思亲祭祖、表达哀思的时节。清明节，是我国民间重要的传统节日，传说这是为了纪念两千多年前春秋时期的介子推，他割肉救重耳的故事广为流传，为大多数人们所知，流传至今逐渐演变成了今天祭祖的重要节日。但初春新绿，没有冬的萧杀，山川浸透着清新迷濛之美，祭祖的人亦不会伤感甚深泪如泉下。此时的伤感是唯美的，情与景俱在春寒里。

　　清明节人们给逝去的先人上坟，习惯称为整修阴宅，表现了儿孙对先人的哀思。坟墓多在山中，祭祖是内容，挂青是形式。烧了纸，放完鞭炮，找一根合适竹杆将青挂上，坟墓静卧当地，坟前杂草庄稼一片狼藉，片刻的热闹愈加衬出亘古的凄凉。坟墓上的青尤为耀目，才挂上便如风撕碎一般'哗哗'作响，让它好好挂着吧，静寂的山林、孤独的坟茔、尘世的我们需要这样的仪式，需要它永不休止永不怠倦的舞蹈召回逝去的灵魂。家乡上坟多是男子的事情，妇女们一般是不到坟茔的。纸穗挂坟头，纸钱烧坟前，理由是不烧尽就转不到先人手里。清明节，家乡忌使针、忌洗衣，有"前三后四"之说，也就是说，清明前三天和清明后四天都忌使针、忌洗衣。我儿时特别注意这一点，生怕招致什么灾难。清明节又习惯称为"鬼节"。湘南民间旧有"清明细雨催人哀，青山四处野花开，手端祭品肩扛锄，皆为先祖上坟来"的民谣，生动地概括了当时人们的心情与扫墓的特点。

　　记得小时候在农村，清明节前几天，手巧的妇女们便开始用买来的各种颜色的纸张，少则几十张，多则上百张，做各种祭祀品。有的剪一大堆的纸钱纸穗，剪好以后，把各种颜色配在一起。有的家庭为省工夫索性就直接去买。所有这一切，都是为地下的先祖们预备的。另外，节前还要做一种重要的祭祀食品，称为米糕，形状有鸡、鸭、鹅、鱼、兔等，都是妇女们用一双灵巧的手做成的。米糕制作流程细而不繁：一是挑选上等晚稻籼米和一定比例糯米；二是将米碾成粉末再过筛；三是将少量过筛的米粉加水蒸熟，然后与干米粉加水混合反复搓，制成粉坯；四是将粉团塑成各种动物或植物形状；五是上色，又叫"画龙点睛"；六是用蒸笼或鼎锅蒸熟即成。做出来的米糕栩栩如生，惟妙惟肖，尤如艺术珍品，令人爱不释手，可即时吃，冷却后加热，可蒸可油炸可火烤，味道好吃极了，既可饱口福又可饱眼福。

而到了清明节那一天，男人便早早起床，在竹篮底铺一张草纸，放上几个漂亮可人的米糕，上面盖一层剪好的纸穗和纸衣、香、冥钞、水果等祭奠物，倒一壶小酒，带上几个小酒杯和几串鞭炮，扛一把锄头就出门了。家庭比较富裕的还要做几个菜，以祭祀先人。

坟地一般是远离村庄的，要走很远的路，所以人们都很早出发，有时候路上碰到村邻，大家就搭伴一起走。到达坟地，往往是先把坟周围的杂草清理干净，用锹在坟头添上厚厚的新土，再在先人的坟墓前，把水果、酒杯、米糕和菜摆好，插好纸穗，烧几柱香，然后才开始祭奠。男人们跪在坟前，烧化纸钱，磕三个响头，招呼祖先出来拿供品，然后开始放鞭炮，过一段时间，再在坟的周围洒一圈小酒，就可以回去了。男人祭祖一般是很少哭的，但要是女人祭祖，还会坐在坟前，抹几把眼泪，哭上几段，方才起身返回。

参加工作后，我由于远离家乡，很难年年在清明节时节回老家祭祖，但也会隔两三年地尽量在那天回去。有一年我回家祭祖，到老家后，便与从四面八方赶回来祭祖的亲人们一道，在父亲的带领下，给曾祖父、曾祖母、爷爷和奶奶"挂坟"，也即扫墓。以前，我只给爷爷奶奶扫墓、祭祀，没参加过祭祀曾祖父、曾祖母的活动，我也从没见过曾祖父和曾祖母。这次我们这个家族一行十七八人，齐齐参加祭祀曾祖父、曾祖母的扫墓活动，实属罕见。活动庄严肃穆，清除杂草，点香烧纸，摆放祭品，磕头跪拜，燃放鞭炮等环节一道都不能少，祭祀活动持续了一个多小时。

风潇潇兮，丝丝缠绕，飘荡着浓浓哀思；

雨绵绵兮，悱恻心田，淋漓着靡靡悲情。

任眼泪滂沱成河，诉说着对逝去亲人无尽的缅怀和思念；

任心境潮湿成雨，不忘的是逝去亲人的历历在目的慈爱。

事后我问父亲,这次祭祀活动为什么这么隆重庄严,父亲告诉我,这次是为了纪念曾祖父逝世六十周年,亲戚们都有这个要求,所以祭祀活动才会有这么大的规模。

清明节寄托了我们对祖先的怀念,也加深了人们温馨的亲情和真挚的友情。这样的节日,应该被传承。

雨　中

那是一个周末的下午，天一直阴着，沉得像要掉下来似的，而我的心却晴着，淡淡的温馨在心中久久不能散尽……

春天的雨，或许不能忍受天空的寂寞渐渐洒落下来，被细细的温柔包围着我的思绪也随着纷飞的雨飘落开来，一种无法抑制的冲动让我走进了雨中，雨滴敲打着伞面，也叩击着我的心弦。漫步在雨中，绵延的雨宛如珠帘飘散，也飘落了一叠未完的心绪，雨珠飘飘洒洒织成一片朦胧的雨幕从眼前落下，好像泪珠串起的珠帘承载着细细的情愁，剪不断理还乱。

忽然间，我看见对面马路的人行道上，一位大概刚从农贸市场买菜回来的老太太，不知什么原因突然摔倒在地上，我立马冲过去。我有一点犹豫，是扶还是不扶？现实生活中去帮扶摔倒的人，反而被人误以为是肇事者的例子太多了……正当我犹豫不决时，两个穿着校服的中学生走过来，对我说："来，叔叔，我们一起帮扶这位摔倒的奶奶吧！"说完，我们一起动手，一个学生打伞，为老太太遮雨，另一个学生与我一起将老太太抬到路边的一间小店门口。我见老太太昏迷不醒，赶紧拨打急救中心电话，大约过了十多分钟，救护车来了，我们几个把老太太的菜和雨伞寄放在那间小店里，随后随同救护车一起将老太太送到医院。医院问我们谁是老太太的家属，我们回答说，谁都不是，我们只是路人。医院要我们交钱，两个学生没钱，我问要交多少钱，医院的人说三千，我身上没带这么多的现金，只能刷银行卡。大约过了一个多小时，医生告诉我们老太太苏醒了，要我们过去病房看一看老太太。我们很高兴，但细想一下，又十分担忧，老太太会不会误以为是我们其中的一个将她撞倒的呢？我们带着惴惴不安的心情来到病房，医生告诉老太太，是我们几个打求救电话将她送到医院里来的，老太太听后忙说："谢谢！"我心中的一块石头落地了。然而老太太在得知是我帮她垫付了医药费之后，借我的手机，连忙打电话给她家里的人，要他们拿钱来还给我。不一会儿，她家里的人拿钱来了，把我替老太太垫付的三千元钱还给了我，还拿出一千元钱要酬谢我们三个，被我们拒收了。我们临走时告诉老太太的家人，她买的菜和雨伞寄放在那间小店里，说完我们三个打了一辆的士回家。只是我的雨伞也不知放在哪里了。下了的士，到家还要走五六百米的路程，雨越下越大，两个学生执意要把雨伞给我，我谢绝了他们的好意，冒着大雨跑步回家。不过到家时，我已变得像只落汤鸡似的，浑身上下找不到一块干的地方了。

这一切，发生得这样突然，又结束得这样快速。

雨，是我喜欢的。我喜欢雨中宁静的街道，喜欢被雨水滋润的树叶，喜欢从雨伞上滚落的雨珠。雨声喧哗，却让人在心里修得了一份禅静，那是醉心的一场宁静。宁静之间演绎的悲喜、情思，在凝神的静修之中慢慢浅淡，融进一蓑烟雨，隐入满湖轻烟，嵌进远山朦胧，撒在长亭人稀。

雨，还在飘飘洒洒。恢复了宁静的马路，依然像条闪光的绸带，在雨帘里轻轻地飘。两个中学生的身影始终在我的脑海里重复出现，我突然间感到，这春天的雨点是那么清凉，这雨中的世界是那么清新……

旷野里的露珠　>>>

乡　愁

　　一个人如果没有远离过故乡，是不会有乡愁的。乡愁是什么？乡愁，是一种记忆，一种经久不衰的情愫，一种历久弥新的期待。乡愁是山清水秀空明澄清的乡村，村头那棵饱经风霜雪雨的古树。阅尽世间万象，乡愁是无法铣削的肤色、瞳颜和不改的乡音。

　　几年之前的一个周末，我接到一个陌生的电话，打电话的人用家乡的方言，我听来感到很亲切。电话里的人问我下星期二上午有没有时间，如果有时间的话，说到到他公司聚一聚，黄克诚大将的两个儿子届时也从北京赶来，之后，他又作了自我介绍，说他是市高新区一间公司的老总，姓李，为了避免我的误会，他又向我解释了他是怎么知道我的电话号码的。我迟疑了片刻，跟他说，我要查看一下下周的工作日程表，等一会儿给他电话。他说，好！我后来对此进行了核实，情况属实。下周星期二也没有什么大事，于是用家乡话打电话给李总，确认参加。李总接听我的电话之后，还告诉我，黄克诚大将的两个儿子将带几本《黄克诚传》过来，问我要不要，我立即说要。要知道我是黄克诚大将的"粉丝"，又喜欢藏书，家里已经有了好几本有关黄克诚大将的书，这样的机会当然不会放过。

　　去李总公司聚会那天，我见到了黄克诚大将的两个儿子，都是六七十岁的人了，衣着十分朴素，从外表和他们的言行举止来看，几乎没有人会把他们同官二代和高干子弟联系在一起。他们两人退休前，一个是在科研单位工作，另一个是在京城的一家新闻单位工作，传承了黄克诚大将的思想，远离"铜臭味"，过着清贫朴素的普通人的生活。以往老乡们聚在一起，都用家乡话交谈，可惜黄克诚大将的两个儿子，由于长时间在北京生活,较少回家乡,基本上不会说家乡话,我们跟他俩人交谈只能说普通话,但从与他们的交谈中,可以看出他们心中有一种天然的浓浓的乡愁。他们总说对不起家乡,没有为家乡办点事情,大伙儿都说没关系,可以理解。李总拿出一本《黄克诚传》给我,说是他们兄弟俩送给我的,我十分高兴,并请他们签名,连同我从家里带来的几本有关黄克诚大将的书也交给他们签名,他们见我藏有几本黄克诚的书籍感到很吃惊,我才向他们解释,说我是黄克诚大将的"粉丝",于是,他们欣然地在几本书上签上了自己的名字。

一个人,他的生命从孕育时就已经开始吸吮着某个地方的营养,那儿的水,那儿的空气,还有那儿的风土人情都在潜移默化地影响着这个生命。一个人从呱呱坠地的那一瞬间就已经和那个地方的热土结下了不解之缘,不管你以后会在什么地方成长、生活,这种水土之情、血脉之亲是无法割断的。正是因为这样才会让人有一种对家乡、对亲人的思念和牵挂,这思念、这牵挂日积月累就会凝结成一份沉甸甸的乡愁。

我十多岁时,便背上简单的行囊走出老屋的旧门,穿过长满各种小草的乡间小径,趟过故乡那条美丽的小河,留恋地回头看看家门口蹲着的那条伴我童年的老黄狗,然后含泪转身告别家乡,赴远方求学。之后参加工作,几十年,从北到南,远离故土,乡愁的味儿越来越浓。隐隐约约的思念,幽幽曲曲的愁闷,浓浓淡淡的情感,乡愁仿佛是水墨画一般淡远缥缈的思绪,像一个温柔体贴而不忍割舍的心结,悬在心房,若隐若现,忽近忽远,又刻骨铭心,牵肠挂肚。

每个远离故土的人,都有一种乡愁。乡愁有共性,也有个性。乡愁是根,拴着你的魂;乡愁是诗,滋养你的心;乡愁是经典,留住你的记忆;乡愁是宝笈,引领你的人生;乡愁是情怀,铸就你的精神。打拼奋斗,苦苦的挣扎是溅满酸涩的乡愁。人情冷暖,无助的心灵浸润是孤寂的乡愁。被相爱的人伤害,伤口咕咕流出的是殷红的乡愁。生离死别之

171

际，漫天的泪雨是丝丝湿淋淋的乡愁。在纸醉金迷的暧昧酒吧，端一杯透明的红酒，听萨克斯吹响凄婉的乡愁。独坐寓所狭窄的窗前，仰望天空云破月，俯视院角花弄影，任如水的乡愁挤满忧伤的窗棂。

诗人余光中的乡愁，是一枚窄窄的邮票，密密连接游子与母亲的血脉亲情；是一湾浅浅的海峡，阻隔不断浪客和祖国的历史传承；是一盘皎洁的明月，永远洒满炎黄儿女滚烫的心房。那一份挚诚的乡愁，就是太阳的四射光芒，千年万载也山高水长！

而我的乡愁，是原野里无边的小草，葳蕤葱郁，一岁枯荣凭春风；是茂林中长吟的清泉，涓涓媚媚，四季丰瘦由山雨；是夜幕上微小的星辰，闪闪烁烁，年年隐现任日月。这一掬静美的乡愁，只能是玫瑰的淡雅芳菲，岁岁年年在幽幽散发。

有一份浅浅淡淡的乡愁，是美好的！

淡淡的乡愁在心头，乡愁里记挂着年迈的父母，乡愁里弥散着难以割舍的亲情。乡愁里有淡淡的忧伤，感伤人生的悄然易逝，当皱纹爬上一起长大的发小的脸，当看到曾经年轻的故乡亲人，也被岁月碾得鬓发斑白，我才猛然想起自己已经很久没有看到他们，顿觉岁月真是无情，人都无法抗拒衰老，无法不印有岁月的痕迹，也才知道自己也会和他们一样衰老，会很快很快。

乡愁是淡淡的。在青草覆盖的土地上，我在找寻曾经的那一份年少的记忆，曾经的儿时走的小路也已完全变了样，曾经家边的小河已经改道，曾经的那片油茶林也消失得无影无踪，曾经的小山丘包已经变得很平，不再青不再陡，曾经的土砖旧屋已经倒塌。有很多人我很想念，很想看到他们过得好不好，但都因每次归乡的匆忙而让我没有如愿，常常在梦中梦到那些儿时的朋友，但醒来他们离我好远，远得都不知他们今在何方？每一次都想有足够的时间去探访曾经的同学、朋友、老师、邻居，但都未能实现，虽然一切都变了，但看到一切仍然是那样亲切，连土地都觉得是芬芳的，散着一份久违的气息。

　　乡愁让我感悟人生很多事情不能等待，等得太久就会变了模样，在太多疏忽间就变得面目全非了，真的会有转瞬已如隔世的感觉，我们都在忙碌中过着自己的生活，有很多人很多工作环境会让人每天看不到日落日出，在忙碌着为了挣钱，但时光却在悄然的溜走，当有足够的钱不再为生活奔波时，可以静静地享受阳光时，才发觉已经老得眼睛昏花，腿脚不再利索，幸运的人有个好身体可以享受幸福的晚年，不幸的人拖着生病的身体在慢慢老去，回头时才发现人生大半都在忙碌中，在无意于生活的点滴中逝去了，这就是人生，忙碌的人生。所以去享受生活、去感受阳光吧，当还有时间就约约朋友，一起感知人生的变换。

　　太阳光般的乡愁啊，闪烁夺目光芒，浓烈醇醉。也许强焰会冲坏游子愁绪纷纷的心扉，但那样的乡愁是热烈美好的！

　　玫瑰花样的乡愁，散发幽幽芬芳，淡远朦胧。也许荆棘会划伤异乡异客凄凉哀婉的心房，但如此的乡愁同样是热烈美好的！

　　有乡愁的心境是经过滋补的土地，既使与生养的故园天遥地远，也会心存对故乡的拳拳依恋，心树就会盛开枝枝俏丽的玫瑰。纵然玫瑰的荆棘刺痛心叶，我们也要让流出的热血把乡愁的花蕊浇灌得更加惊艳，让乡愁的幽香愈加恒久弥远，游子异客的心境将会何其纯真美好，对母亲对祖国的情感将会何其地久天长！记得住乡愁，才会留得住根，有根才有魂，家和国才能旺盛。

故 乡

　　故乡，对每个中国人来说，是挥之不去的记忆。
　　每当农历春节即将到来之际，春会带着一路的风尘姗姗而来。北风紧吹中，随着年味的越来越浓，几乎每个身在异乡的游子，梦里梦外对于回家的渴望也越来越强烈了。在外工作、学习、生活的人们，都会想方设法回到故乡与亲朋好友团聚。故乡，好像是一个长者，呼唤远方的游子回来。二十世纪八十年代出现的"春运"，也即人们回故乡之路。"春运"期间，国人的流动量年年呈递增趋势。到二十一世纪，全国每年春运的人口流动量都在二十多亿人次，这在世界上任何一个国家都是绝对没有的，春运已成为中国奇特的"民俗"。
　　"床前明月光，疑是地上霜。举头望明月，低头思故乡。"唐代大诗人李白的这首思乡情诗，淋漓尽致地描述了在外游子的思乡之情。月是故乡明，人是故乡亲。对于漂泊的游子来说，故乡，永远是一帧珍贵的水墨丹青画，永远是心灵依靠的温馨港湾。走过山山水水，走过流年岁月，游子的跫音无论落在何处，心头那一缕萦绕的乡思从不曾有半分的消减。故乡，是一根无形的线，不管游子走多远，游子终究离不开它的牵绊，躲不掉它的牵引。当雁字回时，当月上柳梢头时，当风起、雨落、雪纷飞时，游子的心，总是一次次向故乡的方向飞去……人生千灯万盏，不如故乡青灯一盏。故乡，从来是游子幸福的原动力，是游子的生命之根，是游子灵魂的栖所，只要有故乡温情的注视和等待，再冷的冬季游子的心也不会寒凉。正是因为有故乡的牵挂，所以，游子漂泊的心能得以温润和慰藉。几多风雨，几多沧桑，无论游子走在世界的任何一个角落，故乡永远都是游子心中最眷恋的地方。

春、夏、秋、冬，无论哪一季，只要游子撷一缕故乡晚风的轻柔，牵一缕故乡月亮的清辉，便能守得心中乡音迂回，调动幸福的节奏，让心灵温暖踏实。或者只要游子目睹一下故乡的物件，游子思乡的念头便犹如青藤一样爬满心头，那一抹眷恋的情怀，若水草一般在心湖里蔓延，日夜招摇。无论是在潮涌的人群中，还是在灯红酒绿处；无论是在推杯换盏间，还是在幽幽独处时，游子的耳边总有故乡依稀的呼唤。因为心有故乡，所以游子心中总有一份淡淡的惆怅和一份切切的期待。也许，故乡没有山珍海味，但永远有热菜、热饭、热汤、热被窝。不管游子是衣锦还乡，还是行囊空空，故乡永远会张开双臂，迎接游子的归来。

岁月是一帧水墨丹青，随着不闻人事的年月渐深，愈加有了浓浓的乡味，历久弥新。这世间纵有千灯万盏，却不及故乡的油灯一盏，因为在游子们的心中，那一份乡土的注视和等待，总能在寒凉的深夜里拂来一丝温润与慰藉。当故乡的爱如舟楫划过异乡的暗夜与黎明，游子们的心中总会充盈着丝丝缕缕的眷恋，暖了心，也暖了情。故乡，是岁月中最美的画卷。无论是柴扉前大红的福字，还是红泥火炉边土制美酒；无论是特色年糕，还是那侧挂着的喜庆的对联，火红的灯笼，袅袅的炊烟，柔美的云霞，都带有一种令人倦恋的乡土味道。因为故乡，所以风也柔柔；因为故乡，所以情也暖暖。因为故乡，所以花开似锦；因为故乡，所以叶落如诗。

或许，在游子们心中，故乡就是一份渔舟晚唱的温柔，是一指流年嫣然生香的明媚，是乌篷船摇曳在江南水乡里的如梦似幻，是老茶馆上说书人的拍案不绝。只要游子们盈一袖晚风的温柔，牵一缕月华的摇曳，便能守得心中的乡音迂回，调动幸福的节奏，任心中温暖次第花开。梦里梦外，游子们心中的牵念未曾消停，走南闯北，一路风尘仆仆。家乡，很远，也很近。无论何时，无论何地，游子们总会在合掌开掌之间将故乡默念成诵，任时光流转，世事沧桑，那一份故乡的眷恋之情，永不淡去。

故乡，也是一条流动的河。

进入二十一世纪以后，现代社会人口的流动量日益剧增，离乡的人越来越多，许多人除了有第一故乡之外，还有第二故乡，甚至第三故乡。部分离乡的人喜欢通过书写这一方式来达到"精神上的还乡"。于是，与传统社会相比，故乡又被赋予新的含义：故乡是条流动的河。还乡或未还乡的人们，热爱并钟情于纸上的还乡，渐渐地告别传统意义上的还乡。曾经有学者研究认为，"怀乡"其实是人类普遍存在的一种情绪。对记忆中淳朴而温情的故乡的回望，的确能够让人们通过写作的方式获得心灵上的安抚和慰藉。然而，不可忽略的是，我们所处的时代，是一个社会大变革的时代，传统意义上的故乡，当然要保留，但也要与时俱进，要有新的含义，不要只停留在纸上还乡。

有人说，重要的不是话语讲述的年代，而是讲述话语的年代。我们把这句话的意思可以延伸为，重要的不是故乡讲述的年代，而是讲述故乡的年代。古希腊哲学家赫拉克利特说过，"人不能两次踏入同一条河流"。因为一切事物都在运动之中，进入当代，故乡也像一条河流，这条河流也在不断地运动之中。村口的小路变成了水泥大路，村中的旧屋边新建了许多钢筋混凝土结构的村民新房……

诚然，对于故乡的所有回忆，对消逝的时间、空间以及人和事的感叹与伤怀，都凝固成了记忆的"精髓"，深藏在人们的心灵深处，让人们记住故乡。因为远离了故乡，游子才明白，原来，故乡的鸡啼、犬吠、蛙叫、蝉鸣都是歌；远离了故乡，游子才明白，原来，故乡的一山一石、一草一木、一人一物皆是情；远离了故乡，游子才明白，原来，母亲的唠叨里全是温暖的情愫，父亲的沉默里尽是无声的挚爱；远离了故乡，游子才明白，原来，不管故乡是高楼林立，还是一马平川，故乡永远是自己心中最美的原风景；远离了故乡，游子才明白，原来，哪怕全世界把自己抛弃，故乡依然会以一种等待的姿态盼望自己的归来……无论在哪里，游子总觉得故乡的饭菜才最有味道；无论在何时，游子总觉得故乡的云烟才最有风韵。青青的麦苗、红红的辣椒、高高的草垛、矮矮的篱笆、袅袅的炊烟、农人的烟袋、牛娃的牧笛、和蔼的乡亲、儿时的玩伴，无论走向何方，总飘忽在游子的眼眸里，思绪里，挥之不去。一路走，一路游，时光，老了容颜，厚了思念。无论何时，无论何地，游子习惯把故乡默念成诵。在心里，在梦里，游子已把故乡定格成永恒。任岁月怎样流逝，任时间怎样变迁，那一份乡情、那一份乡恋，都会是游子一生的珍藏，永不会淡去。这些的确值得我们珍藏。

  故乡是一条流动的河，当她在人们的笔尖流淌的时候，闪烁着历史的沉淀和记忆。故乡是一条流动的河，当她在日新月异的时代里，充盈着丰富多彩的时代气息和格调。在这条河流涌动中，我们可以读到自身所站立的这个时代，所蕴含的传统的力量、文化和道德的传承，感觉到这个时代所发出的历史回声与不可阻挡的前进步伐。

守 岁

  乙末羊年春节即将来临，神州大地处处生机盎然，沉浸在浓浓的节日气氛中。守岁作为春节的一个重要习俗，年复一年地又一次走进人们的生活。小时候每逢过年，家里人都会坐在火炉旁，大人们一边嗑瓜子喝茶，一边聊天。我们这些小孩子们或要大人们讲故事，或自己去捉迷藏，等着长辈们派发压岁钱，大人、小孩齐齐守岁。

  记得二十世纪七十年代初的一个除夕夜，天气十分寒冷。当时我家里经济比较困难，没有钱买大鱼大肉，也没有钱置办许多年货，可老祖宗留下来的习俗一点也没有改。全家人祭祀了祖先，简单地吃完团圆饭，洗完澡，便围坐在火炉旁，一起守岁。那年的除夕夜，我外公破例和我们一起守岁。我和弟妹们都很高兴，因为外公家经济宽裕，每年我们去外公家拜年，外公都会按惯例给我们每个小孩三元利是钱，这次外公和我们一起过年，便又多了一份"压岁钱"。守岁的前半夜我和弟妹们总是斗志昂扬，充满信心。

  除夕的节目多，首先是祭祖拜天地。全家吃过长长的年夜饭，穿上母亲给我们几兄妹做的过年新衣服，待午夜时来一场有如万炮轰天的普天同庆的烟花炮竹。父亲把一串长长的鞭炮挂在竹篙上。他本不抽烟，但春节期间由于来拜年的客人中有人抽烟，所以家里也会买几包低价烟，以备待客。父亲拿了一根烟在火炉的木炭上点燃，放在嘴里吸了一口，然后点燃鞭炮，随后便是一阵"噼啪、噼啪"震耳欲聋的爆炸声。火光闪烁中父母忘却了一年辛勤的劳累，露出了笑脸，现在还清晰记得。

  父亲燃放的鞭炮响过之后，父亲便把大门关上了，说是封了"财门",待到年初一的早晨,再燃放一次鞭炮,就是开"财门"。不过,封了"财门",才算真正进入了守岁的攻坚阶段。此时家中的大人们开始他们的节目了。叔叔、姑姑他们几个打牌,爷爷、外公、父亲他们聊天,我们吃零食,奶奶过一阵子给供桌换一束香,母亲则在厨房准备第二天的早餐。不知道是因为我们年幼熬不了夜,还是其他什么原因,渐渐地,时间对我们几个小孩就像牛皮筋一样拉得愈来愈长了,瞌睡虫开始在脑袋里喷撒烟雾。外公见我们几兄妹昏昏欲睡的样子,便开始给我们派发"压岁钱",接着其他长辈们也派发"压岁钱"。外公派发的"压岁钱"最多,每人五元,其他长辈们则有的是三元,有的是二元,最少的是小姑姑,她派了一元,但很不错了,小姑比我才大九岁。那次除夕的守岁,我们每个小孩收的"压岁钱"多达二十五元。大伙儿拿了压岁钱之后,很高兴,纷纷回房间睡觉。可我躺在床上久久都不能入睡,不知是兴奋过度,还是其他原因。后来我索性起床,坐在火炉旁一直到天亮。我们在除夕之夜收了那么多的"压岁钱",高兴之余,有一个担心,就是这些"压岁钱"会不会"充公"上缴给母亲。过了元宵节,我们的"压岁钱"果然被"充公"了!不过没有百分之百"充公",母亲给我们每人留下二元钱,说只能用于买书和买学习用品,如果挪作他用,明年的"压岁钱"就百分之百的"充公"。事后我用这二元钱买了二十本连环画,大弟买了一些文具,妹妹和小弟由于太小,不知道买什么,只能交母亲代其保管。

　　我的外公曾经同我解释过农历除夕为什么要守岁。守岁,就是在旧年的最后一天夜里不睡觉,熬夜迎接新一年到来的习俗,也叫除夕守岁,俗名"熬年"。长大以后,我觉得外公的解释过于简单,于是查阅了一些资料,慢慢知道了守岁的来历及习俗。年三十守岁,俗名"熬年"。为什么称作"熬年"呢?民间世世代代流传着一个有趣的故事。相传,在远古的洪荒时代,有一种凶恶的怪兽,人们叫他"年"。每到

旷野里的露珠 >>>

大年三十晚上,年兽就要从海里爬出来伤害人畜,毁坏田园,降灾于辛苦了一年的人们。人们为了躲避年兽,腊月三十晚上,天不黑就早早关紧大门,不敢睡觉,坐等天亮,为消磨时光,也为壮胆,他们就喝酒。等年初一早晨,年兽不再出来,大家才敢出门。人们见面互相拱手作揖,祝贺道喜,庆幸没被年兽吃掉。这样过了好多年,没出什么事情,人们对年兽放松了警惕。就在有一年三十晚上,年兽突然窜到江南的一个村子里,一村子人几乎被年兽吃光了。只有一家挂红布帘、穿红衣的新婚小两口平安无事。还有几个童稚,在院里点了一堆竹子在玩耍,火光通红,竹子燃烧后"啪啪"地爆响,年兽转到此处,看见火光吓得掉头逃窜。此后,人们知道年兽怕红、怕光、怕响声,每至年末岁首,家家户户就贴红纸、穿红袍、挂红灯、敲锣打鼓、燃放爆竹,这样年兽就不敢再来了。《诗经·小雅·庭燎》篇中,也有"庭燎之光"的记载。所谓"庭燎"就是用竹竿之类制作的火炬,竹竿燃烧后,竹节里的空气膨胀,竹腔爆裂,发出噼噼啪啪的响声,这也即是"爆竹"的由来。可是有的地方,村民不知年兽怕红,常常被年兽吃掉。这事后来传到天上的紫微星那儿,他为了拯救人们,决心消灭年兽。所以有一年,他待年兽出来时,就用火球将它击倒,再用粗铁链将它锁在石柱上。从此,每到过年,人们总要烧香,请紫微星下界来保平安。

守岁的习俗,既有对如水逝去的岁月含惜别留恋之情,又有对来临的新年寄以美好希望之意。《守岁》中写道:"相邀守岁阿戎家,蜡炬传红向碧纱;三十六旬都浪过,偏从此夜惜年华。"在我的童年里,我时常是守岁的失败者,只有一次从长夜守到天明,也就是我外公在我家的那个除夕。故而初一见到大人时,总不免有些尴尬,尤其是想到头一天信誓旦旦说过"今夜决不睡"之类的话。当然,我也会留意大人们的样子,那时我惊奇的是,他们怎么就能熬过那漫长一夜?其实很简单,因为他们知道为什么守岁。可是守岁的道理并不简单。后来我才对

180

守岁有了理解，缘自一个词"辞旧迎新"，而首先是"辞"字。

年年的守岁我都不知道怎么结束的，但睁眼醒来一定是在床上，睡在暖暖的被窝里。枕边放着一个小小的装着压岁钱的红纸包，有一个通红、锃亮、香喷喷的大苹果。这寓示平安的红苹果是大人年年夜里一准要摆在我枕边的，让我一睁眼就看到平安。另外，还有一套廉价的新衣服，寓意"辞旧迎新"。

"守岁"，既有对即将逝去的旧岁有留恋之情，也有对即将到来的新年怀希望之意。"一夜连双岁，五更分二年。"在除旧布新之际，亲朋好友，围炉而坐。回顾过去，展望未来，不是没有益处的。元朝文人辛文房撰著的《唐才子传》里记有唐代大诗人贾岛除夕"祭诗"的一段佳话，每至除夕，贾岛"必取一岁之作置几上，焚香再拜，酹酒祝曰：'此吾终年苦心也。'"他每到除夕，都会对过去一年得失做一番总结，对我们来说这难道不值得借鉴吗！如果"三十六旬都浪过"，尚不"偏从此夜惜年华"，那么，"守岁"也就失其意义了。

年复一年的守岁，在我的记忆深处打下了深深的烙印，那时守岁独有的感觉，让人回味无穷。那时每到腊月底就兴奋地叫着"今年非要熬个通宵，一夜不睡"，好像要做一件什么大事。而父母笑呵呵说："好呵，只要你自己不睡着就行，决没人强叫你睡。"可时过凌晨两点，就煎熬不住了，没能坚守到天亮。再后来，我参加了工作，也不再像童年时那样，向长辈们讨"压岁钱"了，反而是向长辈们派"利是"。到了1984年中央电视台开始举办春节联欢晚会，看"春晚"似乎又成了守岁的一个重要节目。"春节晚会"年年看，但不知道为什么？觉得看"春晚"越来越难以坚持有始有终了，"春晚"办了三十多年的，看来看"春晚"也要与时俱进了。当然，守岁这个习俗也要与时俱进，除夕夜没有必要一晚上也不睡觉，但对于守岁，我们还是要坚守，守住习俗，守住民族传统文化，也就是守住了民族的根。

炊烟袅袅生梦情

　　十多岁时,我背着行囊,告别了父老乡亲,也告别了家乡的袅袅炊烟,去远方的城市求学,屈指一数,离家已有三十多年了。三十多年来,我也经常回家乡探望亲人,每次回家,看见那从屋顶的烟囱里飘出的袅袅炊烟,都会勾起我对童年的回忆,油然而生一种梦情。

　　炊烟袅袅,萦绕着我的整个童年。

　　没有风的早晨,亦或是雨后的黄昏,家家锅碗瓢盆响,户户厨室飘清香。袅袅炊烟带着它特有的灵性从村庄的房顶、屋脊冒出来,时而笔直如柱,时而飘飘渺渺。那轻轻白烟从出口笔直地升起来,直到离开烟囱一米多高才顺着微风的下方斜斜地拖出来一条长长的尾巴,像一条女人的辫子轻轻柔柔、袅袅婷婷的。炊烟像一支画笔,蘸着朝霞,蘸着夕阳,余辉把乡村的早晚点染。偶尔一阵风过,那烟散了,也乱了,散乱在人家的房前屋后,散乱在林间树梢。散乱的炊烟犹如画布上的泼墨,淡淡然然如纱,轻轻悄悄似雾。散漫的炊烟飘在晨雾中,飘在黄昏的暮色里。朝霞晨雾醉旷野,晚云轻烟迷乡村。夜暮袭来的时候,乡村一片迷朦。

　　每次见到炊烟升起总是感到无限的温暖,心里也踏实了不少,知道还有饭吃……

　　每次炊烟慢慢消散后母亲那"吃饭了"的呼喊声是那样地动听,比平时那充满慈母关怀的唠叨更平添了几分舒心与感动,让人禁不住要冲向那炊烟升起的地方,冲向那升起炊烟人的怀中!

　　清晨,缕缕炊烟袅娜在村庄的额头,那是初醒的小村脱去轻纱般的睡衣，在原野里露出的淡蓝色希望，是大地饱含的浓郁、深厚的恩情，是母亲的辛劳、父亲的爽朗。午间，缕缕轻烟飘向蔚蓝的天空，那是在田野里割猪草的我感受到的悠悠温馨。傍晚，夕阳西下，黄昏降临，村庄四处弥散着柴草燃烧而生发出的炊烟，轻柔无骨，万种风情，在山野之间、在绿树掩映之中，给村庄抹上了一层朦胧的韵味。

走在乡间的小路上，看见散落在大自然各处农舍飘出的袅袅炊烟，心似可卸下万千包袱，将身上的行囊轻轻地交付给脱尘的山水，一路走，一路停。面对空谷、溪流，面对山花、野草、翠竹，悠然地唱起歌，甚至流下坦荡的泪水。此时，在恬静中感受天地自然的天籁之美，人世间仿佛已抹去生活历程的苦难与艰辛，感受着这方水土千百年来流传的风土人情及悲欢离合。

人的一生也许就像那袅袅炊烟，离开自己熟悉的地方，飘散出去。有的人是为了寻找蓝天，于是他飘上了天空；有的人是为了寻找那深扎的根，于是他沉入地里。飘上天的有一天成了美丽的白云，多姿多彩；沉入地的结出了果实，沉沉甸甸。于是，在一个丰收的季节，云化成甘甜的雨滴，果实被那勤劳的手摘下。一切又回到了最初的地方。也许某天，我们还是会飘散，但我们总记得有一种方式可以回到那最初的地方。

留恋从农舍屋顶里飘着柴香味的袅袅炊烟，留恋纯朴美好的乡村，留恋大自然的美景，这是我们这些追求过繁华都市生活的人的一种现代情节。工业化、城市化与人类对利益的过分追求，已破坏了太多的自然环境。散落在大自然中的乡村农舍，虽然有一部分被"都市化"了，但大部分仍旧在平淡中坚守，在淳朴中不凡，犹如一坛醇厚的酒，隐藏岁月的沧桑，远离喧哗而静默，不奢望外界的风生云起会对它平静的生活带来怎样不切实际的转变。偶尔有远方客人来，它总能用醇浓的乡情迎接你，对你寒暄、对你微笑，真挚含情。

　　袅袅炊烟，是人间烟火。

　　袅袅炊烟，是远方游子的梦情。

享受夏季

　　2016年的夏季似乎特别漫长。往常，岭南的夏季一般是从四月下旬开始，十月上旬结束；湘南的夏季则是从五月下旬开始，九月上旬结束。可2016年却不是这样，不管是湘南还是岭南，夏季都比往年长一个月，而且许多地方超过三十五度的高温天气创历史记录，不知是臭氧层被破坏，还是什么其他原因，总之，让人们感觉到今年的夏季特别长。

　　在大自然春夏秋冬的四季轮回里，夏天是成长的季节。在人的生命长河里，夏天就是人的中年时代，是人生成熟而又热情奔放的时候。

　　我的家乡，湘南地区属于山地、丘陵、盆地杂混的综合型地貌，森林覆盖率较高，名江大河也多有分布，如湘江、北江、赣江的支流等。山清水秀，空气新鲜似乎是家乡的一张名片。湘南的夏季是热情洋溢的，天空辽阔，阳光强烈，草木繁盛，流经山谷的清泉冰爽甘甜，小鸟欢快地在林间穿梭，知了在树上鸣奏着夏天的进行曲。夏天的雨像个顽皮的孩子，想什么时候来就什么时候来，想什么时候走就什么时候走。晚霞羞红了脸，彩虹架起了天与地间的桥梁。湘南的瓜果在夏季得到了充分的展示，旱土地里硕大无朋、甜美的西瓜，散落在湘南农村的各种果树，纷纷挂满了丰腴的果实，尤以梨和桃子最为吸引人们的眼球，梨的青翠之色与桃子嫣然一抹红呼应了曾经的桃花红梨花白。山林里高大光滑的杨梅树上挂满了紫得发亮的杨梅，惹得人们口水直流，还自然地联想到"望梅止渴"的成语……在夏季，如果你在湘南的山间原野里行走，你会亲切地感受到，青山绿水是大自然的万物之灵，听一曲《高山流水》缠绵瑟瑟温润之音，她会洗涤你的封尘净化你的心灵。然而山的博大、厚重、热情、烂漫也会让你耳目一新。芳香的草地，倾斜的山路，茂密的森林，清澈见底的水库池塘，树上的鸟儿啾啾，山中的溪水潺流，这些景色特别吸人眼球，而且美不胜收。浓荫蔽日婆娑疏影幽静灵空波光粼粼，只有你亲临其境才感受到青山绿水的别致和风情万种。氤氲的时光，蹒跚岁月，婉转歌喉，在这一刻都凝固成一首赞歌，赞美着浪漫含蓄的夏天。

儿时的夏季，是小伙伴们快乐的季节。这时，学校放暑假了，小伙伴们充分释放着愉快的心情，谋划着如何度过炎热而又开心的夏季，上午帮助家里干农活，中午相约爬树抓知了，下午光着屁股在小河里畅游捉螃蟹，晚上带着凉席睡在祠堂前面的大禾场上，数着天上的星星悄然进入梦乡……记得有一次，我们几个小伙伴去河里抓螃蟹，其中一个小伙伴的手被螃蟹死死地咬住不放，吓得这个小伙伴嚎啕大哭，大家也很着急，却拿不出什么办法来。因为大人们说如果人的手被螃蟹或者王八之类的东西咬住，要等天上打雷，螃蟹或者王八才会松口。情急之下，我突然想到自己裤兜里有火柴，便想试试拿火柴烧一下螃蟹，看是否有效。我赶紧跑到岸上，从裤兜里找到火柴，把火柴点燃烧螃蟹，这一招果然有效，螃蟹松口了，被咬的小伙伴也不哭了。众人夸我，弄得我还有点不好意思。如果下了一场大雨，那又是另一番风景，极有可能遇见彩虹，一遇见彩虹，小伙伴自然乐开了花，可惜那时没有钱买照相机，无法记录彩虹的美景，只记得大人们常说的一句话是"东扛日头西扛雨"。大雨过后的夜晚，乡间田野到处都是时隐时现的萤火虫，小伙伴们拿着玻璃瓶和自制的网兜，去抓萤火虫并炫耀自己的"战果"。

二十世纪九十年代初，由于工作调动，我定居在岭南珠江口的小镇。岭南的夏季不同于湘南的夏季，炎热而漫长。岭南属东亚季风气候区南部，具有热带、亚热带季风海洋性气候特点，岭南的大部分属亚热带湿润季风气候。北回归线横穿岭南中部，高温多雨为主要气候特征。

大部分地区夏长冬短，终年不见霜雪。太阳辐射量较多，日照时间较长。岭南为典型的季风气候区，风向随季节交替变更。夏季以南风东南风为主，风速较小。因全年气温较高，加上雨水充沛，所以林木茂盛，四季常青，百花争艳，各种果实终年不绝，植物资源非常丰富。而森林植物也为动物生长提供了有利的条件。岭南动物种类较多，是全国动物最繁盛的地区之一。由于夏季炎热而漫长，加之岭南地区土地肥沃，盛产的水果比湘南地区要多。岭南的水果品种有五百多种，其中以荔枝、香蕉、木瓜、菠萝分布最广、产量最多、质量最好，被誉为岭南四大名果。此外，还有芒果、红橙、杨桃、石榴、龙眼、白榄、乌榄、黄皮、杨梅、菠萝蜜、三华李、西瓜等。

我在自家的庭院里也种植了一些果树，如龙眼、芒果、黄皮、番石榴、山桔、人参果等。每到夏季，庭院里各种果树便挂满了各种水果。由于水果太多，家里人实在是吃不完，我们便将水果送给邻居，或邀请亲朋好友前来采摘品尝，顺便带上我家产的水果回去。亲朋好友高兴，我们也高兴，而我甚至似乎还有一种成就感。

岭南的夏季是台风多发的季节。说起台风，人们普遍认为它是一种自然灾害。我所居住的小镇，每年都有几个台风擦肩而过，有惊无险。如果一年之中没有台风或者台风很少，倒未必是一件好事。有经验的老农往往会祈盼一年之中能有几个台风的光顾。可以说，作为一种灾害性天气，提起台风，没有人会对它表示好感。然而，凡事都有两面性，台风是给人类带来了灾害，但如果没有台风，人类将更加遭殃。科学研究发现，台风对人类起码有四大好处。其一，台风这一热带风暴能为人们带来丰沛的淡水。台风给沿海地区带来大量的雨水，约占这些地区总降水量的1/4以上，对改善这些地区的淡水供应和生态环境都有十分重要的意义。其二，靠近赤道的热带、亚热带地区受日照时间最长，干热难忍，如果没有台风来驱散这些地区的热量，那里将会更热，地表沙荒也将更加严重。而寒带将会更冷，温带将会消失。我国将没有昆明这样的春城，也没有四季长青的广州，"北大仓"、内蒙古草原等亦将不复存在。其三，台风最高时速可达200公里以上，所到之处，摧枯拉朽。这巨大的能量可以直接给人类造成灾难，但也全凭着这巨大的能量流动使地球保持着热平衡，使人类安居乐业，生生不息。其四，台风还能增加捕鱼产量。每当台风吹袭时翻江倒海，将江海底部的营养物质卷上来，鱼饵增多，吸引鱼群在水面附近聚集，渔获量自然提高。

我经历过湘南的夏季，也感受到岭南的夏季。夏天的美丽，就这样在天地间尽情地挥洒，在蓝天白云下，描绘着一幅幅美丽的画卷，在水果飘香的时刻，领略到舌尖上的美味。那美丽的鲜花、香甜的水果，一片片的绿叶，一株株的小草，都在装扮这个美丽的季节。

站在人生的岁月里，经历着春夏秋冬。辗转于红尘，徜徉于落花诗册间的墨笔馨香，我喜欢"行到水穷处，坐看云起时"的淡然，欣赏"曲径通幽处，禅房花木深"的空静。我敬佩古人颜回，一箪食，一瓢饮，不改其乐；羡慕南山下的陶渊明"种豆南山下，带月荷锄归"的宁静。他们把心灵高挂在世外桃源不染纤尘的枝头，修身养性，感受自然的纯净，观赏朝槿朝开夕谢，领悟人生枯荣无常。在夏天来临的时候，在如花似锦的时候，我们要好好懂得珍惜，珍惜生命里的夏天。在生命的夏天里，在不同的岗位上，努力奋斗，实现自己人生的目标，为自己生命的夏天增加光彩……珍惜夏季，享受夏季！

第五辑

秋游雁荡山

深秋时节,我和妻子慕名来到了心动已久的雁荡山。那天一大早六点多钟,台州的一位朋友专程安排了他公司的小车送我们去雁荡山。一路上小车司机滔滔不绝地介绍雁荡山的情况,大约过了一个多小时,我们就到了雁荡山。小车司机直接把我们送到大龙湫景区,他要陪我们,被我们婉言谢绝了,小车司机说这是公司老总的意思,我说是老总的意思也不行,我们喜欢自由行,让他替我谢谢老总,小车司机见我们态度很坚决,也只好将车掉头返回台州。

雁荡山主体位于浙江省温州市东北部海滨,小部在台州市温岭南境。《载敬堂集》载:"雁荡山以瓯江自然断裂,分北雁荡山和南雁荡山。近人以景观区位,有北雁荡山、南雁荡山、西雁荡山、东雁荡山、中雁荡山之称。"雁荡山,形成于一亿二千万年以前,是亚洲大陆边缘巨型火山带中白垩纪火山的典型代表,也是流纹岩浆喷发的大型破火山。雁荡山火山的由来——板块运动:火山常分布在板块边缘,在中生代时期太平洋板块(称古太平洋)向亚洲大陆板块俯冲的过程中,挤压摩擦产生热能，使上地壳和下地壳部分熔融形成岩浆。当有断裂通往地表时，岩浆就沿着这一通道上升到地表，火山就喷发了。经历了火山爆发、塌陷、复活、隆起的全过程，在原始地貌改变的基础上，留下了火山遗迹，是研究流纹岩的天然博物馆。雁荡山破火山全球性突变事件具有时间与空间的独特性，在西太平洋亚洲大陆边缘巨型火山（岩）带中具普遍性与代表性，是研究大陆边缘岩浆作用深部地质过程的天然深钻。为此，2004年雁荡山被命名为国家地质公园，2005年初被命名为世界地质公园。

雁荡山其开山凿胜始于南北朝，兴于唐，盛于宋，历代文人墨客纷至沓来。我没来雁荡山之前，就搜集过历史上文人墨客描述雁荡山的佳作，谢灵运、贯休、沈括、苏轼、徐霞客、康有为、张大千、沙孟海、潘天寿、郁达夫、郭沫若、邓拓、舒婷等都留下了诗篇或墨迹。沈括在《梦溪笔谈·雁荡山》开篇称"温州雁荡山，天下奇秀"；唐代僧人贯休赞"雁荡经行云漠漠，龙湫宴坐雨蒙蒙……"；苏轼誉"二华行观雄陕右，九仙今已压京东……"；康有为叹"雁荡山水雄伟奇物，甲于全球"。著名旅行家徐霞客在他的游记中赞叹："欲穷雁山之胜，非飞仙畸人，不能瞰其肺腑"；郁达夫的《雁荡山的秋月》、峻青的《雁荡奇观》、舒婷的《除却雁荡不是山》等都给我烙下了很深的印象，我现在能借助这些名人的佳作，慢慢地去体会雁荡山的魅力。

进入雁荡山主景区，道路的两旁古木参天，群峰峥嵘，怪石嶙峋，洞幽泉清，不愧"寰中绝胜""海上名山""东南第一山"等美誉。雁荡山的主要景区有八个，尤以大龙湫、灵岩、灵峰的"雁荡三绝"最为著名。由于小车司机是直接送我们到大龙湫景区的，我们便决定先在大龙湫景区游玩。大龙湫在三绝中又被认为是独占鳌头。南宋楼钥有诗《攻瑰集·大龙湫》云："北上太行东禹穴，雁荡山中最奇绝。龙湫一派天下无，万众赞扬同一舌。"可见在宋代，大龙湫便已名扬四海。我们在大龙湫景区的一间卖食物的小店买了几个熟红薯、熟玉米和其他一些当地小吃，由于时间比较充裕，我们便坐下来慢慢品尝。小店老板很健谈，我们随便问了一下大龙湫景区有什么看的，小店老板便口若悬河地讲起了大龙湫。他说大龙湫是"奇绝"的。它的奇绝表现在形态上，因时而化，依序而变。盛夏季节雷雨甫歇，大龙湫是一条奔腾不羁的白龙，从半天里探出身来，夭矫于空中，轰雷喷雪，吼声震天，百米之外，振聋发聩。游人在几十米外，犹能感受它飞花溅玉般的水珠。山寒水瘦的冬日，大龙湫收起白练银绸，只撒出一斛龙宫珠玉，大龙湫散散落落，有风吹过，这一斛珍珠就随风而去，上下飘荡，如遇晴阳高照，这项链似的瀑布就幻化成绚丽的彩虹，闪闪烁烁，明明灭灭。一冬少雨，过了立春还是雨少。大龙湫没有了夏日的狂态，没有了冬日的闲态，只剩下春日的慵态。美女晨起，娇而无力，海棠春睡一般。那从连云嶂峰顶飘泻下来的水流，该是丝不是布，该是春风中的柳，不是烈日下的松，该是女儿家长发飘逸，不是男子汉怒发冲冠，那一种忽忽悠悠、晃晃荡荡，实在是让人难以描摹，难怪前人有言："欲写龙湫难下笔。"天哪，这哪是开店的小老板，他对大龙湫的描述讲解，仿佛他是一位十分称职的导游或者是一位语文老师。等不及了，听了他眉飞色舞的介绍，我们便起身要去景区亲眼看看。妻子顺便问了一句："老板，你的第一职业不是做生意的吧？"他接着说："对，我不是做生意的，这个小店平时是我老婆打理的，我是一个中学语文教师，今天是星期天，我老婆回娘家去了，我便过来顶位。"哦！原来如此，怪不得他这么能说。我们准备离开时，小店老板说我们这次来的不是时候，雁荡山景区已经有两个多月没下雨了，很干枯，没有瀑布，看不到他所描述的景象，不过可以进去看看剪刀峰、马鞍岭、芙蓉峰、经行峡等。听他这么一说我们的心情原来兴致勃勃，一下子就回到了"冰点"，感觉十分遗憾，千里迢迢来到这里，却看不到景区的精华。不管怎样，既来之则安之，还得继续我们的行程吧！我们买了进入景区的门票，正式进入了大龙湫景区。

我们循溪左行，见前面有千仞绝壁成嶂，有一巨石平展壁立，状如石碑，即石碑峰。溯溪而上，有竹桥架溪上，桥上置茶花一盆，红花灿然。前面峰峦中一峰独竖。王思任所谓"分开千仞，欲剪青天者"。山峰巨石尖耸，一道裂隙从上贯下，有如巨斧劈开，形成两片。一片较粗，一片较细，如剪刀双刃，孤撑云表，此即剪刀峰。峰顶处石稍有弯曲，有如合而未张的蟹螯，所以明代张肃之"易其名巨螯"。(《王季重十种·游唤·雁荡》) 清乾隆年间袁枚有诗诵道："远望双峰截紫霓，尖叉棱角有高低。倘非山里藏刀尺，那得秋云片片齐。"(《小仓山房诗集·剪刀峰》) 剪刀峰后又有一峰高耸，山顶尖峭呈锐三角形，此即天乐峰，适值天气阴晦，山顶阴云弥漫，如烟腾空。青灰色的石壁上寸草不生，山脚下树木葱茏簇拥，衬托得山峰愈显高耸。山形随步移变幻，向时山上部左侧如蟹螯者，从此处仰望却又形如啄木鸟，正伸出巨嘴，啄咬树木。再前行，又变成熊的形状，正憨态可掬地昂首向前爬行。及至走过后回望，哪还有什么剪刀的形状，而是变成了一根擎天石柱，所以她又有"玉杵峰""天柱峰"的别名。路边指示牌上面标着"桅杆峰"，一看可知为新起，虽然比起剪刀峰名称略少新奇，倒也名实相符。前面见有"一帆峰"的指示牌，回首一望，擎天一柱又变成了海上风帆。此真所谓："横看成岭侧成峰，远近高低各不同。"正如戴名世所说："大抵雁荡诸峰，巧通造化，移步换形，其名字因象取义尚多有之；而路穷径塞，蒙翳于荆榛荒草之中，其奇未出于人间者亦不少也。"

我们边走边拍照，一会儿用相机拍，一会儿用手机拍。妻子喜欢用手机拍，她说用手机拍照发微信方便，我喜欢用相机拍，因为用相机拍摄的效果比手机好。边拍照边观赏美景，由于我们是自由行，不受时间限制，所以感觉不太辛苦。走着走着，我们来到了芙蓉峰，芙蓉峰位于西内谷和西外谷交界处的东岭北面。明人何白有"江上百里见芙蓉"之句，正因此峰高耸云霄，故特别引人注目。早在南北朝时，在《谢康乐集》中就有"芙蓉渚有耸石头如初生芙蓉，色皆青白"的记载。在北宋编纂的第一部全国性的地方志《太平寰宇记》中也有"芙蓉山……森然如芙蓉，红赤相间，因以为名"的记述。也正因此峰高大凌空，人们在许多地方都能看到它。比如，在离大龙湫停车场200米处从山凹向右仰望，或从罗汉寺村中向西仰望，就能看到它的不同形状，在东岭和石门一带，也时而可以看到它的各异的丰姿。最理想的观察点，还是在马鞍岭上，可见一峰特立，峰顶翠石参差不齐，如新蘖初发。在连霄岭回望，此峰如观音朝北趺坐，前有二岩似童子和净瓶，因此又名观音岩。清人方尚惠的《芙蓉峰》诗把它写得很美丽："云间峰朵朵，锦绣似芙蓉，不待秋风起，花光映日红。"读之，可令口舌生香。时间过得很快，快到中午十二点了，妻子说要去看另一个景点，我摊开在大龙湫景区门口买的《雁荡山旅游地图》，商量了下一个游览的目标是方洞，然后我们下山来到大龙湫景区公交车站，等候开往方洞的公交车。

  方洞景区位于灵岩，从山脚下有电缆车直通方洞景区，妻子感觉比较累，她说她不去方洞景区了，在山脚下等我，我只好一个人去。我决定不坐缆车上去，而是选择从一条上山的小道上去，用了不到二十分钟的时间，就爬到了方洞景区。方洞景区，生得整而不欹，洞内有三处滴泉，积水可饮。洞口有百余米的栈道，在绝壁中架起，险峻非常，许多人不敢尝试，近年筑以栏杆，才有安全之感。从小道上去方洞景区要经过一座铁索桥。我走在铁索桥上，桥摇晃得很厉害。我不敢往下看，只能将眼光直视前方，站在铁索桥两端往远处看，雁荡山的景色的确很美，我自然不会放过拍照的机会。但我仅拍风景名胜自觉不完美，便想找个人帮我拍几张个人形象照以作留念。我看了看旁边的一对大约三十多岁青年人在互相拍照，就叫他帮我拍几张照。男青年爽快地答应了，还时不时地提醒我拍照的姿势。经过一段时间的交谈，我了解到这对青年人是一对夫妻，十多年前来到温州一家工厂打工，干了几年，自己出来做老板，开了一间做塑胶的工厂，工厂越做越大，现在工厂资产已经达八千多万元，工人也有好几百人，更让我感到惊奇的是他们还是我的湖南老乡，他们在温州买了洋房和小车，小小年纪就有如此的成就，了得！佩服佩服。过了铁索桥不远处沿栈道过去就是方洞了，它原名红岩洞，整个景点就是以这个洞而得名的，在北宋的时候这个洞叫红岩洞，因为洞口上方的岩石曾是暗红色，大清同治年间，这个洞被改名为慧性洞，因为有个道号为慧性的道士在这里修心养性，后来改名叫方洞是因为老百姓们在马路上看过来整个洞四四方方的。里面是依洞而建的一个寺庙，左侧有莲台峰、老寿星诸景；洞口顶上偏右有鸳鸯一景；仰望洞口，有岩如神雕向外振翅欲飞。看完了方洞，男青年问我是否下山，如果要下山的话就坐他的车下山，他的车停在山上的停车场。原本计划是步行下山的，考虑到节省时间，多看一个景点，而且妻子还在山下等我呢！于是，我就坐老乡的车下山了。

　　来到灵峰景区，有几个胸前挂着导游牌的自称是导游的男女走过来，争着为我们当导游，我们说谢谢你们，我们不用导游服务，我们有一张旅游地图就行了，他们见我们态度坚决，也只好作罢了。灵峰为雁荡山的东大门景区，总面积约46平方千米。它以悬崖叠嶂，奇峰怪石，古怪石室，碧潭清润而著称。与灵岩、大龙湫并称为雁荡三绝。景区内层峦叠嶂，奇峰环绕，千形万状，美不胜收。灵峰夜景，移步换形，变幻多姿，妙不可言。两大奇洞——观音洞、北斗洞，为游人所必至。合掌峰是雁荡山的代表景观之一。峰内的观音洞建有九叠危楼，建筑极具匠心，与天然洞穴之美融为一体，为雁荡山第一洞天。观音洞隐于合掌峰中，洞高113米，深76米，宽14米，洞中垒有九层楼阁。太阳正照洞底大殿，每天才数分钟。观音洞为雁荡山第一洞天，深藏玄机，经年香烟缭绕。此外，曲折幽奇的灵峰古洞，深广幽邃的东石梁洞，惟妙惟肖的接客僧和碧波荡漾的石门潭等都使游客流连忘返。天色渐晚，面对这青山叠翠，意犹未尽，不忍离去。可是，下山的路还很长，归途中，路遇景区护路人，默默无闻地在清扫着道路上的瓜皮落叶，一只全身以雪白色为主的大狗静静地躺在护路人的身旁，看它那悠闲自得的模样，仿佛它就是这山林中的一花一草一木。据景区工作人员介绍，如果是天气晴朗时，游灵峰一定要看夜景，这才是雁荡山的精灵所在。白天看似普普通通的山峰，到夜晚都披上神秘的盛装，如入仙境一般。我们本来打算在灵峰过夜，看看灵峰的夜景，还要看看其他景点，但是由于前一晚在台州住的酒店蚊子多，妻子没睡好，不想在灵峰景区过夜，我们要赶回宁波。没办法，我们只好买了雁荡山至宁波的动车，匆匆地结束这趟雁荡山之旅，实为遗憾！

　　再见！雁荡山，我们还会再来！

绍兴城里话鲁迅

深秋时节,我同几个亲朋好友来到了江南名城——绍兴,拜访了鲁迅先生的故里,领略了这座具有几千年历史文化底蕴的古城。

没来绍兴之前,我对这座城市的了解是比较肤浅的,只知道鲁迅、兰亭书法、绍兴黄酒,还有"小桥流水乌篷船,乌蓬去处是人家",是一幅江南水乡的图画,更是诗话。来到绍兴之后,才见其"庐山真面目"。绍兴是全国首批历史文化名城,早在公元前490年,越国即在此建都,至今已有2500年建城历史。两千多年的风云际会,薪火传承,为绍兴留下了丰厚的文化遗产。古有治水的大禹,卧薪尝胆的越王勾践,大小书圣王羲之、王献之,大诗人谢灵运、陆游……在近代,绍兴也是群星璀璨,文学巨匠鲁迅,鉴湖女侠秋瑾,学界泰斗蔡元培等许多名贤,无不名垂青史,为人敬仰。

如把绍兴的名人比喻满天星斗,那最亮的一颗当数鲁迅。鲁迅先生的作品让全世界认识了古城绍兴,让无数人对绍兴独特的文化充满了憧憬和向往。我也是读着鲁迅先生的作品长大的,从小学至中学,甚至大学教材都有他的作品。百草园、三味书屋、长庆寺、土谷寺、咸亨酒店、恒济当等景点,都是从他的作品中了解到的。在鲁迅先生的故里,可以体验到少年鲁迅生活、玩乐、就学、拜师、听长妈妈讲长毛故事、典当,以及"孔乙己""阿Q""祥林嫂"诸人物活动的场境,还可以品尝鲁迅先生笔下涉及的风味特产。

我们来绍兴,看景很重要,体验鲁迅先生笔下的美食更重要。到吃中午饭时间,古镇里到处是甜甜的饭香,闻着淡淡的香味儿我们肚里的馋虫早按捺不住。出客栈,不远处就开了家"咸亨酒店"。大概去绍兴的人都会光顾咸亨酒店，我们也不例外，怀着好奇的心情想去体验一下孔乙己的生活和茴香豆的味道。一杯老酒一碗茴香豆在现代人眼里是多么地平常，然而在孔乙己的年代，这是不很平常的东西。美食之美在于味道，但千里迢迢跑来百年咸亨，即使坐在长条的凳上，意境也足够让人回味了，菜如何倒在其次。老板热情地向我们介绍这里是绍兴最正宗的一家，据说鲁迅书里的孔乙己真来过。

绍兴黄酒久负盛名，很醇很香，好像比一般的黄酒更浓，喝一口，甜甜的，让人欲罢不能。酒是很深的文化所酿成的。千百年来，人们不断改进他的酿造工艺，同样也不断体味着酒给人们带来的文化。喝着绍兴酒，我仿佛也成了很有文化的人。我的酒量有限，没喝几两，脸色也红润了，脚步也飘飘然了，说话也滔滔不绝了。但愿酒给人的是一种踏实，是一种坦然，是一种酿制后的淳朴。

鲁迅先生的笔下很少谈及绍兴的古典园林，其实绍兴的古典园林历史悠久，内涵丰富，具有典型的江南园林特色。其知名度、观赏性、知识性要高于江南一般的私家园林。如山麓园林兰亭，这里"崇山峻岭，茂林修竹，又有清流激湍，映带左右"。东晋王羲之曾邀约当时名士谢安、孙绰等人聚会于此，行修禊之礼。王羲之将这次雅集中诸人所作之诗汇为一集，并作《兰亭集序》，兰亭由此成为书法圣地。由于时间紧，我没有去兰亭，实为遗憾！但这也好为下次去绍兴找一个借口。沈氏园离鲁迅故里较近，我们没有放过这个机会，从鲁迅故里步行十多分钟就到。沈氏园是陆游和小婉早年游玩过的园子，南宋才子诗人陆游题于沈园石壁的《钗头凤》词，才唱完的"红酥手，黄滕酒"，隔夜的窗下断肠却道是"世情薄，人情恶"，有如那朵断肠花的紫色，开在滴了泪水的雕花木窗下，被这江南的风一吹，便零落飘荡。

鲁迅是一个"世故老人"，他在世时间不长，五十多岁就英年早逝，但阅历丰富，看起来总显得十分苍老。他自幼历经事变，懂得人世辛酸以及炎凉的世态，自卑与自尊两种心理凝集，人变得十分敏感，所以他虽不十分欢喜"世故老人"的称谓，却也只能自己承认。

　　看过《鲁迅全集》的目录，大概就没人敢说他不是个渊博的人。可是渊博二字还不是对鲁迅先生的恰好的赞词。在文艺上，他博通古今中外，可是这些学问并没把他吓住。他写古文古诗写得极好，可并不尊唐或崇汉，或把自己放在某派某宗里去，以自尊自限。古体的东西他能作，新的文艺，无论在理论上与实验上，他也都站在最前面。他不以对旧物的探索而阻碍对新物的创造。他对什么都有研究的趣味，而永远不被任何东西迷住心。他随时研究，随时判断。他的判断力使他无论对旧学问或新知识都敢说话。他的话，不是学究的掉书袋，而是准确地指示给人们以继续研讨的道路。鲁迅亲历绍兴辛亥革命运动。和胡适一样，鲁迅搞过专门的学术研究，但是他仍然迥然不同于他人。在中国近代思想史上，他是真正深刻的一位。他在发掘古典传统和现代心灵的深度上是惊人的。

　　鲁迅先生的精神是永远不屈不挠，不自满，不自馁。我崇拜鲁迅先生，他的精神感动了几代中国人，他的许多文章我都熟读了很多遍。"横眉冷对千夫指，俯首甘为孺子牛。"读鲁迅，让我学会了许多做人的道理。

苏仙岭的月亮

赏月，是一种情怀，一种历史悠久的人文情怀。苏仙岭，因西汉中医苏耽于此诞生、修道、传说升仙而得名，自古享有道教"天下第十八福地"和"湘南胜地"的美誉。苏仙岭，是郴州旅游文化、山林文化之典型，其承载着仙灵文化、宗教文化、古典诗词文化、名人文化等，是一处集神话传说、秀丽风光和名胜古迹于一体的风景胜地。那年秋天，我曾与几位同学来到了苏仙岭游览，并目睹了夜色中皓月当空下苏仙岭的芳容。

那天中午，我从老家探望完父母亲，在郴州停留一会儿，准备乘火车返回广东中山。谁知道我回老家探亲的消息，被几个在郴州工作的同学获悉，他们硬是要我更改回中山的日期，在郴州住一晚，与几个多年未见的老同学聚一聚。同学们的这种盛情，我无法婉拒。他们帮我安排了一间酒店，我们在下榻酒店的餐厅吃完中午饭，便开车来到了苏仙岭。此时已经是下午三点多钟了。"四面青山列翠屏，草色花香尽是春。"郴州"北瞻衡岳之秀，南直五岭之冲"，历来是"兵家必争之地"，"文人毓秀之所"。山奇水秀、人杰地灵。岭上有桃花居、白鹿洞、景星观、望母云松等景观。镌刻于山麓白鹿洞石壁的，由秦少游作词、苏东坡作跋、米芾书写的《踏莎行·郴州旅舍》，被篆刻在苏仙岭的岩壁上，史称"三绝碑"。以其声名显赫、艺术造诣精深，列为中国十大"三绝碑"之首。顶峰苏仙观始建于唐代，古朴典雅，临崖而建。徐霞客专门寻游苏仙岭，将其列为"郴州九仙二佛之地"首席。"西安事变"后，张学良将军幽居苏仙观，留下"恨天低，大鹏有翅愁难展"的遗恨。岭中摩崖石刻群为国家级文物保护单位。

旷野里的露珠 >>>

  苏仙岭的确是休闲放松的好去处,山青水秀,树木葱郁,鸟语花香,空气清新。我们走着走着便可闻到一股淡淡花香味,让人心情愉悦。几位同学都是这里的老熟客,对苏仙岭比较熟悉,每到一个景点,都会有人作介绍。一个同学告诉我,苏仙岭有一个传说。相传西汉文帝年间郴州东门外住着一户姓潘的人家。有一天年方二八的潘家姑娘到郴江边洗衣服,从上游漂来的一根红丝线缠住了她的手指,潘姑娘想用牙齿咬脱红丝线,不料红丝线却溜进了她的肚子里。不久潘姑娘怀孕了,后来她躲到离家不远的牛脾山桃花洞里生下一个男孩取名苏耽。苏耽没有衣服,洞外水池边的白鹤用自己的双翼覆盖着他;没有奶吃,洞里的一只白鹿就用奶水哺育他。苏耽长大懂得孝敬母亲,尊敬呵护他的白鹤和白鹿,后来他得异人传授仙术,十三岁时修道成仙,跨鹤飞去。"苏仙传说"已经列入国家级非物质文化遗产名录。

  秋天的太阳好像滑落的特别快,转眼功夫就不见了。我们沿着山路在暮色中快步前行,穿过密密的树丛看到一轮黄澄澄的圆月高悬天空,只是那种泛着金黄的颜色简直不像月亮反倒像太阳。几缕薄薄的浮云不时掠过月亮表面,让这轮金黄的月亮显得不那么澄澈。一边穿行在蜿蜒的山道上,一边透过树隙寻找着月亮,想看看它的颜色是不是会慢慢淡下去,成为那种皎洁的月色。我们走走停停,傍晚时分,到达了苏仙观,登上了道观顶部的阁楼,阁楼上面可能算是郴州城的最高处了,俯瞰下去大半个城市尽收眼底。

  不久,天就全黑了下来。我们站在高高的阁楼上四处光顾,月亮不见了,看着四周都是起伏的山峦及参差的树木的暗影。想必是月亮还没有升得那么高,所以它该是被遮在了山的后面吧。月亮好像很害羞似的,故意躲藏在茂密的山林里,迟迟不肯出来。都快七点了,还没有见到她的一丝踪影,急得一位同学不停地徘徊踱步,隔一会就向天空望上几眼。看来,月亮也被我这位焦急赏月的同学所感动,不大一会儿便露

200

出了大大的脸盘。几位同学看到这么大的一个月亮，竟都显得有点兴奋。

自古以来，中国人就有祭月、赏月情结。文人墨客为其挥笔写下了许多熏香的文字、亮丽的风景、真挚的情感。无论是"月上柳梢头，人约黄昏后"的婉约，还是"明月几时有，把酒问青天"的豪放，皆是以月托情，睹物思人。据悉，拜月赏月始于魏晋，盛行于唐宋。到了宋代，中秋之夕，贵家结饰台榭，民家争占酒楼，笙乐歌舞，热闹非凡，通宵达旦，远闻千里。《新编醉翁谈录》记载："倾城人家子女，不以贫富能自行至十二三，皆以成人服饰之，登楼或于中庭拜月，各有所期。男则愿早步蟾宫，高攀仙桂；女则愿貌似嫦娥，圆如皓月。"由此可见，人之追求，人之痴情，人之兴致，何等浓厚！王维的"明月松间照，清泉石上流"，李白的"花间一壶酒，独酌无相亲""举杯邀明月，对影成三人"，杜甫的"水路疑霜雪，林栖见羽毛"，苏轼的"暮云收尽溢清寒，银汉无声转玉盘"，张九龄的"海上生明月，天涯共此时。情人怨遥夜，竟夕起相思"，清朝邓宗源的"轻帆小泊寒崖畔，美酒同谁醉明月"等，总之，历代文人墨客赏月的诗句是数不胜数。

可惜的是，杜甫、王昌龄、刘禹锡、柳宗元、秦观、蒲松龄等历代名家，围绕"苏仙传说"留下了大量诗词，却很少有人留下在苏仙岭赏月的诗句。只有秦观的名作《踏莎行》有关于月亮的描述："雾失楼台，月迷津渡，桃源望断无寻处。可堪孤馆闭春寒，杜鹃声里斜阳暮。驿寄梅花，鱼传尺素，砌成此恨无重数。郴江幸自绕郴山，为谁流下潇湘去。""雾失楼台，月迷津渡，桃源望断无归路"一句关注得也是很少。虽然有之，也多在注释本中与赏析文章中认为是写景，将之诠释为"楼台在茫茫大雾中消失，渡口被朦胧的月色所隐没，那当年陶渊明笔下的桃花源，更是云遮雾障，无处可寻了"。其实此句是词人领会禅趣构设出的意境，具有深刻内蕴，不能简单地理解为写景。要想确知其中的内蕴，我们必须明白秦观词的常见特征。雾笼罩在楼台上，月亮在迷津的上空缓缓移动，因为有雾，所以极尽目力也找不到"桃源"所在之处。之所以要"望"，是因为天上有月亮，视线尚有突破的可能；之所以没有看到，是因为有雾的遮挡。但是谁在望呢？当然是秦观自己。我想，这也许是秦观有某种因素带来的繁乱心绪，逐渐消融在这静谧的夜色里，沉醉于大自然的情感中。

苏仙岭的月亮像大脸盘，她的光是那么地明媚、柔和，又是那么地皎洁、雪白。在她的照耀下，整个天空是一片洁白，星光烁烁。周边的树丛有点朦胧的，皎洁的月光悄悄地落在我们的身上。我们在山顶吃了一点东西，要了几瓶红酒，我与同学们在这种朦胧的意境中，一起痛饮了一杯用月光勾兑的美酒。也许喝下这一杯月光美酒，我们的心境更加清纯透明了，月光给我带来了一个美好的夜晚，我们也借明月抛砖引玉，每一个同学都要以明月为题吟诵出一句古人的名句。

赏月入境时，心里总是与月亮一般，忧沉沉的。无论如何地清爽妙哉，也没有那种兴奋的感觉与空明。季节感染了浩月，浩月熏染了人的情感。有惆怅的事吗？有，何事常向别时圆，人生活在繁杂的大千世界之中，事事古难全。只有仰望天空，赏月的同时，想象地面的月色清寒。单一"举头邀明月"是不尽赏月之意的，最完美的赏月，要有一个理想的自然环境。不知不觉，明月已高挂中天了，就在我们的头顶之上。此时山风渐紧，秋夜已凉，同学们都喝得小有几分醉意，因来时匆匆忙忙，只穿了短袖衬衫的我们，已感觉夜凉透骨了。九点钟左右我们便要下山了。怀着流连忘返的心情，我们走下了这撒满月光的苏仙岭，依依不舍地向山下走去，驱车前往下榻的酒店。

有人说，恋人和诗人对月亮有着更深刻的体会。我认为似乎有这种可能。因为月亮在恋人与诗人心目中，大多数是美好的。此时的我，虽然不是什么恋人和诗人，但对月亮也有一种好的印象。因为苏仙岭的月亮，她告诉了我"苏仙传说"，告诉了我"三绝碑"的来历，也告诉了我秦观那篇名作《踏莎行》有关于月亮的描述。使我仿佛听到那来自遥远的对话，感受到那古老而神秘的力量，甚至还可以看到很久以前恋人与诗人们心中的世界。

夜宿乌镇

乌镇我去过好几次，可夜宿乌镇却只有那么一次。那年的仲春时节，我与几个好友再次来到乌镇。当时除我之外，其他好友都是第一次来乌镇。为了能够详细地了解乌镇，我们早早地从杭州出发，并且决定在乌镇过夜。

"人人都说江南好，游人只合江南老。春水碧于天，画船听雨眠。"江南一直是优美的所在，是解不开的情结。我是南方人，对水乡十分的熟悉，也许正是这种因素，才有一种江南水乡的情结。乌镇是一个典型的江南水乡，这里，完整地保存着晚清和民国时期水乡古镇的风貌和格局。依河筑屋，深宅大院，重脊高檐，古色古香，石板小路，古旧木屋，还有清清的湖水气息，仿佛都在提示着一种情致、一种氛围。我几次来乌镇，在乌镇享受精神和身体的完全放松。

其他几位朋友由于是初次来乌镇，对乌镇的一切似乎都是那样地好奇和迷恋。我们找了一间旅馆安顿好了之后，便迫不及待地穿行到乌镇的大街小巷之中，去感受江南水乡的独特韵味，感受她的雅致与精湛。乌镇屋密弄深，密密的古宅间，是一条条幽深的小巷，小巷静谧、深窄，有望不到尽头的感觉。走在光滑的石条上观赏两旁的密屋，脚下的石条在丰富的景象中生动地延伸。我们从这条巷走到那条巷，又从那条巷步入这条巷，左穿右行，一时间，竟有不知身在何处、不知今夕何夕的迷茫。乌镇枕水临山，百步一桥，桥拱、河窄、水盈。乌镇民居大多沿河而筑，家家与水相连，民居连排绵延、古典独特，虽形态各异，但基调一致，很有小家碧玉的韵味。似乎那些青瓦、木纹和窗页的转轴，都在蜿蜒的明暗中悄然显现，像雾气一样弥漫在古镇，向过往的岁月无限延伸，仿佛都在暗溢出一种情致，一种氛围。

　　行走中，我们数小巷的石条、巷边的小桥，看桥下的流水、水边的姑娘，听宅内飘出的古筝音、巷内老头爆米花的叫卖声，闻卤鸭颈的腊香，臭豆腐的怪味……不知不觉中，这些已把我们的记忆全部牵扯出来。大街小巷的饭馆、面馆、食馆夹杂着甜酸苦辣的味儿，飘荡在乌镇空气里。巷内宅前宅后挂插的幡旗横横竖竖列列，标识着五花八门的地方小吃，小巧精致的工艺摆设随处可见。好些乌镇人住在古建筑的老房子里，享受着平淡的生活。悬挂在庭院门前、厨房灶头的一串串蒜头、辣椒、玉米，白白红红黄黄，色彩分明且耀眼。居家生活的浓重味道弥漫着、张扬着，有人在下棋，有人在煮饭做糍，有人在织布。这里的居民都显得与世无争，从容而淡定。如果不是民居内的家电装饰透着现代气息的话，我还以为自己是穿越到了民国时期。

　　乌镇的文化内涵很丰富，人文的、历史的、当代的、古代的、再现的、陈列的，林林总总。无论是清晨还是晚上，无论是阳春三月还是秋高气爽的十月，总是能够让人愉快地穿行在明清老屋的文化遗存里。这个千年古镇是名人大家荟萃之地，从一千多年以前中国最早的诗文总集编选者梁昭明太子，到中国最早的镇志编撰者沈平、著名的理学家张杨园、藏书家鲍廷博等，共出了一百多名贡生、一百多位举人，进士及第数十人，另有荫功袭封者一百多人。近、现代也有政治活动家沈泽民、银行家卢学溥、新闻学前辈严独鹤、旷代清才汤国梨、著名作家孔另境、海外华人文化界传奇大师孙木心、中共一大绕不开的人物王会悟以及我国著名的文学巨匠茅盾等。新修的白莲塔、将军庙等，让到乌镇西栅的每一个游人会想起此地曾有过的神话传说，还有那座最有个性和魅力的直角相交的桥里桥等，诸如这些，或是乌镇妩媚透出的那种古典韵味，抑或是乌镇盛产丝绸美女，都使浙江省桐乡市这个江南小镇名声显赫。

旷野里的露珠 >>>

　　白天在古镇里游览了大半天，按理说我们是比较辛苦了，虽然实际上也是很疲惫，晚上应该在旅馆里面好好地休息，可是朋友们说，既然是夜宿乌镇，如果是躺在房间睡大觉不划算，何不趁机看看乌镇的夜色。于是，我们一行人又准备夜间游览乌镇。晚饭后我们去夜游，这是乌镇最富诗意的时刻。偷得浮生"数"日闲，夜里在河边坐一坐，满目所见，小桥流水人家。那一刻，甚至有一种错觉，仿佛乌镇等待千年就是为了等待我们的出现。黄昏时分，水乡古镇天空的蓝慢慢变得浓艳，渐渐亮起的华灯下，窄窄的水道中复制出一幅曼妙的画影，如江南阿妹小唇间吐出的委婉水调。夜景之美催人入境，乌镇的夜晚，站在桥上向两边望去，幽幽暗暗，河中倒影依稀，是一幅典型的古镇水墨画。白天这里是一派热闹纷繁景象，到了夜晚则成了光影的世界：灯光与水色相互交融，灯光迷离，水波微漾，倒影婆娑，光影交织。夜幕降临时，街道上、桥洞里、水中等，亮着无数盏灯，白的、红的、金黄的、绿色的、紫色的……给乌镇穿上了华丽的外衣，把这神秘的地方，打扮成了灯的海洋。乌镇西栅景区火树银花不夜天，我们花了四百多元，乘坐乌篷船参观游览，亲身感受着江南水乡古镇的夜晚风情。乌镇西栅的灯光并不耀眼，相反倒有些昏黄——其实这灯光也与此时这水墨般的乌镇西栅景色十分吻合，连小桥、石帮岸、临水的水阁线条轮廓灯，都与这河道里的欸乃声十分和谐，让人们的所见所闻统一在一种水乡审美的情趣里。

　　看露天电影是一种十分怀旧的体验。在乌篷船上，我们就听梢公说过乌镇的露天影院。乌镇西栅大街北侧有一处露天影院，又称日月剧场，白天是一处不起眼的空地，晚上却很有意境。游客凭旅游套票可以免费看露天电影。每日靠西栅大街门口的小黑板上都会写着今日放映的电影片名与放映时间。晚上，放映员师傅会摆放好工具，用很古老的电影投影仪放一些很古老的电影。时间一到，放映员准时放映电影，无论看客多少，师傅从不罢工。露天影院不放映时尚大片，也不放映都市爱情片，取而代之的是中国电影历史上占有一席之地的"三战片"（即《地道战》《地雷战》《南征北战》）以及《上甘岭》《智取威虎山》《三毛流浪记》等诸多脍炙人口的经典电影。出于好奇和怀旧之心，等乌篷船一靠岸，我们便急匆匆地来到了这个露天影院，一整面毫无装饰的高大破败的灰墙上有一处特别白的长方形区域是幕布，正上方写着"西栅露天电影"六个字。幕布的前方零零星星地摆着几条农家特有的长凳，即是看台。我们进去的时候电影刚刚开始，偌大的场地只有十几个观众，我们没有看到片头，但一看了那几个熟悉的电影画面，便知道这部电影是《地道战》。露天电影，很有年代感，二十世纪六七十年代，在农村的稻谷场上常常见到。早期的电影放映员地位很高，因为每次放映员来了，枯燥的生活便多了很多精彩。村长会派人赶车去接放映员及设备，并在家中准备好饭菜供放映员享用。村民们早早地忙完田里的活，通知邻村的亲戚晚上看电影，并吩咐家里的孩子早些去白场抢好有利的观看位置，带上板凳占位。晚上村民蜂拥而至，带上一些自产的小零食，享受着仅有的乐趣。九点半，露天电影《地道战》放映完毕，有朋友感觉肚子饿了，想找一个地方宵夜，为此，我们继续行走在古巷间。

　　行走间，我们不时闻到一股醇香。寻香而去，竟是叙昌酱园。我想，这酱油的香味能做到让路人驻足、垂涎，一定有它酿造的独特工艺，可惜店已经打烊了。我们在茅盾故居南面看见一家叫"外婆小灶"的饭店，老板很热情好客，大老远就向我们打招呼，于是，我们就走过去里面宵夜，我们点了几个乌镇特色的名菜，如白水鱼、红烧羊肉、乌镇酱鸭等，还有炸春卷、萝卜饼什么的，感觉很经济、实惠，人均消费几十元。去卫生间的时候我溜到厨房看了看，很是干净。

　　夜宿乌镇，在西栅清丽的夜色中，旅馆里室内的灯光幽暗着，显得十分宁静，屋外的水流轻叩着沉默的窗沿。我可以轻轻地看朦胧而参差的临河民宿水阁，看临河明清老屋木窗里漏出来的灯光，也可与同伴聊着与这水上风景相吻合的水乡往事。静静地听橹击水声，船橹的咿呀声，混合着水被划动的声响，构成了声音细小的社戏。水声、蛙鸣伴我做了一场悠悠好梦。这又是一个浪漫的夜，仿佛在呼唤着我的脚步，叫随时光临这个古镇。我透过夜色中的河水，仿佛看到乌镇那似乎压抑着千年的激情被释放出来，流淌成无字的歌，还有那些古老的拱桥，守候着前世的相约，变成了一幅会说话的风景画。

水是古镇永远的主动脉。千百年来，她倾听时代变幻的纷繁，她包容外界渐增的熙攘。乌镇的水就那么安静地流淌，像是一个外表温柔而内心充满自信的江南女子。拥有如此胸怀，谁能不为她倾心？不为她感慨？

磁器口的风情

　　我之前来过几次重庆，但从未听说过磁器口古镇，也许是我孤陋寡闻的缘故吧。这次到重庆学习，有同事利用晚上自由活动时间，来到了这个位于城里的古镇看了一下，回到住地便告诉我，说沙坪坝区有一个古镇，其名字有点怪怪的，叫什么磁器口，很值得一看。我这个人对古镇、古董和传统文化比较感兴趣，经同事这么一说，也在一个下午的傍晚时分，与其他几个同事一道，坐地铁来到了磁器口古镇。

　　磁器口古镇位于重庆市沙坪坝区嘉陵江畔，始建于宋代，拥有"一江两溪三山四街"的独特地貌，形成天然良港，是嘉陵江边重要的水陆码头。最早的名字叫白岩场，因为这里曾有一座白岩寺而得名。以皇帝真龙天子曾经隐居在此的事实而将宝轮寺改名为龙隐寺，白岩场也被改称为龙隐镇。清朝初年，瓷器在很长一段时间里成为龙隐镇的主要产业，远销蜀外。后来随着工艺进步，瓷器品种增多，名气也扩大了起来。民国时期，重庆成为陪都，因为水运方便，龙隐镇成为嘉陵江中上游各个州、县和沿江支流的农副土特产的集散之地，城里的一些大商贩在磁器口开设分店收购货物，输出以棉纱、布匹、煤油、盐糖、洋广杂货、日用百货、五金颜料、土碗土纸和特产烟丝等为大宗。这些商人渐渐为龙隐镇改口，叫成了"瓷器口"，缘由是这样更贴切、顺口。后来，因为"瓷"字与"磁"字相通，又被叫成"磁器口"。解放以后，磁器口繁华依旧，码头上从早到晚，过往商旅川流不息，便被誉为"小重庆"。而这种繁荣，至今还深深地留在"老重庆"的脑海中。当年流传一首民谣："白日里千人拱手，入夜后万盏明灯。"码头上商贾云集，入夜后各自点亮油壶、电石灯、汽灯，经江水一漾，亮光炅炅，如星辰闪烁。这是一段让人难以忘怀的历史。

磁器口古镇蕴含丰富的巴渝文化、宗教文化、沙磁文化、红岩文化和民间文化，各具特色。一条石板路，千年磁器口，有巴渝第一古镇之称，保存了较为完整的古建。古镇有古朴粗犷的巴渝遗风，有古风犹存的茶馆，有历史传承的码头文化，有佛、道、儒三教并存的九宫十八庙，有正气凛然的红岩志士抗战遗址，有独具特色的川剧清唱、火龙表演，有工艺独特、品种繁多的传统旅游产品，有享誉四方的毛血旺、千张皮、椒盐花生等饮食三宝。集中国历史文化名街、重庆市重点保护传统街、重庆"新巴渝十二景"等为一身，是巴渝民俗文化的一个缩影。

古镇初夏的傍晚，仍然炎热。尽管太阳失去了中午的威严，慢慢下山，但其余辉仍然强大。太阳依然不饶人地迟落侵占了大部分的夜，夜仿佛是纸浸了油，变成半透明体，被太阳拥抱住了，一时分不出身来。也许是太阳陶醉了，所以夕照霞映褪后的夜色也带着酡红。美味、美景、美女，是重庆的三张名片。磁器口古镇，就像是丰韵多情火辣的重庆女子，用她那多情的眼眸，注视着每一位过客。有人说，到重庆来不"打望"美女，算是白来了。"打望打望，至高无上，一天不打望，视力要下降，两天不打望，身体要发胖，三天不打望，把女娃儿按在床上。"磁器口古镇既是一幅美丽的风景画，又是一位风情万种的美女，着实让我们这些远道而来的游客好好打望打望。

进入磁器口古镇，只有一条古旧的三四米宽的正街道，此外还有几条不长的窄街道。街道两旁古朴的建筑群高低错落，极有韵味。两边是各具特色的店铺和琳琅满目的商品，小店的门匾也古色古香，与小镇自然地融为一体。古老的石板路，一块一块不规则地排列着，一直通向嘉陵江边。石板之间夹着些许泥土，黑黑的，随处可以瞧见打着颤的嫩芽，身着淡淡的绿，瘦弱的身躯迎着来来往往的旅人，面带微笑，偶尔不小心被路人踩进石板间的缝隙中，风雨过后，又依旧探出高昂的头，迎风招摇。石板路的两侧，大部分是上了年纪的老房子，虽不及千年，但尘世中总弥漫着千年的味道，房檐处挂着大小各异的灯笼，已被岁月染上风霜，在烟雨中婆娑飘渺，俨然一副看破红尘样子。

磁器口历史文化底蕴丰厚，漫步其中很是惬意。由于是下午傍晚时分，来的游客也越来越多。忙忙碌碌的商贩，在吆喝着叫卖各式各样的商品。从种类来分，有个性十足的艺术品、风格独具的专画磁器口的国画、海内一绝的民间刺绣，五花八门的风味小吃，誉满天下的毛血旺等等。磁器口小镇有几条不长的窄街道和特色店铺，那店铺的老字号，有古老的工艺与现代技术融合，捏面人，榨油，抽丝，制糖……名字也怪得很，有"降龙爪爪"的糖、"一亩三分地"的辣椒、"泰忙了"的水果、"好又芒"的留香排骨、"一只酸奶牛"的酸奶……二十世纪三四十年代古老的建筑和布置微带历史气息，穿插《红岩》小说中精彩的革命故事及人物雕像，一座不大不小的寺庙和高塔，许些元素构成了磁器口的主要经络。

我们在钟家院驻足，十元一张的门票让我们饱览了这座明清四合院的风采，其结构严谨，古朴大方。磁器口的大户人家钟家院内浓缩着磁器口古镇建筑的精髓，通过木、石、砖的建构，形成围合的空间与恬静的院落。史料记载，钟家大院是慈禧太后管家钟云亭所建，距今有一百二十年历史，大院还具备中国北方四合院与南方四合院的特色。整个院子既有北方四合院韵味，又极具南方民居精致典雅的特色。天井宽敞，轴线对称严谨，颇有北方院落韵味和皇家园林风范，但其建筑材料所用小青瓦，建筑结构上的穿逗房又极具南方民居特色。前厅、正厅等建筑主体木结构保留比较完整，经过整饰的构件真实性未受改变。相传钟云

211

亭自幼聪颖过人，琴棋书画无一不精，从而经亲友引荐而受到慈禧太后的接见并最终成为慈禧太后的外采办，经常出入皇宫大内，很受重用。后来，钟云亭获准告老还乡，便在北京请人设计了房屋图纸，回到老家磁器口修建房子，便是现在的钟家院。院内展示着明清古床、花好月圆桌等古代文物。二十来分钟的时间，让我们感受了南北建筑风格，欣赏到了明清两朝雕花古床的迥异风格，体验了清末民俗。

　　吊脚楼是磁器口的又一景观。一江两溪三山四岸的地理条件，造就了丰富的吊脚楼景观，山崖吊脚楼，布局自由，结构紧凑，虚实结合，空灵自然。吊脚楼与四合院民居反映了北京人的大气和安稳，与石库门建筑反映上海人的精细和开放，显然很不同。尽管吊脚楼不再是现代重庆人居住的处所，但是磁器口吊脚楼，作为生态符号的建筑形式，供人们观赏回顾，透射着老祖先顽强的精神和不屈不挠的意志。

　　小镇的特色店铺出售民族服装、手工玩具、艺术作品。小镇的美食有重庆特色的火锅，驰名全国的"重庆老街麻花"。我们看到了一种为购买麻花人山人海的场面和长龙似的购买队伍，乐得商贾喜笑颜开。磁器口麻花指重庆市磁器口所产麻花，有八个品种：甜、椒盐、麻辣、蜂蜜、海苔、五香、葱油。因其选料上乘，采用全手工制作，具有香、酥、脆、爽，久放不绵等特点，男女老少都爱吃，故有人形容说它"嚼着惊动十里人"。正缘于此，古镇陈麻花于清朝末年在巴渝大地流传开来。在一间麻花店门前，我们也试着去排队购买，令我感到意外的是商家建议我们试吃了以后才买，试吃是免费的，各种风味都可以试吃，不合口味可以不买。我吃过天津麻花，其味道远远不如重庆磁器口的"陈麻花"，一口嚼在嘴里，香酥脆爽的感觉齐齐涌上舌尖，会让人觉察到周围的空气都充满着美妙的滋味。舌尖沾上麻花的一刹那，我突然感觉曾经在身边流逝过的岁月已被打包，扭成一条细细的绳子，然后被浇灌成金黄灿灿的颜色,像麻花一样。

走完这条不足两公里的石板路,我们用了两个小时。走到这条街的尽头,来到了龙隐门,再往下走就是嘉陵江边重要的古镇水陆码头。现在的磁器口码头已不见当年的繁华,但镇上依旧热闹非凡。码头上有几棵高大的黄角树,撑开了一片绿荫,给古镇的人们送来几分清凉,又给古镇平添了几分幽静。在这个水陆码头拍了几张照片之后,肚子也开始叫唤起来,于是,我们再往回走,去寻找就餐的地方。

我们想找一间有文化氛围的餐厅就餐,正街上的禧来"转运楼"正是。转运楼迎合了百姓的"口味",许多人想转运就都来这里,不知道是迷信还是随大流,这个地方似乎很红火。据说,这里的人文历史可以追溯到明代。这里除了有正宗的川剧和变脸外,还可以喝到重庆当地的盖碗茶,可以听相声和拍戏曲照,很有特色。品茶、吃饭、看戏一条龙服务项目,具有浓郁的休闲气息,有种回到民国时候感觉。我站在禧来"转运楼"门口,"钩鸿转气",抱拳作揖,求个吉祥。随后,我们几个跟随身着戏曲服装的演员进去,点了几个菜,边吃饭边欣赏节目。戏曲从演员的念诵、吐字、行腔、动作等展现出来,精湛的技艺和地道的重庆方言,将老重庆演绎得淋漓尽致。巴渝柔情,尽在川剧绵绵细语中,特别是"喷火"和变脸,引得观众阵阵掌声和尖叫声。

由于在古镇停留的时间很短,只有那么几个小时,但我走在这条古色古香的石板路上,仿佛走进了千年前的世界。时光变得那样亲近而悠远,犹如嘉陵江的流水,一去不复返的光阴,缓缓抚摸过磁器口的每一寸肌肤,然后将记忆的时光留给我们,将千年来的印记深深镌刻在山城的脊梁上,拨开云雾,自是天明。磁器口有人声鼎沸的热闹、有冷清寂静的萧索、有安然恬静的日夜、有彻夜不眠的白昼……多少日月流转,多少岁月流逝,潺潺的嘉陵江水依然在小镇身边流淌,来到小镇的人们却踩出不一样的脚印。我在此也留下了与众不同的脚印。

　　磁器口古镇，似重庆的女人，风情万种，十分迷人。其一年四季都会有不一样的神采，春色生气，夏日热情，秋风火辣，冬季温馨。其实，古镇每天都有不一样的神态、不一样的心情、不一样的色彩。因为这里，每天都有无数的游客光顾古镇，尽管感受不一，但磁器口古镇的风情，却让人流连忘返。

在坎儿井边行走

去新疆吐鲁番坎儿井边走一走，看一看，是我多年来的一个心愿。那年的夏天，心愿终于变成了现实。说吐鲁番是火洲，真是名副其实。唐代诗人岑参的《火山云歌送别》："火山突兀赤亭口，火山五月火云厚。火云满山凝未开，飞鸟千里不敢来。"一诗形象概括了火山云的总体印象。火山云广大的笼罩范围，炎热可怕的威势，也是吐鲁番地区炎热的真实写照。

我们乘坐的客车行驶在浩瀚无垠的戈壁滩上，戈壁滩尽管苍凉、静穆，但它那粗犷豪迈、雄浑壮阔的神韵，给我的感受远比高山大海要深刻得多。茫茫戈壁滩上布满粗砂、砾石，踏在上面，沙沙作响。一条条干沟毫无生气地横卧在上面。除了一些麻黄、沙拐枣等耐旱植物点缀其间很少有植物生长。在火辣辣的太阳底下，戈壁滩犹如在炉灶上烤着。燥热的风夹着砂砾，在漫无边际的戈壁滩上横冲直撞，卷来一阵阵炙人的热浪，灼人的热浪席卷着每一寸土地，似乎使人有点喘不过气来。

提起坎儿井，或许我们很多人会很陌生，因为地处西部的原因，坎儿井没有那么出名。其实坎儿井是我国古代非常伟大的水利工程。在乘坐的汽车临近吐鲁番县城时，在那郁郁葱葱的绿洲外围戈壁滩上，可以看见顺着高坡而下的一堆一堆的圆土包，形如小火山锥，坐落有序地伸向绿洲。这些就是坎儿井的竖井口。假如从高空俯视，这些土堆宛如珍珠串结的项链，装点着吐鲁番这个古老而又焕发着青春活力的地方。

坎儿井是中华文明的产物。坎儿井一词，与《庄子·秋水》篇中的"坎井"十分相近。"坎井"一词屡见于典籍。《初学记》把井分为天井、坎井等名目，可见"坎井"早就是井类家族的正式成员。《庄子·天地》篇云:"子贡南游于楚,反于晋,过汉阴,见一丈人,方将为圃畦,凿隧而入井,抱瓮而出灌,搰搰然用力甚多,而见功寡。子贡曰:'有械于此,一日浸百畦,用力甚寡而见功多,夫子不欲乎?'"子贡向其介绍当时的先进灌溉提水工具桔槔,而圃者答以"吾非不知,羞而不为也"。他害怕使用机巧工具而乱了思想,坚持遵古法凿隧取水。可见在春秋时期凿隧取水已是一项古老技术,而这种技术运用于坡度较大地段,就可挖成坎井。盛弘之《荆州记》中记述:"隋郡北界有厉乡村,村南有重山,山下有一穴,父老相传云:神龙所生林西有两重堑,内有周围一顷二十亩地,中有九井,神农既育,九井自穿。又云:汲一井则众井水动,即以此为神农社,年常祠之。"九井自穿相通,一井牵动众井,这与地下暗渠相通的坎儿井结构相同。神农传说是我国农业和医药的发明者,把穿井与他连在一起,可见其历史悠久。

坎儿井,是"井穴"的意思,早在《史记》中便有记载,时称"井渠",而维吾尔语则称之为"坎儿孜"。坎儿井创始于西汉。据《汉书·西域传》记载,宣帝时汉遣破羌将军辛武贤将兵万五千人至敦煌,遣使者按行表,穿卑鞮侯井以西,欲通渠转谷。积居庐仓以讨之,三国人孟康注解卑鞮侯井说,大井六,通渠也,下流涌出,在白龙堆东土山下。可以看出这个工程有六个竖井,井下通渠引水。坎儿井是我国荒漠地区的一种灌溉系统,是一种类似地下暗渠之类的"井渠",在我国的吐鲁番地区应用非常普遍。吐鲁番现存的坎儿井,多为清代以来陆续修建,如今,仍浇灌着大片绿洲良田。吐鲁番盆地位于欧亚大陆中心,是天山东部的一个典型封闭式内陆盆地。由于距离海洋较远,且周围高山环绕,加以盆地窄小低洼,潮湿气候难以浸入,降雨量很少,蒸发量极大,故气候极为酷热,自古即有"火州"之称。

经过几个小时的车程,我们终于抵达了吐鲁番。领队将我们一行人,先是带到位于吐鲁番市亚尔乡新城西门村的吐鲁番坎儿井民俗园参观，然后再到五道林坎儿井看看。我们来到坎儿井边，清水从我们身边淙淙流过。井水清澈见底，令人惊奇的是，还有小巧玲珑的可爱的鱼儿在水里欢快地游来游去。它们不时吐出一串串晶莹透亮的小泡泡，和淙淙的流水构成了一幅美丽的图画，让人赏心悦目、心旷神怡。在五道林，我们行走在一个土坎边，只见一渠清幽幽的水，静静地流淌着。水是从土坎底部一个长方形的洞口流出，黑黢黢的洞口看不到底。据当地人讲，坎儿井的水年年月月流、日日夜夜淌，无穷无尽。坎儿井的水来自天山上的积雪。雪水融化后一部分从地面上流走，被称为径流，另一部分从地下流走，被称为潜流。坎儿井就是将潜流引出地面，进行灌溉。唐代诗人李群玉《引水行》云："一条寒玉走秋泉，引出深罗洞口烟。十里暗流声不断，行人头上过潺湲。"诗里描写的是竹筒引水，这种景色本身，又是自然与人工的不露痕迹的和谐结合。它可以借来形容吐鲁番的坎儿井。

坎儿井的水是雪山融化的水汇集而成的，这里的水清冽可口，喝上一口，就让人感到分外甘甜，回味无穷。尝一口坎儿井的水，清凉清凉的，那种凉爽的感觉直沁入人心脾。因为坎儿井是一条暗渠，所以容易保持水分，不容易蒸发掉。挖坎儿井时，有的人在地下，有的人在地上，地下的人把挖掘的土装在桶里，地上的人就拉上来，如果桶很重的话，就可以用牛来代替。

新疆的地形地貌多种多样。在一些冲积扇地形地区，土壤多为砂砾，渗水性很强，山上雪水溶化后，大部分渗入地下，地下水埋藏也较深。为了将渗入地下的水引出，供平原地区灌溉，开挖井渠是比较方便的。而井渠技术已在龙首渠的施工中应用，新疆劳动人民大约吸取了井渠法的施工经验，并将它引用到新的地理条件下，创造出新型的灌溉工程。坎儿井的结构，大体上是由竖井、地下渠道、地面渠道和"涝坝"（小型蓄水池）四部分组成，坎儿井的构造原理是，在高山雪水潜流处，寻其水源，在一定间隔打一深浅不等的竖井，然后再依地势高下在井底修通暗渠，沟通各井，引水下流。地下渠道的出水口与地面渠道相连接，把地下水引至地面灌溉农田。吐鲁番盆地北部的博格达山和西部的喀拉乌成山，春夏时节有大量积雪和雨水流下山谷，潜入戈壁滩下。人们利用山的坡度，巧妙地创造了坎儿井，引地下潜流灌溉农田。坎儿井不因炎热、狂风而使水分大量蒸发，因而流量稳定，保证了自流灌溉。清代诗人萧雄《西疆杂述诗》云："道出行回火焰山，高昌城郭胜连环。疏泉穴地分浇灌，禾黍盈盈万顷间。"说出了"疏泉穴地"这吐鲁番盆地独特的水利工程最大特点。

　　参观完了吐鲁番坎儿井民俗园和五道林坎儿井，按照计划，我们下一个考察点是葡萄沟。大自然中，很多事物是很奇妙的。如坎儿井水系使吐鲁番"冰"与"炭"由对立而统一，是人们改造自然、巧妙利用天山水系的结果，而火焰山水系把吐鲁番"水"与"火"融为一体，则是大自然的杰作。天山冰雪水流到出山口处大部分转为地下潜流，火焰山则像一座天然大坝，使潜水位置升高。由此，潜水便从山体的沟沟堑堑中溢出，形成火焰山水系的泉涌和溪流。因此，别看火焰山滚烫的紫红色山体寸草不生，可它的山腹中由于地壳运动断裂与河水切割留下的许多沟谷，却是溪流潺潺，花草相间，树林茂盛，瓜果飘香，著名的葡萄沟就是火焰山峡谷之一。在去葡萄沟的路上，看见了从坎儿井里流出的一条清澈的明渠。当地葡萄沟的人们都用这条河的水来浇灌、种植葡萄。原来，葡萄沟的葡萄极负盛名，是有坎儿井在默默地奉献。可见，坎儿井的功劳可不小呢。

　　我们的客车行进了葡萄沟，只见两山夹峙的峡谷里，清澈的河水奔流而下。山坡上，河岸边，一片片葡萄园葱绿碧翠，层层叠叠，连绵不断。其实，葡萄沟并非全是葡萄，掩映着维吾尔族、汉族、回族等民族村舍的，还有无花果、石榴、桃、梨等各种果树，而铺展在谷坡田园里的，还有西瓜和甜瓜。我们下车步行，走进一户农家葡萄架下休息。农家庭院里飘来一缕缕像无核白葡萄一样甜蜜的笑语欢歌，与潺潺流水声、鸟儿鸣唱声组合成飘散着葡萄酒醇香的丰收曲。举目环顾，只见藤蔓交织，浓荫盖地，串串葡萄，伸手可及。院子里渠水流淌，清风习习，凉爽宜人。

我们坐在葡萄架下，凉风习习，果香扑鼻。热情好客的维吾尔族大娘立即端来香喷喷的奶茶，桌上摆满刚摘下的新鲜葡萄和刚切开的西瓜、哈密瓜。几位身穿鲜艳衣裙的维吾尔族姑娘，踏着轻快悦耳的音乐节奏，翩翩起舞。我们一边品尝香甜的瓜果，一边欣赏优美的舞蹈。同行之中，有几人能歌善舞，也情不自禁地加入了载歌载舞的行列。在一曲《吐鲁番的葡萄熟了》的歌声中，应东道主之邀，大伙儿全体参与，大家尽兴地唱歌跳舞，如痴如醉，还真有点流连忘返。

尽管吐鲁番的戈壁滩依旧是那样苍茫，天气依旧是那样炽热，风依旧是那样横冲直撞，可是由于有了纵横交错的坎儿井，进村入户，于是，才家家有清水、户户垂杨柳，绿树成荫，水渠成网。在那一块块大大小小的绿洲里，在那枝头累累的果林里，似乎很难找到荒凉的影子了。参观过坎儿井的人，无不为它设计构思的巧妙、工程的艰巨而赞叹。坎儿井是我国各族人民智慧的结晶、勤劳的丰碑，是我国古代劳动人民留下的不可多得的珍贵人文遗产，具有极高的历史价值和科学价值。

一方水土养一方人。坎儿井，是那样地明亮清澈，是那样地朴实。坎儿井的清泉，浇灌着吐鲁番大地，使火洲戈壁变成绿洲良田，生产出驰名中外的瓜果。奇妙的坎儿井就是吐鲁番的生命之源，同时也体现着新疆人民的智慧。

漓江春雨

漓江我去过许多次，每次去的感觉都有点不一样。有人说，漓江风光依山而转，因水而美，每逢雨季，江上的景色更为秀丽。我以为，此次的阳朔之行，这进一步得到了证实。听说张艺谋先生在阳朔拍了《印象·刘三姐》，很好看，极吸引人的眼球，为此，那一年的春天，我与一群文友慕名再来。

时值仲春，桂林地区春雨绵绵，我们在桂林乘船而下，只见漓江上烟波浩渺，细雨蒙蒙，群山笼罩于轻纱薄雾之中，若隐若现，浮云穿行于奇峰之间，宛如蓬莱仙境……此时继续游船江中，犹如穿行在一幅千姿百态的泼墨水彩画里，极为曼妙。漓江上拥有世界上规模最大、风景最美的岩溶山水游览区，生态环境极美极佳，一直被人们誉为"甲绝天下"。而游览漓江，有一个绝妙之处，就是不愁天气变化，晴看青峰阴看雨。漓江的春雨也是一处绝美景，就连徐悲鸿也曾被漓江的烟雨打动，画下了著名的《漓江春雨》。《漓江春雨》这幅画让我们感受的不是古代封建社会文人山水画高蹈淡泊的避世情调，而是清新的现实生活气息，带有积极向上的入世精神。

从桂林到阳朔约83公里水程的漓江，也是人们常常赞美的"百里画廊"。乘坐游船在清澈的漓江上慢慢行驶，两岸青山林立，峰影倒映，站在甲板上，看着一座又一座的山峰拔地而起，有的形如少女，有的状如月亮，还有的似极了雄狮骏马……奇峰罗列，让人目不暇接。一路畅游，雄狮峰、秀才看榜、仙人坐车、八仙过海、蚂蝗渡、状元峰、野鸡倒挂、九马归槽、阳朔纪事碑等美景陆续进入眼帘，让人感叹"百里画廊"那"怪姿更万端，异彩尽群变"的韵味风姿。在近九马归槽处，有文友开始兴奋起来，说："这是第五套二十元人民币图案的原型！"随着文友的一声尖叫声，大伙儿都开始摸摸自己的钱包，寻找这张二十元的人民币，有的找到了，有的没有找到。我找出了一张二十元人民币和此刻的山水比较了一下，的确真是栩栩如生、惟妙惟肖。

春雨像牛毛，似花针，如细丝，密密地斜织着，淅淅沥沥，如丝如缕将天地交织在一起，把整个漓江都笼罩在一片烟雨朦胧之中。"随风潜入夜，润物细无声。"杜甫这句诗写得多好啊！是的，严冬一过，如烟如丝的春雨，又悄悄地来到人间。春雨催促着大地苏醒，给春天增添生机。我们坐在游船上，欣赏细细春雨织成的美丽图案。那蒙蒙的细雨像烟雾、像薄纱一样笼罩着大地，使漓江呈现出如诗如画的景象。细雨滋润着漓江两岸的树木花草，木树醒来了，柳树的树枝也变软了，吐出米粒大的嫩芽，微风吹佛，轻轻摆动，像一群身穿纱裙的仙女在翩翩起舞。一时，好像有谁在指挥似的，鸟儿们也扇着翅膀，在柳枝上放开歌喉，欢快地唱起了春天的赞歌；桃花、迎春花等花木都禁不住张开了笑脸，欣喜地沐浴在雨中；嫩绿的小草也不甘示弱，抖抖身子钻出地面，给大地披上一身毛茸茸的绿装，显得十分美丽。这树、这花、这草，构成了只有春雨才能描绘的绚丽图画。

我见过一望无际的大海，我见过水平如镜的湖，也见过飞流直下三千尺，疑是银河落九天的瀑布，却从未看见过漓江这样清澈的江水。漓江的水真清，尽管淅淅沥沥的毛毛雨下个不停，但丝毫也没有影响到漓江水的清澈度，有时候甚至能看到成群结队的鱼儿在水中游得正欢。仲春是漓江的丰水期，一河江水满满地填充着河床，此时，漓江就像山间的小路，而漓江的水就像小路中的沙子一般，细腻、光滑、舒服。漓江的水好静，静得仿佛是江水固定住了一般，只停留在那一刻给我们观赏；漓江的水温柔，柔得使人忍不住要去抚摸她，却又不忍碰皱她。微风掠起的波浪，好像亭亭的舞女拖着裙幅。她是那样软，那样嫩。

经过几个小时的航行，阳朔到了。中午十二点多钟，我们乘坐的游船靠岸了。我们在一家位于碧莲峰下的春暖花开客栈下榻，客栈距西街仅一分钟步程，闹中取静，客栈老板很热情也很健谈，他告诉我们："他的客栈是驴友、自助游、背包客的心灵驿站，休憩、发呆、结伴、观光的理想会所，并且提供阳朔各种旅游咨询。"他向我们推介了杨堤，我们见时间还早，决定去游览一下。"桂林山水甲天下，阳朔山水甲桂林。"杨堤位于阳朔县北部，属于典型的"喀斯特"溶岩地貌区，境内群山耸立，山多地少，素有"九山半水半分田"之称。田园青山倒影，花儿香，鸟儿鸣，蜂儿忙，人儿悠，山与水、人与物融为一体，一派南国风光。"杨堤烟雨"，是欣赏漓江烟雨最好的地方，也是漓江精华的开始，高潮的到来。杨堤漓江景区主要以坐竹筏游漓江为主，从杨堤漂到兴坪，途经鲤鱼挂壁、童子拜观音、神笔峰、浪石风光、雄狮爬五指山、老人守苹果、八仙过江、九马画山，终点在二十元人民币背景图原型处。

从兴坪回来，春暖花开客栈的老板已经帮我们买好了晚上观看《印象·刘三姐》的票，贵宾席 B1 区每人 320 元，晚上八点开演。当晚，天空中依然飘落着毛毛雨，我们与数千观众一样，身着雨衣，神情专注地观看演出。《印象·刘三姐》是桂林漓江山水剧场之文化核心工程，是全国第一部"山水实景演出"，由近千名演员和两百匹战马参演，整个演出时间约一个小时。《印象·刘三姐》体现了一种淋漓尽致的豪华气派，利用目前国内最大规模的环境艺术灯光工程及独特的烟雾效果工程，创造出如诗如梦的视觉效果。传统演出是在剧院有限的空间里进行，这场演出则以自然造化为实景舞台，放眼望去，漓江的水、桂林的山，都化为中心的舞台，给人宽广的视野和超然的感受。传统的舞台演出，是人的创作，而"山水实景演出"是人与上帝共同的创作。在《印象·刘三姐》中，山峰的隐现、水镜的倒影、烟雨的点缀、竹林的轻吟、月光的披洒随时都会进入演出，成为美妙的插曲。"一篙船歌，述说着雨夜渔火的遐想"，刘三姐的乡亲们醇美的歌声，飘荡过来了，令人如痴如醉。晴天的漓江，清风倒影特别迷人，可烟雨的漓江，赐给人们的却是另外一种美的享受。它秀的是桂林山水，秀的是民俗风情，秀出了那种天人合一的境界。它启用了目前国内最大规模的环境艺术灯光工程，独特的烟雾效果工程及其隐藏式的音响展现出了"红色、绿色、蓝色、金色、银色"五大主题色彩系列，将刘三姐的山歌、民族风情、漓江渔火、山水圣地等元素创新组合，不着痕迹地融入山水，还原于自然，给人以强烈的视觉及听觉冲击，达到了如诗如梦的效果，让你感受到前所未有的震撼，实为看了终生难忘，不看终生遗憾。

  阳光普照下的漓江风光很美，春雨绵绵中的漓江更加迷人、美丽。

厚重的平遥古城

有人说，一座古城就是一本厚重的古书。我认为言之有理。这本厚重的古书，把曾经的风雨烟云不动声色地嵌入字里行间，在临风开卷的时候，让身处其间的人们浑然置身在历史的瞬间，从时间的褶皱里品读沧桑和必然。我喜欢收藏古旧书籍，也喜欢去古城穿越和行走。

那年初夏，我与市文化系统的同行们赴山西考察，首站便是平遥古城。初到平遥古城，就感觉到它的历史底蕴十分厚重。平遥古城是中国古代城市的杰出范例，保存了其明清时期的所有特征。而且，在中国历史的发展中，为人们展示了一幅非同寻常的文化、社会、经济及宗教发展的完整画卷，也是中国以整座古城申报世界文化遗产获得成功的两座古城市之一。在香港回归那年，联合国教科文组织在意大利那不勒斯召开的世界遗产委员会21届大会决定将平遥古城整体列入《世界遗产名录》。这是一幅活脱脱的集古庙、古街、古建、古宅于一身的立体"清明上河图"，也是研究汉民族璀璨文化的实物标本。

我们站在古城外，望着高大、威武的城墙，这城墙肃默着，像卫士一样，保护着古城。在现实与古朴的时光中交错，让人不禁徒生神秘与敬畏。而城墙上的砖头被风雨侵蚀得坑坑洼洼，见证着古城岁月的沧桑。夏日里的阳光，火辣辣地照在古城墙上，同时泄落在古城边的西大街口上。古朴的门店、巍峨的城楼交相辉映，似乎在诉说着这座城市昔日的繁华。来来往往的各色人群，让人眼花缭乱，抒写着这座城市的今日与未来。历史气息浓重的字号和传统风格的建筑，皆让我们仿佛穿越在辉煌的晋商时代。

平遥古城的厚重感，厚重在其古老的建筑上。城墙、民居、文庙及衙门等古建筑都有着悠久的历史和文化底蕴。我们拾级而上，爬上了古城墙，凭栏远眺，顿觉心旷神怡，豁然开朗。正如清代诗人赵谦德遗诗云："纵目揽山秀于东南，挹清流于西北。仰观烟云之变幻，俯临城市之繁华。"鸟瞰平遥古城，平遥古城形同一只欲行未动的乌龟。"龟"头南尾北，东西四门比拟为龟之四足，故民间有"龟城"之说。南门之外，古有中都河水蜿蜒而过，从而引发了古代文人"龟前戏水，山水朝阳，城之攸建，以此为用"的感慨。乌龟是吉祥、长寿的象征，"龟城"之说源于古人对"四灵"的崇拜，"龟城"寓意固若金汤，长治久安。岁月荏苒，它斑驳了青砖砌裹的城墙，剥蚀了朱红雕琢的城门，干枯了南门外的水井，佝偻了北面弯曲的"龟尾"，似乎一直在等待着我们这样一群来自南方的游客。这个龟背驮载着一个文化古城，驮载着一个"汇通天下"的繁华盛世。龟，既是沉睡的象征，说明平遥人是重视内敛，不张扬，正合"谦谦君子，卑以自牧"的儒文化的精神；又是长寿的象征，说明富人希望子孙富贵绵长。

平遥古城自明洪武三年重建以后，基本保持了原有格局。平遥城内的重点民居，则建于清代。民居建筑布局严谨，轴线明确，左右对称，主次分明，轮廓起伏，外观封闭，大院深深。精巧的木雕、砖雕和石雕配以浓重乡土气息的剪纸窗花，惟妙惟肖、栩栩如生，集中体现了十四至十九世纪前后汉民族的历史文化特色，对研究这一时期的社会形态、经济结构、军事防御、宗教信仰、传统思想、伦理道德等有重要的参考价值，是迄今汉民族地区保存最完整的古代居民群落。

平遥古城墙总周长6000多米，墙高约12米，把面积约2.25平方千米的平遥县城一隔为两个风格迥异的世界。城墙以内街道、铺面、市楼保留明清形制，城墙以外称新城。城墙的四周有护城河，两端设有吊桥，而在古代战乱的日子里，这的确是一道难以逾越的防线。尤其是东西四门有狭小的瓮城把关，防护能力非常强。就算有敌人攻入，也只能少数进入，并会立即陷入包围之中，成为瓮中之鳖。这样的设计十分巧妙。平遥城墙，始建于西周宣王时期为夯土城垣。明洪武三年重筑，由原"九里十八步"扩为"十二里八分四厘"（6.4千米），变夯土城垣为砖石城墙。明清两代先后有二十五次维修，城墙平面呈方形，墙身素土夯实，外包青砖，内墙砖砌排水槽77个。墙顶外筑2米高的垛口墙（又称挡马墙）取孔子弟子、贤人之数，设垛口3000个，敌楼72座，内砌女儿墙。平遥城有古城门六道，东西各二。建于城墙四角上的角楼，主要用以弥补守城死角即城墙拐角处的防御薄弱环节，从而增强整座城墙的防御能力。其中，角楼分别指西北角的"霞叠"楼，东北角的"栖月楼"，西南角的"瑞霭楼"，东南角的"凝秀楼"。东城墙上有点将台，东南角城顶上筑奎星楼和文昌阁。

行走在厚重的城墙上，我感觉脚下的青砖承担了太多太多。防御敌人的垛口如今站满了慕名造访的男男女女，带来了喧嚣与嘈杂。但也许平遥已经习惯于面对摄影师的闪光灯和游客的评头论足。在我的脚下，这高耸、伟岸、墩厚、坚实、黑褐色中带着沧桑的城墙，历经了两千多年的风雨，没有倒下，没有坍塌，没有撕裂；然后一段一段、一截一截地累积，才有了这座叫平遥的古城。行走在古城的大街小巷，扑面而来的古风古韵，朴实无华的街道，静谧的院门，使我有一种不知在何年的感慨。往事越千古，恋恋风尘中，在古城游览这天，我总觉得这座古城始终冲着我们意味深长地微笑。

平遥古城的厚重感，厚重在其古老的衙门文化。从城墙上下来，我们走进古城门楼，沿着一条青石砖铺就的道路，来到了明清时期一条商贾云集的街道。街道两旁是明清时期遗留下的青砖蓝瓦雕梁画栋的老房子。那木雕的花纹和那精美的石刻艺术无不令人叹为观止。不过最让我欣赏的是平遥县衙，县衙坐落于平遥古城中心，始建于北魏，定型于元明清，保存下来最早的建筑建于元至正六年（1346年），距今已有六百多年的历史，整座衙署坐北朝南，呈轴对称布局，南北轴线长二百余米，东西宽一百余米，占地超过26平方千米。平遥县衙作为中国现有保存完整的四大古衙之一，也是全国现存规模最大的县衙。"百载烟云归咫尺，一署风雨话沧桑。"当站在平遥县衙门前审视时，厚重朱漆的大门，高逾一尺的门槛，呲牙裂嘴的石狮，青白方正的照壁，森严而威武，让人不寒而栗。县衙整个建筑群主从有序，错落有致，结构合理，是一个有机的整体。衙门东侧有大鼓，就是击鼓鸣冤之处。县令听见击鼓鸣冤即升堂，若无理取闹，便会被责以重刑，所以这个鼓是不能随便击的。

徜徉在端正威严的平遥古县衙，环顾长长短短的楹联，我突然发现衙门文化是活的，是有灵魂的。县衙大门口有一幅对联："莫寻仇莫负气莫听教唆到此地费心费力费钱就胜人终累己，要酌理要揆情要度时世做这官不勤不清不慎易造孽难欺天。"这副对联告诉百姓要体谅知县的为官不易，无事莫登三宝殿，也警告百姓进这门要慎之又慎，一个不留神，赔了夫人又折兵，吃亏的是自己。最有特色是亲民堂，民字多了个点，这个不要以为是写错了，这个的说法是"亲民多一点"，我不知道这个说法是否真实。大堂的对联很不错："吃百姓之饭穿百姓之衣莫道百姓可欺自己也是百姓，得一官不荣失一官不辱勿说一官无用地方全靠一官。"与此相对应的是二堂有副对联："与百姓有缘才来到此，期寸心无愧不负斯民。"这里，"愧"字少了一点，意思是"民众愧疚少一点"。这些楹联匾额，是衙门文化中的重要组成部分，把中国古老传统文化中的辞赋、诗文、书法、镌刻、官衙建筑艺术融为一体，以凝炼的文句、精湛的书法、深远的寓意，传承着古老的文化、古老的艺术。不知道平遥历任县太爷生活履职在这笺联遍布、警钟长鸣的衙门，能否真正践行"当官不为民做主，不如回家卖红薯"的为官信条。另外，我还有一个意外的收获，就是在县衙门口的一个地摊上，淘到了十几本古旧书，其中有几本是我寻找了多年也没有找到的书，还真有一点"踏破铁鞋无觅处，得来全不费工夫"的感觉。

平遥古城的厚重感，厚重在其古老的金融史。在历史上大清国共有51家票号，山西有43家，平遥就有票号22家。俗话说："进了平遥城，银子元宝绊倒人。"平遥的气魄缘于晋商，富可敌国的故事里隐含着现代金融的种子。这些大大小小的票号，使这座古城街被誉为中国的"华尔街"。这些票号使中国的银行有了雏形也使中国的货币流通有了历史性的变革，它标志着中国近代的新型金融业在中国封建社会后期生成。在这里，诞生了中国第一家私人金融机构——日昇昌票号。该票号成立于清道光三年，名称取自"如日初升，繁荣昌盛"之意，由山西省平遥县西达蒲村富商李大金出资与总经理雷履泰共同创办。总号设于山西省平遥县城内繁华的西大街路南，占地面积1600多平方米，用地紧凑，功能分明，开中国民族银行业的先河，一度操纵十九世纪整个清王朝的经济命脉。其分号遍布全国30余个城市，远及欧美、东南亚等国，以"汇通天下"著称于世，怪不得被余秋雨先生称之为华夏大地各式银行的"乡下祖父"（余秋雨《抱愧山西》），而后被介休、太谷、祁县等地所效仿。我驻足在"日昇昌"金色的招牌前，禁不住自己纷飞的思绪，翻阅着古城的春秋，看到了清代的金融中心在岁月的舞台上不太华丽地谢幕。

平遥古城除了给人一种厚重感，似乎还有一点神秘感，她的神秘是让人捉摸不透的。踏在平静的石板路上，感受这古镇犹如女子般的温柔和安静，这里静谧得仿若不存在，然而她的美，却又让人不容忽视。

一座古城，总是背负着太多的往事。历史深处吹来的风，还染着宣纸上晕开的淡淡墨色。从城门出来，突然，我觉得就像穿过了时空隧道一样，从古代突然就变成了现代。平遥古城，虽表面破落，却内涵丰富。她的文化内涵也并非一朝一夕所能领悟通透。它的气质从每一座瓷城溢出,从每一条街道流出,从每一扇旧窗淌出,从每一道雕纹渗出,从每一位平遥贤士的才情里吟出……平遥敞开的大门,我轻而易举地走进,却在最朴素的风景中迷失,她的外在美并非一般的城楼所能替代。

  历史在这里浓缩,认知和延续我们的历史与文化,由此散发出的底蕴才最为醇厚。平遥的每一条蜿蜒的街道,都渗透着沉稳;每一块斑驳的青砖,都浸渗着古朴。让置身其中的生灵,撕开灵魂隔着平遥与历史相望。当目光碰触平遥,心瞬间变得开阔。平遥,不平常也不遥远。平遥古城,厚重迷人。

贺兰山口观岩画

十年前的一个初冬之日，我随市文联文艺家大西北采风团一行，来到了素有"塞上江南"之称的宁夏首府银川。在银川城停留了两天时间，便按行程要求去贺兰山口观岩画。去贺兰山那天上午，阳光明媚，微风和畅。银川城到贺兰山口有50余公里的路程。我们从银川城向北驱车而行，一路上可以真切地感觉到，大西北缺乏的是水，而丰裕的则是阳光。在湛蓝湛蓝的天空上，一轮红日高悬，释放出万丈光芒，那光芒如一件无比巨大的金镂纱衣，覆盖了整个苍苍茫茫的大地。太阳炽烈的光焰照射在山岩上、沙滩上、田野上，金灿辉煌。或许，只有大西北这宏阔的大境界、大地貌，太阳才能纵横驰骋，狂放恣肆。车行至一个小时之后，同行中有人惊呼："贺兰山到了，贺兰山到了！"大伙儿被惊呼声所吸引。果然，一座南北走向的灰色石山刚强地挺立在我们面前。在一个丁字路口，"贺兰山岩画"的赫然路标迎接了远方的来客，并且指引着我们顺山下的柏油马路继续北行，到了买门票的地方。

贺兰山横亘于银川平原的西部，是宁夏回族自治区和内蒙古自治区的分界线，绵延220多公里。贺兰山的确巍峨高峻，形势险要，巨石峭壁，高耸入云，雄姿挺拔，黛色永恒，是祖国北疆天然之御敌屏障。贺兰山巍峨壮美之貌，逶迤延绵之姿，不仅拥有古岩画、拜寺口双塔等历史遗迹，还有"贺兰晴雪""灵峰幽壑"等自然景观。更有天苍苍野茫茫的百世苍凉，万代洪荒；那疾风劲草、丛丛刺窠的顽强不屈，倔犟刚强；干旱中茂密繁盛的野沙枣，尽情彰显岳飞《满江红》"驾长车，踏破贺兰山阙"的磅礴气势，竭力体现着爱国英雄的豪迈气概，极度衬托出中华民族的崇高品质和坚强性格。贺兰山东麓发现的数以万计的古代岩画，记录了许多年前远古人类放牧、狩猎、祭祀、争战、娱舞、交媾等生活场景，以及羊、牛、马、驼、虎、豹等多种动物图案和抽象符号，揭示了原始氏族部落自然崇拜、生殖崇拜、图腾崇拜、祖先崇拜的文化内涵，是研究中国文化史、宗教史、原始艺术史的文化宝库。

贺兰山在古代是匈奴、鲜卑、突厥、回鹘、吐蕃、党项等北方少数民族驻牧游猎、生息繁衍的地方。他们把生产生活的场景，凿刻在贺兰山的岩石上，来表现对美好生活的向往与追求，再现了他们当时的审美观、社会习俗和生活情趣。在南北长200多公里的贺兰山腹地，就有20多处遗存岩画。其中最具有代表性的是贺兰口岩画。贺兰山岩画是自远古以来活跃在这一地区的羌戎、月氏、匈奴、鲜卑、铁勒、突厥、党项等民族的杰作，是中国游牧民族的艺术画廊，时间大致从春秋战国到西夏时期。

贺兰山历史悠久，钟灵毓秀。我站在贺兰山脚下，仰视贺兰山，山势高峻，奇峰耸峙，铁骨铮铮！山口景色幽雅，潺潺泉水从沟内流出。顺沟前行约五里路的地方，有一200平方米的池塘。泉水清澈，掬一捧清泉水，清洌可口，直沁心脾。泉水像一面碧绿的镜子镶嵌在河床上，给倔强的贺兰山带来了一泓温柔。走进贺兰山岩画区，犹如走进古人的画库、展馆。贺兰山口，数以千计的岩画分布在沟谷两侧绵延600多米的山岩石壁上。画面艺术造型粗犷浑厚，构图朴实，姿态自然，写实性较强。以人首像为主的占总数的一半以上，其次为牛、马、驴、鹿、鸟、狼等动物图形。

岩画实际上是一种石刻文化，人类祖先以石器作为工具，用粗犷、古朴、自然的方法——石刻，来描绘、记录他们的生产方式和生活内容，它是人类社会的早期文化现象，是人类先民们给后人的珍贵的文化遗产。贺兰山的"岩画"确切地说是岩刻。岩石，自从远古时代起，就不断地被人类使用，作为劳动工具，也作为日常用品，同时还是世界上最早的绘画材料。岩画中的某些图像，构成了文字发明以前，原始人类最早的"文献"。岩画不仅涉及原始人类的经济、社会和生活，同时，岩画还作为人类的精神产品，以艺术语言打动人心。

　　古人云，仁者乐山，智者乐水。我虽然不敢自诩为仁者，但我却对大自然的山川有一种无比的眷恋和敬仰的情怀。宋朝的郭熙说："石者天地之骨也。"贺兰山虽无草木仪盛之容，但它却是一山的坚石，一山的硬骨。此正可谓，铁骨铮铮也。对于岩画，我是个外行，但我也略懂一点美术，知道要画好山石，下笔必须磊落雄壮，苍硬坚实，对山的凹深凸浅，皴拂阴阳，更要细心观察，认真揣摸。也只有如此，才能画出山的高低起伏、参差错落、疏密聚散。

　　贺兰山口岩画的镌刻，有些是先凿后磨，线条光滑；有些是先勾轮廓，再加深线条。艺术表现手法古朴稚拙，像儿童笔下的形象。既刻画其所见，又直抒其所想，流露出自然与粗犷的神秘魅力。根据贺兰山口岩画图形和《西夏刻记》分析，贺兰山口岩画是不同时期先后刻制的，大部分是春秋战国时期的北方游牧民族所为，也有其他朝代和西夏时期的画像。刻制方法有凿刻和磨制两种：凿刻痕迹清晰，较浅；磨制法是先凿后磨，线条较粗深，凹槽光洁。贺兰山口岩画的题材、内容与表现手法都十分广泛，富有想象力，给人一种真实、亲切、肃穆和纯真的感受。众多岩画为我们了解和研究古代游牧民族的历史、文化、经济状况、风土人情提供了极为珍贵的文物资料，堪称是一处珍贵的民族艺术画廊。

　　普通人去贺兰山观岩画，如果没有导游或者专家的讲解，有相当一部分图画是看不懂的。就是能够看出来也是一点皮毛，因为有些岩画的表达方式与现代人的思维不太一样。贺兰山上的岩画主要分为类人面像岩画、狩猎岩画、生殖岩画。在贺兰山上万幅的岩画中，类人面像是岩画中的重头戏，且极具特色。人首像画面简单、奇异，有的人首长着犄角，有的插着羽毛，有的戴尖形或圆顶帽。表现女性的岩画，有的戴着头饰，有的挽着发髻，风姿秀逸，再现了几千年前古代妇女对美的追求。有的大耳高鼻满脸生毛，有的口衔骨头，有的面部有条形纹或弧形纹。还有几幅面部五官似一个站立人形，双臂弯曲，两腿叉开，腰佩长刀，表现了图腾巫觋的造型形象。

在狩猎时代，人们在各种野兽的包围之中，靠猎获野兽为生，又时刻受到野兽的威胁。人们对野兽的祈求、占有、敬畏等矛盾心理交织在一起，兽的形象充满了人的头脑。动物图形构图粗犷，形象多样。其中，有奔跑的鹿，有双角突出的岩羊，有飞驰的骏马，有摇尾巴的狗，有飞鸟的图形和猛兽的形象，有部分人的手和太阳的画面，还有原始宗教活动的场面。面对一些奇形怪状、形态不同的人面像，我在想其中究竟暗含哪些古老而神秘的信息呢？岩画中无数的动物形象，大多带有一种难以名状的神秘色彩，总感觉与真实的动物相比"似是而非"，形象大都被改造变形，有的部分被夸大，有的部分被缩小，有的部分被省略，有的部分又是"无中生有"。众多的神灵像，似人非人，似鬼非鬼，稀奇古怪。有的人物形象装束奇特，动作少见。对其寓意，有的已不得而知了，原因是过去的时代一去不复返了，古人有着他们的特殊的生活环境、特殊的审美观念，有着一双不同于我们的特殊的审美眼睛。人们早期的空间概念都是涉及事物之间质的关系，而不涉及它们之间量的关系。不过，这种形式的背后还可能隐藏着某种巫术意义，即祈求野兽繁殖兴旺，狩猎丰收，给人带来幸福，这是占有欲的另一种表达方式。

令人惊奇的是，贺兰山口的岩画中出现了车的形象。岩画或许能让我们联想到，这会不会存在一条最原始的欧亚战线呢？沿着一条自欧洲到亚洲的岩画之路，我们会发现这也是一条战车蔓延之路，而车辆的形状进入中国后就出现在了天山、祁连山、贺兰山、阴山的这条线上。殷商时期，北方的战车在性能上就高于中原地区，姜子牙帮助周文王伐纣时，派遣大将南宫适"求车八百乘于戎"，这些来自北方戎人的战车在摧毁殷商政权的战争中发挥了重要作用。而贺兰山地区当时就属于戎人生活的地区，如今，在整个贺兰山区，车的岩画明确显示这里当时已经拥有了成熟的造车技能。在整个中国岩画分布图上，可以清晰地看到，贺兰山是岩画中车辆图像出现得最靠近中原王朝的地区。当然，这仅仅是一种猜想。

半天时间的岩画观赏，不但让我从中尽情领略到这座古老山脉自然、历史和人文的风韵之美，还使我对贺兰山口的岩画有了一定的了解和感悟。这些岩画在构思上天真纯朴，反映出人类童年时代某种幼稚的想象和美好的愿望。在造型上采用平面的造型方法，许多岩画往往是一些相互不关联的个别图像，即使是组成一幅画面的，也经常是一个个图形的重叠，而没有近大远小的透视关系，画面采用垂直投影画法，视线与对象最富特征的面保持垂直，追求物体的正面显示。物体的结构简化到不能再简的程度。没有细节刻画，大都不画五官，这些粗制的图形中，却能描绘出生活的真实，显示出活跃的生命力，其中以动物形象尤为生动。这种原始形态的艺术特征显示出，古人对于生活也具有敏锐的观察力，并且能够将其和艺术上粗犷手法浑然一体地结合在一起，这样就使得许多岩画至今仍有其生命力。

"河水又东北历石崖山西，去北地五百里，山石之上，自然有文，尽若虎马之状，粲然成著，类似图焉，故亦谓之画石山也。"这是北魏郦道元所著的《水经注》中的一段描述，说的是贺兰山岩画。贺兰山岩画还有发源最久远、数量最多、涵盖内容最广泛的世界岩画三最之说。其中来自上古无文字时代的图画，让贺兰山又成为了文坛圣地，千百年前书写贺兰山的大唐诗人王维来了，恍若彼此同行，耳畔又闻朗朗吟诵了："少年十五二十时，步行夺得胡马骑。……贺兰山下阵如云，羽檄交驰日夕闻。"元代诗人马祖常来了:"贺兰山下河西地,女郎十八梳高髻。茜根染衣光如霞,却召瞿昙作夫婿。紫驼载锦凉州西,换得黄金铁马蹄。沙羊冰脂蜜脾白,筒中饮酒场渐渐。"将个头挽高髻,茜根染衣光如霞的十八岁西夏少女活脱脱送在近前,让人眼睛一亮,美哉!贺兰山,现在,又在我们眼前打开了一扇未知世界的天窗,让现代人与古人亲密接触了。这些岩画,仿佛就是一部诗书画卷,令人魂不守舍,荡气回肠。

岁月失语,唯石能言。贺兰山岩画,是不老的艺术精灵。天地悠悠,人间自有仙境,贺兰山岩画,从一个侧面也证明了,中华民族是一个了不起的民族,是一个勤劳、勇敢、智慧的民族,为人类文明做出了卓越的贡献。

大雁塔边的唐风韵味

　　大西北之行，古都西安的大雁塔是必去之地。国庆长假的大西北之旅，我与家人来到了大雁塔，为了减少旅途的劳累奔波，也为节省时间，儿子干脆把我们下榻的酒店，订在大雁塔附近的一家三星级酒店。我们从定西赶到西安时，已经是下午两点多钟，安顿好了酒店之后，家人便迫不及待地出来逛大雁塔。他们当中有的是第一次来西安，着急的心情是可以理解。尽管天气不太好，阴沉有点冷风，但大伙的游玩兴致很高，似乎这一点冷风算不了什么。

　　我来过几次大雁塔，对此有一定的了解。大雁塔位于唐长安城晋昌坊的大慈恩寺内，又名"慈恩寺塔"。唐永徽三年（652年），玄奘法师为供奉从天竺经丝绸之路带回长安的佛像、舍利和梵文经典，主持修建了大雁塔，最初五层，后加盖至九层，再后层数和高度又有数次变更，最后固定为今天所看到的七层塔身，通高64.517米，底层边长25.5米。除了保存从天竺取回的贝多罗树叶梵文经，大雁塔内还存有舍利子万余颗。大雁塔是砖仿木结构的四方形楼阁式塔，由塔基、塔身、塔刹三部分组成。大雁塔作为现存最早、规模最大的唐代四方楼阁式砖塔，是唐代的塔芯，明代的塔表。这也是佛塔这种古印度建筑形式随佛教传入中原地区，并融入华夏文化的典型物证，是凝聚了中国古代劳动人民智慧结晶的标志性建筑。

　　家人当中，有人向我提问，为什么叫大雁塔？对这个问题我一时也答不上来，因我没有认真考证过，只能根据相关资料介绍回答家人的提问。相传很久以前，摩揭陀国（今印度比哈尔邦南部）的一个寺院内的和尚信奉小乘佛教，可吃三净肉。一天，空中飞来一群雁。有位和尚见到群雁，信口说："今天大家都没有东西吃了，菩萨应该知道我们肚子饿呀！"话音未落，一只雁坠死在这位和尚面前，他惊喜交加，遍告寺内众僧，都认为这是如来佛在教化他们。于是就在雁落之处，以隆重的仪式葬雁建塔，并取名雁塔。

  大雁塔的门票还算是比较合理，每人80元，尽管太太感觉有点贵，可我觉得还是物有所值。进入大雁塔，仿佛有一股唐风向我吹来，让我对古代塔楼文化有一种敬佩之情。塔北门，门柱和门楣上有古人的题刻。在塔内一层通天明柱之上，悬挂着四幅长联，写的是唐代的历史、人物、故事，身临其境，吟诵一番，颇有原词原句的感受。塔底层门楣上均有精美的线刻佛像，而塔楼中的景观，更是让人大开眼界。第一层塔内，洞壁两侧镶嵌有多通明代题名碑，乃是当时雁塔之风光写照。古塔常识及中国名塔照片展，更展示了佛塔的起源与发展，佛塔的结构和分类。塔座登道的东侧墁砖处，平卧有一通"玄奘取经跬步足迹石"，所刻图案生动地反映了玄奘大师当年西天取经的传说故事，以及他万里征途始于跬步、追求真理的奋斗精神。二层塔内，供奉着一尊铜质金身的佛祖释迦牟尼佛像，是大雁塔中的镇塔之宝。在两侧的塔壁上，还附有文殊、普贤菩萨壁画两幅及现代名人书法多幅。多是唐代诗人登临大雁塔有感而发的诗句，琅琅上口、意味悠长。三层塔内，安置一木座，座上存有大雁塔模型。四层塔内，有一个巨大的金塔，塔内存有珍贵的佛舍利。五层塔内，陈列着一通释迦如来足迹碑，同时还收集有玄奘鲜为人知的数首诗词。六层悬挂有唐代五位诗人诗会佳作。据介绍，在天宝十一年（752年）晚秋，诗圣杜甫与岑参、高适、薛据、储光羲相约同登大雁塔，凭栏远眺触景生情，酒筹助兴赋诗述怀，个个才华横溢，诗句出神入化。每人赋五言长诗一首，流传千古不衰。来到顶层，我向四周眺望，西安风景尽收眼底，唐朝的风韵，给人一种古典和现代文明交相辉映的斑斓感。而大雁塔塔顶上刻有圣洁的莲花，带给人们心如明镜的彻悟之感。古塔沉寂，但它掩饰不住古朴奥妙的韵味。它已将历史以无形的文字镌刻在自己的身上，虽然我们的手抓不住岁月的流云，我们的眼洞透不了时光的留痕。人世间有些事物留下一层朦胧的意象也许有好处，让人有了想象的空间，能在回味中展开想象的翅膀在时空中飞翔。

在三藏院门前、大雁塔后面，我看到了一座影壁墙，上有前中国佛教协会会长赵朴初先生为玄奘大师题写的"民族脊梁"，四个大字金光闪闪。赵朴初先生曾经说，玄奘，是中国佛教优良传统最典型、最圆满的体现者，也是中国历史上真正的探险者之代表。鲁迅也曾说，中国自古以来，就有埋头苦干的人，有拼命硬干的人，有为民请命的人，有舍身求法的人……这就是中国的脊梁。玄奘大师，一个柔弱的僧人，就是其中的一位。

大雁塔北广场是陕西省的"文化景点"和"形象景点"。整个广场从北向南望去，中央是层层叠水，两侧绿林掩映中尽是可以细细咂摸的唐朝遗韵，就连两侧的商业建筑斗拱宏大、出檐深远、气势雄浑，也是一派唐风。64米高的大雁塔被烘托得更加庄严，遇到天气晴好，雁塔倒影落入水中，别有一番风韵。广场南端的景区由"水景落瀑""主题水景""观景平台"等构成。傍晚时分，我们幸运地观看到了亚洲最大的音乐喷泉表演。果然名不虚传，最高的一处至少有四层楼这么高。这些喷泉随着音乐节奏跌宕起伏，好看极了。大雁塔北山墙的"大唐盛世"浮雕长106米，将繁华的大唐胜景浓缩在这百米长卷之中。墙下的跑泉、火泉等水景由观景平台与110米长的音乐喷泉瀑布墙相连，墙上绘有"丝绸之路"浮雕，落瀑高达3.5米，成为主景水道的壮阔背景。

在大雁塔边漫游，处处都会感受到唐风韵味。不是吗？你看！雁塔西苑，突出园林特色，修整森林树木，铺设石板布道，置放民俗风情浓郁的雕塑小品，整体景观与大雁塔北广场浑然一体，相映成趣。集公益性和地域文化色彩为一体，以唐代陕西民俗文化为主题，用活灵活现的雕塑艺术形象集中展示陕西关中、渭北高原、陕南、陕北等地具有代表性的民俗风情，如皮影、剪纸、泥塑、陕西八大怪、农村嫁娶、吹糖人、踩高跷、老城趣事及白鹿原系列等，颇有韵味。雁塔东苑，是具有浓郁陕西地域特色的"戏曲大观园"。通过戏曲彩绘雕塑、地方戏曲铸铜浮雕、陕西大戏剧家人物群雕、陕西著名戏曲演员人物群雕等四大类雕塑群，体现出陕西地域文化的特点，展现"大秦腔"的独有魅力。漫步于戏曲大观园内，读脸谱容颜、观名剧雕塑，耳边仿佛传来阵阵鼓乐之声，《五典坡》《三滴血》《柜中缘》《斩李广》等多个秦腔传统剧目组成的雕塑群形象生动逼真，正所谓"忠孝信义雄举，美丑善恶昭彰，世间百态尽在其中"。

在大雁塔边漫游，处处都会感受到唐风韵味。不是吗？你听！"雁塔诗会"曾是大雁塔最辉煌的一页历史。千百年来，登临大雁塔，赋诗抒怀的诗人多达数百人，留下诸多诗作。"雁塔诗会"之所以在文化史上留下了浓重的篇章，首先有皇帝和朝廷官员的参与和推动。早在寺塔建成初期，时为太子的李治就率百官亲临赋诗，登上皇位后，又亲谒慈恩寺赋诗一首："日宫开万仞，月殿耸千寻。花盖飞团影，幡虹曳曲阴……"唐中宗时，专置修文馆，招纳文人雅士，往往随驾游宴。其中每年九月九重阳节，皇帝都要亲临慈恩寺登高远眺，吟诗作赋。学士们则纷纷唱和，曾被编辑为四十卷诗集，广为传诵，雁塔诗会一时蔚然成风。唐代许多著名诗人登临大雁塔都留下传诵至今的佳句，尤其是唐代诗人岑参的《与高适、薛据同登慈恩寺浮图》："塔势如涌出，孤高耸天宫。登临出世界，磴道盘虚空。突兀压神州，峥嵘如鬼工。四角碍白日，七层摩苍穹。"这首诗恰到好处地把大雁塔的气势描写得淋漓尽致，因而传诵千古。到了明代，长安虽已不是国都，但当地的文人学士追慕唐代雁塔题名的韵事，在每次乡试（相当于省级考试）结束后，考中的举人都要相携登塔，题诗留名。直到现在，大雁塔有的门楣和石框上还有前人的部分题诗留存。

在大雁塔边漫游，处处都会感受到唐风韵味。不是吗？你想！大雁塔后面，那座影壁墙上"民族脊梁"的深刻含义。玄奘大师，一个柔弱的僧人，被后人称之为唐代的"民族脊梁"，其精神被后人所弘扬。中华民族之所以历经磨难而巍然屹立，是因为英雄们用血肉之躯铸就了坚不可摧的民族脊梁。中华民族之所以成为伟大的民族，就是因为民族脊梁精神之所在。民族脊梁精神，有着深刻而丰富的内涵，有着悠久的历史渊源。中华五千年的文化成就了它，创造了东方文明。俗语说，山无脊梁要塌方，虎无脊梁妄称王，人无脊梁何为其人？而脊梁精神则是支柱力量之显现，支撑作用之发挥。有了脊梁精神，不断壮大这种脊梁精神，那么，作为国家、民族就能繁荣昌盛、兴旺发达，就能立于世界民族之林，无往而不胜。

大雁塔是唐朝的经典建筑，是唐朝发展取得辉煌成就的标志，凝聚了古代劳动人民的非凡智慧，昭示了唐朝的的灿烂辉煌。然而用发展的眼光审视古今，吾辈认为再经典的古建筑，代表的只是过去的辉煌，这曾经的历史辉煌无论如何也盖不过今天熠熠生辉的煊赫成就。中国几千年的发展史，真正称得上盛世的朝代不太多，汉代的"文景之治"、唐朝的"贞观之治"、清代的"康乾盛世"等，到二十一世纪初期改革开放三十多年的新中国盛世，中华儿女用无穷智慧不断书写新的自豪，历史的车轮沾着传统文化的韵味，滚滚向前，永不停步。

有人说，大雁塔是西安人心中的一枚印章。说得对，大雁塔还是作为中国、哈萨克斯坦和吉尔吉斯斯坦三国联合申遗的"丝绸之路：长安—天山廊道的路网"中的一处遗址点，成功地列入了《世界遗产名录》。在现代文明的氤氲下，大雁塔透着古朴的意象。看到它就会想到一千多年前唐朝的盛况，就会看到历史的时光在塔身留下的痕迹，就会触摸到厚重的历史文化沉淀。它意象透明、古朴庄重、思绪深邃，透溢着一种温婉淡定的平和，像一个历经沧桑的先哲，以静雅的姿态迎接四方朝圣者。悠久的历史文化，厚重的历史底色，是历史文明传承的基础。一个国家，一个民族，只有与时俱进，古代文明与现代文明交相辉映、互为烘托，才会有历史的厚重感，才会显得深蕴和具有魅力，社会才会不断向前发展。

岳阳楼上赏风月

金秋时节,时隔三十年,我再次登临岳阳楼。之前,我也曾经来过,但那只当岳阳楼是一个旅游景点,纯属走马观花式的游览,没有什么感悟,最多也就是顺口朗诵一下老师教过的那句名言"先天下之忧而忧,后天下之乐而乐"。其实,岳阳楼远不止一个旅游景点那么简单,千百年来,无数文人墨客在此登览胜境,凭栏抒怀,并记之于文,咏之于诗,形之于画,岳阳楼成为文学艺术创作中被反复描摹、久写不衰的一个主题。

岳阳楼,历史悠久,声名显赫。清以前修志皆谓"莫详其始"。清同治《巴陵县志》始据宋范致明《岳阳风土记》巴丘"郡城乃鲁公(肃)所筑"之说,推测"岳阳楼或曰鲁肃阅军楼"。光绪《巴陵县志》从之。后人亦多采此说。但亦有研究者持异议。熊培庚《岳阳天下楼》云:鲁肃系东吴横江将军,驻守巴丘,自可能筑城楼。但所筑很可能为"谯楼"。周祈《名义考》云:"门上为高楼以望曰谯……古者为楼以望敌阵,兵列于其间,下为门,上为楼,或曰谯门,或曰谯楼也。"当时岳阳地当要冲,需筑谯楼以望水域敌船。到了西晋被称作"巴陵城楼"。唐朝中期,巴陵改称岳阳。因李白赋诗"楼观岳阳尽,川迥洞庭开",从那时起,它就改称岳阳楼。与武汉的黄鹤楼和南昌滕王阁并称"江南三大名楼"。

登临岳阳楼,在岳阳楼上赏风吟月,与历代文人墨客对话,观洞庭湖浩渺湖水,听栖息林中鸟语,也是人生的一大享受。在江南三大名楼中,岳阳楼与南昌滕王阁、武汉黄鹤楼相比,其气势和规模都稍逊一筹。而与现代高大建筑相比,岳阳楼更是毫无疑义地被比了下去。然而，岳阳楼在人文精神层面的价值，却是独特的，也是其他名楼和大型建筑都难以超越的。在这个意义上，岳阳楼不仅是一座历史景观，更是一座人文丰碑。岳阳楼在让你看到其独特景观的同时，悄悄地把你带入深思，引发你对人生产生思考。

自古以来，登临岳阳楼赏风吟月的文人墨客、社会名流数不胜数。

岳阳楼虽然建于三国时期，但真正能让岳阳楼闻名天下的，还是北宋范仲淹的《岳阳楼记》。庆历六年九月十五日，北宋著名政治家范仲淹在河南邓州的百花书院，面对老友滕子京的来信和随信寄来的《洞庭晚秋图》，先写景再抒情，继而言志："不以物喜，不以己悲。"《岳阳楼记》的诞生完全是范仲淹想象的结果，因为他从未到过此地。尽管如此，范仲淹仍能用隽永豪迈的笔触向世人展示了一幅气势磅礴的岳阳洞庭图。我清楚地记得，那"衔远山，吞长江，浩浩汤汤，横无际涯；朝晖夕阴，气象万千，此则岳阳楼之大观也"。对楼的描述仅几个字，却将岳阳楼的雄伟景象，描述得惟妙惟肖。虽然遇到"淫雨霏霏，阴风怒号"的恶劣天气，"日星隐耀，山岳潜形，商旅不行"，这时候登上此楼，不禁有"去国怀乡，满目萧然"的伤感，而"若至春和景明，波澜不惊"的好时节，登楼远眺，洞庭湖"长烟一空，皓月千里"，"静影沉璧，渔歌互答"，于是，"心旷神怡，喜气洋洋"。范公为此评论道，这两种情形都不好，要"不以物喜，不以己悲"，普通百姓处"江湖之远，应忧其君"，位居人臣，则要忧其民，更是劝诫为官者，"要先天下之忧而忧，后天下之乐而乐"……一口气读完，对这个一千多年前的老人肃然起敬。

我登临岳阳楼的顶层，凭窗远眺，仿佛有一种似古人那样赏风吟月的感觉，也领略了一番"衔远山，吞长江"的磅礴气势。在金秋里，欣赏着洞庭湖气象万千的湖光山色，青翠的群山，清澈的湖水，浑然一体，"水天一色，风月无边"。远远地望去，湖面上白帆点点，一只只小船好似一片片树叶在水面上飘动。突然刮起一阵风，就可以看见一个个小浪争先恐后地向岸边涌来，可又怕有人抓它似的，马上又退了回去，真是一幅迷人的画卷。由此，我不禁想起了刘禹锡写的《望洞庭》"湖光秋月两相和，谭面无风镜未磨。遥望洞庭山水色，白银盘里一青螺"的诗句。

洞庭湖，水天一色，是那么地澄澈，那么地幽静，那么地空灵。把酒临风，思古今之贤圣；泛舟独飘，揽天地之灵气。人生在世，生也忧，死也忧。叹只叹，人生不能与天地共长久；忧只忧，宦海进退不能随人心愿。在这湖平月静的秋夜里，又有谁能看到洞庭湖衔远山，吞长江的豪迈气势？在那些泛黄的诗文碎纸间，又有几人能读懂自古仁人先贤的志向与品行？

历史的风月，留下了许多英雄好汉、文人墨客和社会名流的曾经的痕迹。他们或激情满怀，或诉说怀才不遇的痛楚，或抒发"不以物喜，不以己悲"的人生观。

遥想东吴鲁肃当年，筑台巴丘山上，挥舞着战旗，操练着洞庭湖上的水军。他遥望着波涛凶涌的洞庭湖和秀美壮丽的山河，心怀着家国天下，肩负着保家卫国的重任，气势如巴蜀山脉，巍峨壮观，激情似洞庭波涛，汹涌澎湃。这里的山，这里的水，见证了那个时代，一代英雄豪杰们的勃勃雄心壮志。

诗圣杜甫"惜闻洞庭水，岳阳楼"丝丝感念中透露着诗人对坎坷多难人生的真实描写，好在今生还能了却人生一桩心事。心中的喜悦之情随着登楼远眺，而激情奔放。"吴楚东南坼，乾坤日夜浮。"洞庭湖吞天纳地的气势，与诗人心系国家，挂念百姓疾苦的胸怀融为一体，在悲凉凄苦中说出了自己怀才不遇，报国无门，一生飘泊无定的辛酸情境。"亲朋无一字，老病有孤舟。戎马关山北，凭轩涕泗流。"

李白："楼观岳阳尽，川迥洞庭开。雁引愁心去，山衔好月来。云间连下榻,天上接行杯。醉后凉风起,吹人舞袖回。"雄伟的岳阳楼,宽阔的洞庭湖,这是何等的惬意与豪迈啊!孟浩然、白居易、李商隐、韩愈、元稹等大诗人接踵而来,写下了成百上千语工意新的名篇佳句,给岳阳楼披上了一层浓厚的文化意蕴。

"不以物喜,不以己悲。"虽然感物而动、因物悲喜是人之常情,但并不是做人的最高境界。古代的仁人,就有坚定的意志,不为外界条件的变化动摇。无论是"居庙堂之高"还是"处江湖之远",忧国忧民之心不改,"进亦忧,退亦忧"。这似乎有悖于常理,有些不可思议。作者也就此拟出一问一答,假托古圣立言,发出了"先天下之忧而忧,后天下之乐而乐"的誓言,曲终奏雅,范仲淹老先生能写出留芳千古的名句绝不是偶然的。单说他在饶州(今江西鄱阳县)离任时,百姓感戴其德,万民空巷相送,这也体现出他一生先天下之忧而忧的人格魅力。与他同时的著名文学家欧阳修在为他写的碑文中写道,范先生从小即有志于天下,常自诵曰:"士当先天下之忧而忧,后天下之乐而乐也。"应该说,范仲淹的高尚境界,代表了历史上众多仁人志士的理想抱负和高尚情操。

孟子说:"达则兼济天下,穷则独善其身。"这已成为封建时代许多士大夫的信条。范仲淹写这篇文章的时候正贬官在外,"处江湖之远",本来可以采取独善其身的态度,落得清闲快乐,但他提出正直的士大夫应立身行道的准则,认为个人的荣辱升迁应置之度外,"不以物喜,不以己悲"要"先天下之忧而忧,后天下之乐而乐",勉励自己和朋友,这是难能可贵的。这两句话所体现的精神,那种吃苦在前,享乐在后的品质,无疑仍有教育意义。

岳阳天下楼,洞庭天下水。千百年来,波涛汹涌的洞庭湖水,见证了岳阳楼的盛衰兴亡。有形的是雄伟壮观的岳阳楼和宽广的洞庭湖,还有那些令人惊叹不已的诗词文章与绘画雕刻作品,而无形的是那些一代又一代的贤圣、志士、仁人们与天地共存，与日月同辉的高贵品质，以及在这里为这个民族所塑造的奋斗不息、积极向上的精神境界。"不以物喜，不以己悲；居庙堂之高，则忧其民；处江湖之远则忧其君。是进亦忧，退亦忧。然则何时而乐耶？"其必曰："先天下之忧而忧，后天下之乐而乐。"

在这洞庭湖波澜壮阔的画面里，蕴含着许多动人的传说。浩浩长风英气在，滚滚湖水憾岳城。凭栏把酒邀谁饮？碧水倒影一空楼。美文也罢，美诗也好。读罢只能给人的心中凭添些愁绪，令人思之，令人叹之。人生就像这洞庭湖景，有时美得清澈透明，一碧万里，水天一色，令人惬意舒畅；有时如朝晖染云红，浓得鲜艳，重彩缤纷，令人赞叹不已；有时似阴雨绵绵，凄风苦雨打心头，令人愁肠百结，悲痛不已；有时如湖上云雾，迷迷蒙蒙，空灵浩荡，不知身在何方，心欲何往，令人身感欲退不能，欲进无路。

岳阳楼演绎着千年的灿烂文化，岳阳楼的生命是永恒的。岳阳楼的血脉就像一条历史的河流，历史不灭，其就会永存；岳阳楼是雄浑的，雄浑得让金戈铁马黯然失色，让八百里洞庭湖水横无际涯；岳阳楼又是温存的，温存得如一个美艳绝伦的少女，用最敦厚的温情，将千年长河中的珍珠穿成迷人的项链。

岳阳楼的风月是别致的，登临岳阳楼赏风吟月，我似乎获得了更多深邃的思想与感悟、更多独特的情感。

在会宁小住几天

几年来，在会宁做生意的亲家多次邀请我们去会宁走一走、看一看，由于时间难以安排，始终未能成行。2017年国庆长假之前提前一个多月我就与太太商量，趁长假的到大西北的会宁走走，一方面是来探望在这里已经生活了三十年的亲家，另一方面是了解一下会宁这个国家级贫困县的风土人情。于是叫儿子在网上早早地预订了高铁火车票，国庆节那天，全家老小，伴着明媚的阳光，向大西北迈进。

对于会宁这个地方，我并不陌生，虽然之前并没有来过，但很多年之前，我就从有关资料和新闻报道中，了解到了许多情况。会宁有两个特点特别引人关注，其一是国家级的贫困县，其二是大西北的高考状元县。两个特点同时并存，可以这么说，在全国范围内也是独一无二的，被人们称为"会宁现象"。会宁是西北教育名县，有"西北高考状元县"和"博士之乡"的称号。贫穷和愚昧，通常被看作是一对孪生兄弟。会宁县，作为地处我国西北内陆黄土高原腹地，一个国家级的贫困县，在一户户刚刚解决温饱的农家，却存在着一种反常态的现象，许多农户砸锅卖铁也要供子女读书。从1977年恢复高考制度至今，一个仅拥有58万人口的小县，却考取博士200多人、硕士1000多人、学士10000多人、各类大中专学生3万多人。若再往前追溯，明清两代，会宁共考取进士20名、举人113名，居甘肃全省各县之首。"状元故里、博士之乡"早已成为会宁重要的口碑，与西北贫困县形成了巨大的反差，而成为"会宁现象"。

在会宁小住几天，除了之前了解到的"会宁现象"之外，还有一些事情让我印象深刻。

羊肉吃腻了

  在会宁的几天时间里，几乎餐餐都吃羊肉。早餐是羊肉汤、羊肉面，中餐、晚餐也都是羊肉唱"主角"。会宁"四大美食"之称的"会师第一排、爆炒乌鸡块、野蘑菇炖羊肉、开锅羊肉"，其中羊肉就占了三个，亲家点菜必有。另外，还有会宁的柴火羊肉。几天里的就餐大都是在酒楼。"莫笑农家腊酒浑，丰年留客足鸡豚。"这是会宁人特有的热情，亲家虽然是浙江人，但由于他们在会宁生活了三十年，其生活习惯几乎完全被会宁人同化了，除了说话还带有一点浙江人的口音之外，其他方面与会宁人已经没有什么区别了。

  会宁有着"中国肉羊之乡"的美誉。《汉书》记载："陇西（会宁古属陇西）山多林木，民以板为屋……地广人稀，水草宜畜牧，往往以兵马为务。""牧马塬""大羊营""小羊营"等地名沿用至今，仍然传递着先民以"兵马为务"、以畜牧为业的生存信息。常言道："一方水土养一方人。"会宁的先民之所以以畜牧为业，完全是由会宁"山高水寒"的自然地理环境所决定的。山高水寒，不利禾稼，却宜于放牧，于是，牧马养羊便成为会宁人的传统。

  会宁羊肉的吃法主要有黄焖、手抓、红烧、烧烤、涮锅等五种。特别值得一提的是会宁的柴火羊肉，是享誉西北农家的美食，这道菜给我的感觉是味道不错。柴火羊肉用农家土灶，燃麦草秸秆果木硬柴，选用当地上等足龄羯羊羔，用独家秘方，经十二道加工程序烹制而成。柴火羊肉美味可口，老少咸宜，是四季难得之补品，素有"陇中羊肉第一家"之美誉。这道美食还有一段典故。相传，同治十年（1871年）八月，左宗棠集结各部，从平凉移师安定，平定西北回乱。期间取道会宁，大军一部驻扎柴家门王家嘴头一带，征集粮秣，整顿军纪，准备进击河州。其时会宁历年战乱，赤地如剥，加之王家嘴头地处偏乡僻壤，土地贫瘠，民生凋敝，大军粮草一时难以筹集。左宗棠忧心如焚，一筹莫展之际，闻报王家嘴头大户王氏族长求见，左宗棠允其进帐禀告。王氏族长叩谢禀呈："左公戡乱西北，匡扶社稷，合众邑人感激涕零。"今闻大军筹粮艰难，特来相助。今愿为大军献猪羊百口、送粮百石，尽绵薄之力，早日平定战乱也是邑人百姓之福。左公大喜，欲折价以银钱货之，被王氏长者及族人婉拒。

左公颔首赞许，召随军伙夫，燃当地白蒿枯柴，立行军大镬，烹猪煮羊，犒赏士卒。一时间王家嘴头炊烟缭绕，香气四溢。左公感于王氏族人急公好义，知恩图报，秘授宫廷御厨烹羊之法，以飨邑人，并欣然命笔留墨"陌上新柳栽千行，陇中羊肉第一家"，此事一时在当地传为美谈。宫廷羊肉被当地百姓谓之"柴火羊肉"，经王氏一门数辈相传，潜心研究，用宫廷秘制之法烹制的羊肉，肥而不腻，瘦而不柴，鲜而不膻，嫩而不绵，佐以各种香料和名贵中药，风味独特，用料考究，成了王氏家传的独门手艺，深受当地老百姓的喜爱。

李时珍在《本草纲目》中说："羊肉能暖中补虚，补中益气，开胃健身，益肾气，养胆明目，治虚劳寒冷，五劳七伤。"但羊肉的气味较重，也加重了胃肠的消化负担。在会宁的几天，由于我吃羊肉太多，不但吃腻了，而且还上火了，以至于去厕所方便还出现了一些麻烦事。

红军会师的地方

来会宁，红军会师纪念地是必须要去看看的。按行程计划，我们到会宁的第二天早上，是准备去红军会师纪念地看看，可是一大早起来，天空是阴沉沉的，时不时还飘落起雨点，亲家建议等天气好一点才去看，我们也只能这样。眼看原计划上午去红军会师纪念地的行程要落空了，谁知道，老天爷还真给我们这些远道而来的南方客人一点脸面。上午十点，天空居然放晴，全家人都十分高兴，于是，我们一行兴致勃勃地来到了红军会师纪念地。

会宁红军会师纪念地位于会宁县古城。会师旧址的主要建筑有：始建于明洪武六年的红军会师楼及古城墙；红军会师联欢会会址——文庙大成殿以及邓小平同志亲笔题名的三军会师纪念塔，11层高的纪念塔，正面雕刻着邓小平题写的"中国工农红军第一、二、四方面军会师纪念塔"18个大字。而在会宁县大墩梁和慢牛坡还修建有红军长征纪念碑，借以纪念那些在中国红军万里长征中英勇献身的壮士；徐向前元帅亲笔题名的"会宁红军会师革命文物陈列馆"；红军长征将帅碑林等。家人纷纷在此拍照留念，特别是小孙子，在"会宁红军会师革命文物陈列馆"中，看到红军将士用过的步枪、手枪时，说他也要一把，引得游客和讲解员都笑起来了。

会宁自古以来就是交通要道、军事重地，素有"秦陇锁钥"之称，历代为兵家必争之地。早在5000多年前的新石器时代会内境内就有人类生息繁衍，2100多年前汉武帝时就设有祖历县，古丝绸之路穿境而过，沿途留下了许多重镇驿站和城堡遗址。1936年10月，中国工农红军第一、二、四方面军，三大主力在会宁胜利会师，红军会师期间，先后在会宁休整达一个月之久，遗留20多处战斗遗迹和1000多件革命文物，留下了丰富的红色旅游资源。会宁由此闻名中外。以红军三大主力会宁、将台堡会师为标志，历时两年、长达数万里的红军长征，宣告胜利结束。红军三大主力会师，标志着中国工农红军胜利地完成了1934年秋开始的战略大转移的历史任务，宣告了国民党反动派围追堵截、聚歼红军阴谋的彻底破产，给全国人民展示了一个光辉灿烂的前景，带来了新的希望，极大地推动了正在蓬勃发展的抗日救亡运动，促进了抗日民族统一战线的形成，开创了中国革命的新局面。

走访贫困户

中秋节那天下午，会宁的天空阳光灿烂，这样好的天气，如果窝在家里，实在有点可惜。会宁是国家级的贫困县，职业的习惯促使我萌生去会宁贫困农民家里看看的念头。儿媳妇找到她的同学，她的同学和丈夫小郭既做司机又当导游，将我带到了会宁最贫困的乡镇之一——八里湾乡。

八里湾乡位于会宁县东南部，东靠平头川乡和老君坡乡，西连柴家门乡，北与韩家集乡、大沟乡毗邻，南与翟家所乡接壤。距县城20公里。地处深山区，耕地少，加上山高路险，交通不便，信息闭塞，自然条件差，黄土堆积侵蚀长梁、梁峁地貌。梁呈长条形，顶不宽，坡梁长，坡面大，坡度为15度到25度，多数被现代槽状冲沟切割，沟头为"掌地"，在中部有少数呈山间盆地地貌。侵蚀严重地区，梁峁并存，峁顶面积不大，四周斜坡在10度左右。峁梁相接者梁身不长，为沟谷深切，黄土堆积较厚。据小郭介绍，由于降雨量非常稀少，缺水，导致很多产业都无法得到发展，附近的村民生活都非常艰难。

我们的车一路向山上爬行，山路陡峭，弯道众多，一遇到对面有车驶来，会车时往往是险象环生。好在给我们开车的小郭，在西藏当了四年的汽车兵，驾驶技术高超，否则的话，还真难保证不出什么意外。我这次去走访贫困农户，没有固定的对象，纯粹是随机的。车过了八里湾乡政府，下坡后是一个自然村，我们决定去这个自然村看看，先将车停在一块空坪里，空坪前面是几块玉米地，由于缺水，玉米结籽不丰满，也难看。走了几百米的路程，看见两个老农在放羊，于是我们便走过去，与两个老农打招呼，两个老农见到我们几个陌生人，先是有点紧张，经小郭用当地话向他们解释之后，似乎明白了我们此行的意思，脸上便露出了那朴实的笑容。他们的羊群很小才十多只羊，他们告诉我们，村子里没有几户人家，一些房子是空无一人。我问其中一位老农，他们是不是贫困户，他说他虽然很穷，但有十多只羊，在村子里算不上是贫困户。我又问他，能不能同他合影，他说可以。小郭便用我的手机，帮我与这个老农拍了一个合影，我们才与这两个老农挥手告别。

我们的车继续前行，来到一个半山腰上，又发现了一个自然村。小郭将车停稳后，我们几个下车向山坡上那个自然村走去。在村头，我们遇上了一个老太太，正在自家门口干活儿。我走过去问老太太，可不可以去她家里看看，她似乎没有听懂。小郭又用当地方言与她交谈，她才同意我们去她家看看。她的家是两间用泥巴垒起来的小平房儿，她带我们进了其中的一间，一个大碗里面盛有一点茶水，她拿着一个小杯要斟茶水给我们喝，并拿出荞麦饼给我们吃，我尝了一点，无食盐、无油、无糖。交谈中，老太太告诉我，她今年已经七十五岁了，有三个孩子，其中两个是儿子，一个女儿，都成家了，但都比较困难，现在家里居住的只有她与老伴俩人。有三只羊，还有几亩靠天吃饭的旱地。大儿子在内蒙古打工，常年有病在身，生了三个小孩。女儿嫁去县城，家里也十分困难。小儿子在会宁县电力局做临时工，虽然相对其他两个要好一点，但由于生了两个小孩，也比较困难，三个孩子都没有一分钱给他们，她与老伴的经济来源就是三只羊，以及几亩靠天吃饭的旱地。我环顾了她家的所有家当，整个家当价值不会超过一千元，当然三只羊除外。在她家里坐了大约一个小时，老太太便带我们去看她的冬小麦，由于缺水，冬小麦生长得很慢，要想有好的收成，还得看后期老天爷是否给较充足的雨水。

告别了老太太，傍晚时分，我们便回到了会宁县城，虽然时值中秋佳节，但我的心情似乎很沉重，深感我们的扶贫工作任重而道远。当晚，我在微信的朋友圈里发了一组走访会宁贫困户的照片，引来了几十位亲朋好友的点赞，有的朋友说我有家国情怀，有的朋友说我是心系于民等。实际上，我并没有那么"高大上"，只不过是出于一个农业部门公职人员的职业习惯，想了解一些我们国家西部农村、农民和农业的真实情况。

在会宁小住了几天，尽管时间很短，但收获却不少。